瑞娴作品系列·小说集（下）

哑女的草原

瑞　娴　著

北京交通大学出版社

·北京·

内容简介

本书是一本小说集，收入作者中短篇小说共7篇，内容包括《吉教授放猪记》《哑女的草原》《最后的马》《麻脸黄》《飘萍》《泪伞》《垓下残阳》。

这是一部在网络时代的喧嚣声中，能让人沉下心静读并回味的书，它的真诚与纯粹，在这个以财富为信仰的时代里珍贵而稀缺。这也是一部能够让麻木的心灵为之疼痛的书，可以唤醒人骨子里沉睡的很多东西。与同时代的很多作品相比，这部小说集拂去了浮躁的泡沫，以高度优美凝练的语言、剖入人性深处的笔锋和智慧幽默的思想性见长，不同阅历的读者都可以从中找到自己想要的东西。

图书在版编目（CIP）数据

哑女的草原／瑞娴著. —北京：北京交通大学出版社，2015.5

ISBN 978-7-5121-2236-9

Ⅰ.①哑…　Ⅱ.①瑞…　Ⅲ.①中篇小说-小说集-中国-当代　②短篇小说-小说集-中国-当代　Ⅳ.①I247.7

中国版本图书馆CIP数据核字（2015）第060108号

策划编辑：叶　霖　孙秀翠
责任编辑：叶　霖　孙秀翠
出版发行：北京交通大学出版社　　电话：010-51686414
　　　　　北京市海淀区高梁桥斜街44号　　邮编：100044
印 刷 者：北京艺堂印刷有限公司
经　　销：全国新华书店
开　　本：145×210　印张：10.875　字数：217千字
版　　次：2015年5月第1版　2015年5月第1次印刷
书　　号：ISBN 978-7-5121-2236-9/I·19
定　　价：45.00元

本书如有质量问题，请向北京交通大学出版社质监组反映。
投诉电话：010-51686043，51686008；传真：010-62225406；E-mail：press@bjtu.edu.cn。

序

让疼痛唤醒麻木的神经

——瑞娴作品印象

瑞娴的写作，据说开始得很早，少年时期就开始发表作品。最先写诗，然后又写散文、小说、评论和童话等。后来，剧作家沈默君先生发现了这个才女，对她说：你要是不占领影视剧这个阵地，就太可惜了！又将她领到剧本创作这个阵地上来，用她自己的话说就是：从此一只蚂蚁开始去拉一辆战车——可是，这辆战车竟然被她拉动了，并且走得很稳当。

瑞娴基本功扎实，文字优美老辣，画面感极强，凝重又鲜活灵性，节制而酣畅淋漓，很少多余的字句。她对细节的捕捉能力非常敏锐，对那些比细菌更渺小的事物都有感应。她的笔既有力量，又能抓得住转瞬即逝的闪电。她写作时，好像每个细胞都张着眼睛。

“文如其人”是一句老话，也是一句突破不了的俗话。这话在瑞娴身上要再用一次。她的性格无疑是较为内向的，她的话还不如她的微笑多。在创作方面，她好像一直都不显山露水，也很少有多么前卫的作品出现。但她的每部作品都自成一格，自有分量，结结实实，绝不潦草。过很多年再读，仍不觉陈旧，甚至随岁月沧桑读出更多内容，比较经得起时光沉淀。她视人生为一次长跑，这说明她为这个长跑是做足了心理准备的，并不争一时的长短和输赢。相信她的实力会在长跑中慢慢显示出来。

纵观瑞娴的作品题材，从古到今都有，她好像对民国那个时期格外偏爱，又或许她本该就是那个时代的女子，新旧交接中又保留了一种古典感；再看她的作品风格，既有凄美悲壮、辛辣幽默、凝重深刻，也有令人忍俊不禁的欢天喜地、机智俏皮和哲思意味（如《吉教授放猪记》）。她把人世变迁悲欢离合一一道来，雅致厚重又不失本真的乡土味道，每个人物都在纸上活得栩栩如生。读时你能感觉到：她是在用整个心灵感受和拥抱，她珍爱与之相遇的任何事物，并用心血赋予它们生命。她的文字精致耐读，唯美而鲜活，含蓄又诚实，鲜活得活蹦乱跳，诚实得寒光凛冽，直刺心灵。

读瑞娴的作品最难忘的感受，就是会让人疼痛——尤其让在俗世中变得麻木的神经感到疼痛。一读再读，一痛再痛，却并不令人消极绝望。相反，它能让人在痛过之后反思、回味、奋起，犹如涅槃后的重生。即使苍凉，也有温度。一个“真”字动人也最伤人，读她的文字，常常会想起荆棘、蒺藜、针尖麦芒这些扎人的东西。哪怕你试图大大咧咧走进去，也会在不经意间，被刺个遍体鳞伤。

瑞娴是山东诸城人。诸城是人才辈出之地，文化积淀深厚，文脉盛大粗壮。其中王氏家族是当地的世家大族，历代以诗书著称于世。民国时期的一代文学大家王统照先生，与茅盾一起被称为“双峰并峙”，王家的另一位前辈作家王愿坚是我的师长。我不知道王瑞娴与他们是否是同一个家族，但我总觉得她是这个文学家族的传人。据说，一个古朴原始的家族式小村是她的生身地，那个村子名叫棘子岭，荆棘遍地丛生。关于这个小村，她曾在很多作品中描绘过，但它显然不是她真正意义上的故乡，而是她自己创造的令她爱恨交织的故乡，逼着她不得不远走高飞脱胎换骨的故乡。

对一个作家来说，若无壮士断腕的勇气，笔下便不会有叩问人性的力度。瑞娴用在针尖麦芒之上行走的真诚和勇气，唤醒了某些沉睡的、麻木的心灵，可惜在对命运的叩问、根源的挖掘、人性的解剖方面，她犹豫了，善良使她变得温和而胆怯，甚至在某些时候，她选择了鸵鸟式的逃避，中篇小说《似乳双冢》就是一个例子：她拉开了一个长篇的框架，准备对一个旧式家族命运的变迁动荡，展开跨时代的纵横描绘，但当一些细节即将触碰到实质的时候，她却戛然而止或者笔锋一转，似乎是漫不经心地去关注别的事物去了。

这就好像一个大夫的故事：已经让患者感受到了切肤之痛，却突然间收回了手术刀，只把关爱和温情传递给你，让你乘着一股热流去自愈病体，自己掌控吉凶未卜的结局。

这不能不令人感到有些许的遗憾和惆怅。当然，这是作者的一种春秋笔法或有意为之也未可知。

这个娱乐时代并不缺少廉价的欢笑和浅薄的故事，却缺少真诚的眼泪和犀利的棘针。在很多人心灵麻木时，让他们感觉到痛；在很多人感觉到生命之“轻”时，让他们感觉到“重”……或许，这正是瑞娴作品在当今时代的价值和珍贵所在——

面对着一只硕大轻飘的气球，她纵身做了一粒试图拴住它的石子！

目录

吉教授放猪记 /1
哑女的草原 /59
最后的马 /81
麻脸黄 /133
飘萍 /191
泪伞 /229
垓下残阳 /307

评瑞娴的小说 善与恶的非对立性：人性书写的另一面
孙婧/323
后记 让沉睡的石头开出花朵 /333

这年头，没人可怜杨白劳、苦菜花，没人愿听你诉苦，悲情在这个时代不受欢迎，因为它叫人不愉快。所以即便是哭，也要笑着说——

吉教授放猪记

一、你要采访我，成，但有两个条件

你们来了？好好好，坐坐坐！

孩他娘，上壶茶，上次咱从福建带回的金骏眉，你给我沏一壶招待客人。啥？不认识那3个字咋写？那好说，你就看上面的标签价格，哪个贵你泡哪个，用那套最造作的小茶壶，这样讲究，他们文化人喜欢这个。别用咱山东老家那大茶壶，叫人一看咱就是梁山泊的后代，眼睛小肚子大，穷吃赖喝没文化。

这位女记者，你要采访我，成，但我有两个条件：

一、上你们杂志，拿钱我不干，不是我没钱，是我跌不起这个份儿，丢不起这个人。我现在好歹也是著名画家和教授，找我买画的人都排到明年3月了，用不着你们做广告宣传。你要同意，到时候我可以画幅画还你个人情，再画幅给你们单位领导，让你好有个交代；要是不同意，就算我请你喝个茶，喝完你走人。过后见了，也不用记得认识我。我吉大鹏这个人，还是很懂世态人情的，是吧？

二、你别提问题，我最怕这个，一问一答，搞得我像个缩头缩脑的小学生，坐在凳子上，一慌张就尿裤子，或者栽下来摔个狗啃泥。这样吧，咱四老汉放猪——跑到哪儿是哪儿吧，信马由缰人才能说实话。我聊的可能良莠不齐，鱼龙混杂，您择优录取，剩下的直接倒垃圾桶，别让它污染人的眼睛。成吗？

采访我的文章要刊登，必须征得我同意，我这一关若过了，可以用我的真名；若写得我不满意，你就给本人起个假名，阿猪阿猫都成，让那些整天闲得屁股上挂辣椒的人琢磨去，不浪费他们几两脑细胞，我这心里不畅快！

嗨，别笑，你笑点太低了！当然我这个幽默大师妙语连珠，你想不笑也不可能。在后面的聊天中，这样的经典语言还多着呢，你若从现在就开始笑，腮帮子笑掉了没人负责！要真是忍不住，你也把嘴巴用纤手捂上，故作害羞的样子，不要露出一颗牙，这在过去都有讲究的，老祖宗教导我们说：笑不露齿方为淑女嘛！

你若好好听我闲谈，定然受益匪浅。听了我的故事，能不能把你培养成一个好画家不敢说，但我肯定能把你培养成一个好作家！

二、鞋子合不合适，脚最知道，连手都没有发言权

我叫吉大鹏，用老家的方言来说，“我”应该称“俺”，听着一口冲鼻子的土腥味儿吧？沂蒙山的煎饼卷大葱味儿吧？为了让你们不倒牙反胃捂鼻子，我就不折磨你们了。我这口乡

音，骨头烂了都难改，也压根没有改的心思。什么？我的学生们能不能听懂？懂不懂是他们的事，连我的方言都听不懂，怎么能听懂我讲的道理？我的道理可是比我的方言难懂多了！做学生的，就得排除万难才能有所长进，不能老是让别人适应你。我为何不适应别人，而是让别人适应我？因为我已经过了适应别人的年龄了，这就叫多年的大道走成河，多年的媳妇熬成婆！

茶上来了，咱喝，甭管你嫂子！在我们老家，过去来客了老娘们是不能上桌的。现在她们地位提高了，胆儿也壮了，敢和男人平起平坐了。要在过去，不被男人一巴掌扇到桌子底下去才怪！——当然，咱不干那事。谁不是娘生的？要像尊重自己的母亲一样尊重老婆！

你问我的岁数，就像我这半秃头一样是明摆着的，不用像你们女士一样保密。实事求是，我年龄 49，但阅历 94。你们也看到了，我好歹是个叼着烟斗的教授，可是我这个媳妇，是从老家带过来的原配，过去只认得自己的名字，现在在我的启发教育下，能认得我的名字和孩子的名字了。到超市买菜买水果，结合着实物，样样也都能认得，没有买错过。买其他衣物用品，她是没有啥品味，可是她的菜，炒得那真是色香味俱全，尤其是做面食，简直是个艺术家！那双胖手揉揉捏捏，变化无穷，什么包子、馒头、花糕、面条、煎饼、蒸饼，能把你的胃都吃花了眼。

说来令人啼笑皆非，年轻时为了彻底脱离农村，我发誓不娶农家女，但最后阴差阳错还是娶了个农家女，且是个不识字的。这大概就是我的命。你不是好高骛远嘛，老天就用一个女人来刹刹你的威风！我老婆不懂数学，可是她脑子灵得很，算账一分钱也差不了，从来不用计算器，能把卖菜的小贩算傻了。她教育孩子，那更是一绝，自己不识字，却把一男一女俩孩子都培养成了大学生。你说是我的功劳？说实话真不是，我拍打着良心告诉你，我一天到晚将心放在学生身上，把自己的孩子都忙忘了，有时候连他们的名字都叫错。可是，我这老婆，从来没抱怨过，我做什么事，在她眼里都是对的，都有道理。你想找碴儿跟她吵个架都吵不起来。

所以守着这样的老婆，我从来没动过别的念头，这辈子是死心塌地娶鸡随鸡，娶狗随狗了。连陈独秀、闻一多这些五四急先锋，还有陈寅恪这样的大学者都守着原配不离婚，我这小蚂蚁有啥心理不平衡的？你让我学徐志摩，一是咱长得孬没文采，不具备那个资本；二是，我看着他那张小白脸就不顺眼，怎么还会学他？王子公主都不一定保证幸福，所以我这样柴米油盐地过着，觉得挺知足，挺滋润。你说我思想腐朽也罢，说我封建余孽也罢，说我大男子主义也罢，我回你一句就够了："子非鱼，安知鱼之乐乎？"

也许在现在这个时代里，这种教授与文盲的家庭组合几乎绝迹了，所以你会惊奇。但面对着我和我媳妇，请你们一定不要妄自揣测，大呼小叫，这是对我们传统婚姻的尊重。

鞋子合不合适，脚最知道，连手都没有发言权！

我这人的思想，要多开放有多开放，要多保守有多保守，而且，我这个人表里不一：外表粗犷，内里羞涩，一般人我不告诉他！我也不知道我算是个什么人，你也甭想给我定位，你定不住。

你问我是不是怕老婆？不怕，连老婆都怕的人，还有法儿在社会上混吗？这样没出息的男人，在路上见了我都懒得用正眼瞅他，活着干啥？找个针线笸箩撞死算了。不过，不怕归不怕，要装着怕，因为怕老婆是一种美德。你也许觉得我这套理论极其混乱纠结，自相矛盾，但我要说，这就是我的个人风格。任何事情都要区别对待，大问题上原则不变，但在一些小节上，每个人都会有自己的看法和与众不同点，不影响大立场。

说归说笑归笑。现在，离婚率高，很多原先的模范夫妻都离婚了，让人感叹世事无常，人心不古。女人婚姻不幸福，往往就做起了怨妇，抱怨男人对不起她，抛弃了她。其实，依我看，责任在你自己，谁让你没本事拴住他哩？男人就这德行，驴性，受摸不受呛，和狗没多大区别。你要是撒着他，它撒开四蹄上蹿下跳乱踢乱咬，折腾得口吐白沫白眼直翻；可是你若是用一条链子将它拴起来，它就老实了。虽然在初期也会反抗、狂吠，可是折腾一阵子，它也就认命了，趴在窝里喘着粗气翻白眼，啥招儿也没了，用棍子捣也捣不起来。

当然，男人毕竟不是狗，那条链子也不是那么容易往男人脖子上套的。你得动脑子，调动所有的聪明才智，顺着他的毛摸，等他放松警惕了，将那口龇出的牙缩回去了，才能动手。否则，伤人伤己，冷不丁咬你一口就是一辈子的伤疤。

怎么套？那就看每个女人的智慧了，我不给你们支着儿帮你们对付我的同类。再说，我又没被女人套过，咋向你们传授经验？你们晚上睡不着的时候，翻来覆去烙着饼慢慢琢磨吧！

三、我为何不跟他们一样，因为我现在不用装了

这位女记者，你别再捂着嘴巴笑了，笑得我心里发毛。你结婚了吗？哦，没结。那你有情人吗？——没有。好，罕见的好孩子，国家和人民教育得好。不过，我告诉你啊，女人要想变坏，必须在 50 岁之前，否则就没机会了，要抓住青春的尾巴疯狂一把。我？我还早呢，不急，男人变坏的年龄可以限制在 100 岁之内。等你们都变坏了再说不迟。

你说我跟你接触的教授不一样，这个肯定！大家见了都这么说，英雄所见略同。我为何要跟他们一样，他们算啥呀？一个个要么装扮得油头粉面高贵无比，一张脸沉得像秦始皇他爷爷；要么低眉顺眼夹着尾巴做人，浑身散发着腐烂知识的臭气；有的呢，又适得其反，张扬起来了，玩起造型来了，搞起人体艺术来了。大男人，留着油腻腻的长发在学生们面前招摇过市，旁若无人。要是让他们那农村老爹看见了，估计会摸起根棍子把他的脑袋敲开了瓢，或者脱下鞋子来扇屁股。不过

呢，他们也只能张扬到这种程度了，毕竟身为人师，不能像社会小青年那样过分，打上个耳眼，戴上个鼻环，瘦巴巴的胳膊上挎上个眼睛画得像熊猫的小姑娘。要是没有这点分寸，他们真算是白活了。

我是美术系的教授，研究生导师，但我首先是个画家。你说我跟其他画家不一样？那当然，这还用说吗？再强调就是废话了！你印象中的画家啥样？留着披肩发，一脸狂态！哈哈，这倒算是某些画家的一个特征。不过，不是所有留长发的都是画家，还有导演、演员、行为艺术家啥的，一个比一个神，一个比一个装。你要是出门买菜，碰见那些披头散发的，十有八九就是他们。

你问我为何不跟他们一样，因为我现在不用装了，熬出头了！以前为了生存，我也装过孙子，现在不用装了，但也用不着反过来装老爷。我只要活出自己的本色和特色来，就成了。

以前也有个女记者给我写过文章，题目是“特立独行的国画家”，文章写得还不错，将我剥皮抽笋的，一支笔触到我骨头里了。但是这题目，我觉得还是不够劲儿，就干脆一不做二不休，给改成了“独一无二的国画家”，你说咱牛不牛？

对，咱追求的就是独一无二，蝎子拉屎——独一份儿。别的不敢说，咱这个“各色”，谁也比不了，攀不了，想学也学不了。因为在中国，我是个个例：既是教授和画家，又是商人。说起来吓你一跳，我还是个江湖中人！走到哪儿，那些当地的牛人们都跟在我屁股后面，低声下气地喊我吉哥吉哥。我高兴了就哼一声，不高兴了头都懒得扭一下，弄得他们一个个讪讪的。你问他们为何这么尊重我，因为我这人义气呀，豪放啊，一诺千金啊，好人谁都愿意跟你交，连狗看你都顺眼！我这人就这脾气，天不怕地不怕，阎王来了也敢打架——因为我讲理啊！早些年我走南闯北，干过临时工、中学教师，下海当过水产品老板，开过装修公司，业余时间爱画两笔，没想到就画成了教授。我这人胆儿大，爱钱爱享受，什么钱都赚过，却没贩过毒当过人贩子强奸过少女，那不是人干的事，做人要有立场，伤天害理的事儿，刀架在脖子上逼着也不能干！你可以说我混球，可以说我人生观、价值观混乱，甚至说我是个一身江湖气的教授，但你否定不了我的独特性，我是不可复制、不可模仿的！

声明一下，我是教授不是专家，这年头，迷信专家不如相信蛤蟆。

四、知道我教学生跟老板打交道的重要性了吧？识时务者为俊杰

我有多重身份，先给你们讲讲教授这个身份。

我做教授，绝对超及格，这点，连戴着圆眼镜横挑鼻子竖挑眼的老院长，也不得不服。我敬业，对学生要求严，对自己要求更严。学生 8 点上课，6 点半我就开着我的奔驰驶进校门了。我得把给学生讲的课程，先捋一遍。研究生也是学生，学

生在中国是最苦的职业，家里供他们上学不容易，我得对得起他们的父母。

当教授这活儿，到底有多累，你数一数我头顶还剩多少根头发就明白了！累得所剩无几了吧？一操心，头顶的毛和头皮屑就一起往下飘，把我这郁郁葱葱的头顶都落成亮光光的茶壶盖了。虽然不美观，但也算是智慧的亮光吧，教书育人，我自觉很光荣。

我教学生，不仅要教他们绘画技巧，更重要的是教他们怎么跟老板打交道。能将那些大款腰包里的钱，赚进自己口袋里，这才叫真本事。这是我跟别的教授不同的地方，也是他们比不了我的地方。他们虽然自己画画不错，却在院校高墙内与世隔绝，不懂世道人心，没有生存经验，天天过着半死不活的日子，所以他们教出的学生，谁也不敢保证会吃得很饱，估计不饿得奄奄一息就不错了。别怪我说话损，目前，中国书画家的生存现状很严峻，起码不是你们表面看到的那么热闹。

你问我北京现在的画家有多少，据我统计，不下于 100 万，而这 100 万里，能真正靠画画养家糊口的并不多，像××× 那样一画难求的更是寥若晨星。多数人将自己吹得天花乱坠，一平尺多少万，其实是有价无市。最能吹的是书画家，最落魄的也是书画家。你认为自己的画比梵高、毕加索、齐白石、徐悲鸿更不朽，吹得自己都脸红了，却一张画卖不出去，有嘛用？这不，我刚听说，最近宋庄一个画家饿死了！

真的假的？当然是真的！你们女性提问题就是天真。人命关天，再缺德的人也不敢开这样的玩笑。听说，还是个小伙子，媳妇都没娶，父母从河南老家来哭得以头撞地，寻死觅活。可是，就是将地球撞破，有啥用啊？儿死不能复生，可恨这个不孝子，可怜这对老人啊！你问这个年轻画家为何会活活饿死？画得不好，又假清高，画摆了一屋子，却一张卖不出，只能自我欣赏，又不能当饭吃。饿得都眼珠子发蓝了，三根筋挑着个瘦头，还醉死不认那壶酒钱。有朋友要救济他，他躺在地上奄奄一息了，还梗着头不接受！你说，这样的人，不饿死他饿死谁？饿死活该，冻死迎风站饿死不低头的道理，在这个时代已经过时了。

要说迂腐，这才是真正的迂腐。你别笑，现在你知道现实的残酷性了吧？知道我教学生跟老板打交道的重要性了吧？识时务者为俊杰！你画得再好，这个时代不需要你，你就是个悲剧，死定了。这个道理，也可以套用到各行各业，放之四海而皆准。不信，你就试试！

五、我也不瞒你，我姥爷兄弟11个，有9个是土匪

茶喝完了，你嫂子的菜也炒好了，你闻一闻，香吧？来，孩他娘，挽挽袖子继续上菜，咱喝酒喝酒！不要推辞，不要怕醉，到了这儿就是到了家了，来，我这儿有好胃药，先喝出点毛病来，再整点儿胃药！咱们要把梁山，把江湖，统统搬到桌

子上来！

你看我，胸脯一拍啪啪响，说话牛气冲天，像个侠客。这没错，我就是个侠客，甚至是带着那么一丝匪气的侠客！我只有在教书育人的时候，才像个教授。别写成“叫兽”哈！我知道你们年轻人都用电脑打字，不大会写字了。还有那个说相声的郭德纲，骂得也犀利，称我们是“教兽”。

教授怎么啦？教授也是人嘛！

我还不老？还不老呢，都“聪明绝顶”了！难道非得老得眼屎吧嚓了，抖抖索索地拄着个拐棍儿，才是老教授吗？我现在在电梯里，最怕遇见小孩，我要是对人家多瞅两眼，小孩他妈就赶紧对他说：快叫爷爷，快叫爷爷！

你问我为啥是这么种性格，天生的，也可以说基因吧！我也不瞒你，我姥爷兄弟 11 个，有 9 个是土匪，新中国成立前，在我们老家那一带占山为王，杀富济贫，闹得轰轰烈烈不可一世。一跺脚方圆百里都晃动，每一条胡同里的狗都吓得夹着尾巴吱吱惨叫着跑回家去！这在我们当地的县志上，可都是白纸黑字清清楚楚地记载着呢！

我不以此为耻，因为我要是生在那个时代，十有八九也要走那条路的。齐鲁，自古就是个出英雄豪杰和土匪的地方。生在那里，住着那山，喝着那水，听着梁山泊一百单八将的传说，受的是英雄和土匪理论并存的教育和士可杀不可辱的熏陶，自然是一身豪情，一身血性。尽管也有人长成了孬种，但在此地长成英雄豪杰的机会还是比别的地方多。我的人生哲学就是：活，就活他个惊天动地痛快淋漓！所以，每当我喝了点小酒，就把我这些祖宗们的名字和事迹一个个地拎出来显摆一番，不管你怎么看我，偷笑也罢，惊吓也罢，佩服也罢。

我以之为荣的仍然为荣，以之为耻的仍然为耻，我有我的价值观和判断标准，谁也甭想左右我。

我从何时起这么天不怕地不怕的？记得俺娘说过，俺是横着生的，生来就不怕事。从俺蹒跚学步起，就像螃蟹那样一横一横地走路了。别看咱小，一样有霸气。霸气不在年高嘛！俺娘常说，俺三岁的时候，她下地干活将俺带到坡里，让俺坐在簸箕里玩。一条蛇从树上掉下来，掉进俺脖子里，俺不喊不叫，用小手一把抓过来，捏住蛇脖子往地上摔，活活把一条蛇摔断了气。后来有个赶集的老者从旁边走，看见了，说这孩子将来有大处，长虫（方言，指蛇）这样的东西大人见了都头皮发麻，骨头渗凉，这孩子愣是不放在眼里，少见。不过，老者接着还传授了我打蛇的招儿，就是不要用蛮劲，只要拎着它的尾巴抡圈儿就行了，用不了几圈，蛇的骨头就散架。

打蛇打七寸，这也是老者教我的，够准够狠！现在在日常生活中，我还常用这个绝招儿，专打那些不怀好意的毒蛇、坏蛇、歪蛇。谁若得罪了我，我有招儿治你，保准让你天天做噩梦！我这种人，八百年前关汉卿就为我画像了，我是个蒸不烂、煮不熟、捶不扁、炒不爆、响当当一粒铜豌豆。我被蒸煮捶炒了八百年了，还这个样，谁还能把我怎么着？

我粗暴？一点也不！有句谚语：“清白的良心是最好的枕

头。”你睡不着，做噩梦，说明你做了缺德事儿了，我不过是在替老天惩罚你。惩罚这个词儿有点过啊，我没那个权利惩罚别人，那就用折磨吧，我不过是在替老天折磨你！

六、我最与众不同、备受争议的身份，当然是：江湖

喝了几杯了？甭管它，也别数瓶子，显得多没出息啊！看人家这位女士也没这么计较。喝白酒要像喝啤酒一样，仰着脖子咕咚咕咚往里灌，那才叫一个痛快。我们的先祖过去没有饭吃的时候，就是这样敞着怀站在风口里灌西北风的，一灌一个饱，把那瘦得只剩一层皮的肚子能喝炸了。喝酒，不是为了醉，是为了一个气氛。你这小心翼翼的喝法，要是让我们老家那群梁山好汉们见了，准保气得死而复生，揪住你脖领子胖揍一顿！

下面，我就捋捋袖子，给你们讲讲我的另一重身份，它是最体现我个性和本质的部分，也是我最与众不同、备受争议的身份：江湖。

在教授群中，大家都知道我吉大鹏是个江湖中人。现在学院跟社会打交道，有摆不平的事，院长就亲自出面找我吉大鹏。只要我出面，三教九流，还没有不给这个面子的。我吉大鹏头上长角、身上长刺，宁折不弯，个性凛冽却又绝对有让你心服口服的一面。在某些时候，毫不夸张地说，我这个人的作

为，也会有让你跪下来的冲动。

当然，我吉大鹏在江湖混，一不用刀，二不用枪，靠的是满脑子的智慧和这伶牙俐齿，最主要的还是这一拍胸脯啪啪响的豪迈。我跟哪个行业的人都混得上来，跟捏着鼻子说话的男旦握过手，跟性情暴躁的老将军下过棋，跟烤肉串的维吾尔大哥也能称兄弟，那些混混们，见了我老远就把腰弓成猫，毕恭毕敬地喊大哥。要想人家服你，你就必须有两把刷子。说话做事都得讲规矩，讲义气，通情理。否则，谁服你？江湖不可怕，任何江湖都是讲规则讲道理的。你要是自己能做到，连江湖都会怕你，甚至敬你。我吉大鹏一身正气，天不怕地不怕，不怕白，更不怕黑。

这不，前阵子一帮美术系的学生起来闹事，找导师的碴，联名将导师告到院长那里。把这个导师吓坏了，深更半夜揣着两条软中华来找我。都是同事，我本来就看不上这人，觉得学生闹腾也有道理，你身为导师，却一连两个月不让学生见到你的面儿，有什么资格称导师？学生又能跟你学什么？但这位导师苦着脸一说，我就忍不住拍了桌子。原来，是学生们抱怨导师没本事，不能帮他们在全国的书画比赛中获奖。有一些又急于赚钱，得空就跟着画商到处卖画赚小钱，等于把导师给当成咸鱼挂起来了。剩下的几个学生，也是三天打鱼两天晒网，画室里畅通无阻，寂寥得快要跑耗子了。这个导师没本事，唬不住他们，又不敢报学院，只好天天弓着腰，鼻子上架着副大眼镜，跟着老婆到菜市场买菜去，比个娘们还娘，你说这可怜见的！

老实说，这个导师和这帮学生都有错，但现在不是讲理的时候，也不是探讨谁对谁错的时候，先把课恢复了再说。擒贼先擒王，我把那个带头闹事的学生给逮住了，我说：你们要只想赚钱，就不用再到这个校园来了；要想从学院拿到研究生文凭，明天就必须全部来复课，少一个拿你是问！我吉大鹏说话从来铁板上钉钉，放屁都砸坑，你若敢迎风而上，就试试看！

结果怎么着？一个个悻悻地回来复课了，蔫头蔫脑的。我没唾沫滔天地臭骂他们，是看他们导师的脸面。你画得再好，在外面败坏老师，就是本质问题，这样的人我不但看不上，见一次我还骂你一次。这位女记者，你说啥？他们有自己的想法？人不能有太多想法，要那么多思想干吗？尤其他们现在还是学生，将该学的学好就成了。一个年龄做一个年龄的事情，不要越着锅台上炕，省得摔着，弄成残疾人。

就这事本身来说，首先得恢复秩序，这是正事，其他的事慢慢解决，乱麻不是一只手就能捋好了的，鱼头不是一下子就能摘净刺儿的！不过话说回来，摊上这么个低能的老师，以后这事儿还得出，要想人家服你，你首先得服人。是吧？来，再喝一杯！

七、我的江湖，首先从放猪开始

下面我要言归正传，讲一讲我的江湖了。这是我人生中最难以忘怀也最激动人心的部分。

我的江湖，首先是从放猪开始的。所以你要写文章，我给你取个名字，直接就叫《吉教授放猪记》得了。教授放猪，这事儿新鲜，有吸引力。我也奋不顾身地奉献一回，为你招徕一下读者。

我怎么放起猪来了，当然不是指现在，我现在已经不用放猪了，我放学生；既然不是现在放猪，你们一定会猜想是我被打成右派时放猪吧？对不起，别看我长得老，但人家轰轰烈烈打右派时，我还是个刚缝上开裆裤的孩子呢！

我放猪，是在山东老家的吉古庄。我是村里的社员，十几岁的社员。放猪，是队里安排的活儿。我不放猪，队里就放我了。猪一赶到野外，就有草吃；人呢，一不干活，就没有饭吃。所以说，那时候，猪的日子比人的日子好过，也比人的地位高。人伺候猪，但猪用不着伺候人。

别看我的文化水没有多深，但我从小爱思索，我的哲学思想就是在放猪的实践中慢慢形成的，并且是不折不扣的辩证唯物主义和历史唯物主义。我会辩证地看待问题，毛泽东说要一分为二地看待问题，我看问题，可能一分为三，一分为四，一分为八。我这个人，也是块钻石，从哪个面看，有哪个面的棱角，哪个面的闪光，当然，也有哪个面的丑陋和阴暗。这个，我一点用不着避讳，谁脖子后面刮不下二两灰来？你们女人崇拜的女作家张爱玲不是说过吗，从鼻子下面往上看，谁鼻子里没有二两鼻屎？

说言归正传，又扩岔了，请原谅！说起来放猪，当然非我

所愿。我那时候才虚岁 13，留着个茶壶盖那样傻蛋的头，腰里揣着个弹弓，整天牛皮哄哄的，闭着一只眼睛对着树上的鸟儿练瞄准。正是做梦不爱醒的年纪，怎么甘心放猪呢？我刚上初中，还想上高中呢，结果队里的贫管会主任老歪就剥夺了我这光荣的权利，将我拽下来到生产队放猪。那时候，贫管会主任比支部书记权力还大（那时越穷越光荣嘛），什么事都管，恨不得连老母猪生崽的事也掺和。大家叫他老歪，除了他中过风嘴巴没正过来外，还因为他心术不正，看人也斜着眼。俺姥姥说过，心术不正的人，五官也不正。

你看，乡下净出哲学家，随便一个老妇瘪着嘴巴这么随口一说，都是顶呱呱的真理，服不服？

没办法，谁让咱成分不好呢："地、富、反、坏、右"不能接受教育，只好下来割草放牛种地！我那 9 个英雄好汉的姥爷，让我这个压根儿就没见过面的外孙受牵连了。就为这个，我至今还感谢他们，给了我磨炼成长的机会，并且时至今日，我对他们的尊敬与钦佩还在与日俱增。为啥？就是因为如今咱们国人，缺的就是这种豪情，这个劲儿，这个骨头和血性。获诺贝尔文学奖的莫言先生曾经感叹"种的退化"，可不是嘛，现代人真是火柴盒养蛐蛐——越养越窝窝，一辈不如一辈了！

言归正传。我平白无故地就被剥夺了上学的权利，能甘心吗？甘心我就不是有 9 个土匪姥爷的外孙了！毛爷爷说："人不犯我我不犯人，人若犯我我必犯人。"你不让我上学，我能不记恨你吗？猪都知道记恨人，难不成我还不如一头猪了？

我要让贫管会主任老歪知道我的厉害！所以，这天半夜里，借着月光，我揣着把斧头就直奔老歪家门口去了，两只小眼睛锃亮。别看咱岁数小，可是咱胆儿肥！老歪家在村口，孤零零的，旁边只有几间废弃的烤烟屋。这家人，连住个地儿，也要与众不同。天还没亮，我就将他家门前两棵刚栽上不久的小树放倒了。树小，不经砍，几下就解决了。你说他家人睡得多死！我小斧头砍得梆梆有声，他家人愣没一个听见的。大概觉得自己是一方霸王，没人敢怎么着，压根也不往这方面动心思。估计砍树那动静，他家圈里的猪都听见了。我看见他家枣树上睡着的几只老母鸡，缩着脖子动了动，又没声息了。

树砍完了，村里人还没醒呢！我把斧头往腰里一插，不慌不忙地回了家，冲干净手和脸上的汗味儿，咕咚咕咚地灌了一肚子井水，又小睡了一觉，神不知鬼不觉。我家里人不知道我深更半夜干了这么件大事，但我估计天亮后，贫管会主任应该知道他家门前的树是谁砍的了，也应该知道我砍他家树的那意思了。

嗨嗨，别说咱心狠手辣。恨谁，就该让对手知道，千万别藏着掖着！只有这样，才能让他受双份折磨，并在折磨中检讨自己的做人问题。

这事儿不能就这么了了，那是肯定。果然，太阳刚从我们那猪圈墙后爬出来，村东头槐树下的那口铁钟就敲响了。那些年，这些破铜烂铁的声音真是把耳朵都听出茧子来了。接着，

队长的哨子也嘟噜嘟噜地吹起来，带着刺耳的尖音，召集社员们到槐树底下开会。我抱着个小板凳，跟在老少爷们后面来到树下，见老歪的嘴巴气得几乎挂到了他那对招风耳上。他一蹦三个高，唾沫横飞地叫骂，说要调查砍他家门前树的罪犯，扭送到公安局去。我知道他是敲山震虎，想把我的胆儿吓破，不打自招呢！他太低估我了，胆小我就不是土匪的外孙了，也不会砍你家门前的树了！我在人缝里朝着老歪嘿嘿笑，气得他那只歪嘴巴左边扭扭，右边动动，都不知往哪边歪好了。

那时候，为了几棵树，没有劳烦公安局破案一说。而且，尽管老歪心里知道是我这小子干的，也没抓住我手脖子，没有证据。即使抓住了，也没招儿。我虚岁才 13，还是个未成年人呢！若真让公安局抓我，一个大人和一个孩子一般见识，光父老乡亲的唾沫就能把他淹死。公家有公家的法律，村里有村里的哲学。你这个贫管会主任只要还是村里人，老婆孩子还在村里住着，就得遵守村规，尊重村里的哲学。嘿嘿！我看你拿我咋办！别看我小，我人小鬼大，吃透了乡下人的哲学，才敢这么有恃无恐的，所以庄里人说我从小就有出息。我表舅舅宋明理呢，夸我聪明。前不久他从国外拄着个文明棍回来，又摸着我的秃头顶夸我聪明。我说："舅舅，我都快 50 岁了，老得头上的头发也比你多不了几根了，你再夸我聪明我就有点太悲剧了。聪明在我这个年纪，已经改名了，叫智慧！"

八、贫管会主任给一个孩子送礼，这样的奇事只有吉古庄才有

这是我第一次江湖亮相，尽管这个江湖不大，也就是个百八十户的村子，但我从此一举成名，吉古庄有个天不怕地不怕的小子，这事儿传得四乡八疃无人不知，无人不晓。乡下人像一群羊，被狼欺负惯了，天天低声下气，夹尾巴的狗一样没有尊严，冷不丁冒出来这么个抹着腰怒气冲冲的孩子，谁敢欺负他就和谁拼命，令乡亲们扬眉吐气，所以我就被他们视为了英雄好汉。可以说在我身上，寄托了被侮辱和被损害的父老乡亲们的希望。我放猪时，碰见外村背着粪篮子拾粪的老汉，他一听我是吉古庄的吉大鹏，就把几粒驴屎蛋往粪篮子里一扔，腾出手来朝我伸大拇指。

咱矜持地朝他不咸不淡地一笑，把鞭子响亮地一甩，就赶着猪往河边走，不和他说一句话。既然都将咱当成了英雄，咱就得有那么股劲儿，保持一点儿神秘感。咱心里明白咱是个孩子，不能和大人说多了，省得露了底儿。咱肯定也能长成他们想象的那种好汉的，只不过还需要几年时间。咱得在被他们看透之前拿捏好，等真成好汉的那一天，再张牙舞爪不迟。就像今天，我一个放猪娃成了教授，底气足，根儿壮，牛得很，除了假装着怕老婆，还怕谁啊？

再倒回头去说我的初入江湖。我的报复计划还没完呢！光

砍了贫管会主任老歪家门前的树不过瘾，也不足以砍掉他那张牙舞爪的爪子。我还得想办法治他，让他知道不让一个穷孩子上学的后果，让他见了村里每个人都疑神疑鬼，却又不得不点头哈腰。

你们猜我是咋整治他的？我捡了让他最怕的事来干。他那个头顶着几根黄毛的儿子瓜娃，以前狗仗人势，村里的孩子甭管比他大的还是比他小的，他没不欺负的，我要拧拧他这个弯儿。若让我碰见，见一回我打他一回，每回都打得他拖着鼻涕或者挂着血花逃跑，裤子都快跑掉了。打了几次，我把瓜娃的灵性培养出来了，见了我就像老鼠见了猫似的，“嗖”地就窜得没影儿了。以前那孩子蔫头蔫脑的，走路都掉鞋子，被我打惊了之后，就利落多了，应该说，我对改造瓜娃作出很大贡献。如此几回之后，他已经跑得比兔子还快了，具备了短跑运动员的基本素质。

我要对付你，就要对付得你心服口服，让你一朝被蛇咬一辈子怕井绳！这么一来二去，瓜娃的眼睛都被我吓圆了，天天瞪得跟猫头鹰似的，听见动静就想跑。老歪也怕我了，嘴巴几乎歪到后脑勺上去，牙痛到不行的样子。孩子间打架，他也不好意思动用他的权力啊！我赶着猪到坡里去放的时候，他就打发他那蓬头垢面的老婆到小卖部买了两封青岛饼干，一个橘子罐头，一个山楂罐头，掖掖藏藏地揣着来我家，请我奶奶给求个情劝说我一下，不要再打他家那个窝窝囊囊的黄毛小子了。

贫管会主任给一个孩子送礼，这样的奇事也只有出在吉古庄，出在有我吉大鹏的村子。看来我吉大鹏走到哪里，都会创造奇迹，呵呵！

我放猪回家后，摸了根黄瓜正吃呢，我奶奶拄着拐棍，挪移着那三寸小金莲蹒跚从里屋出来，不轻不重地朝我那尖尖的屁股上就是一拐棍，嗔骂道："小狗日的，天天兴风作浪！往后可不兴再打人家瓜娃了，听见没？"

我脖颈子一拧说："晦气！那不成，该打还得打，谁让他爷俩欺负人的，谁让他爹不让俺上学的？"

我奶奶她老人家就说："不能上学的又不光你一个，看看咱村，认识自家名字的有几个？上完初小的有几个？人得知足，知足是福，不知足是祸。再说啦，队里缺劳力，咱家也得有个和你爹一起挣工分的。咋的，养家糊口，你个小东西还不乐意吗？"

我嘟嘟哝哝地说："乐意不乐意是俺自己的事，他凭啥做主！"

我奶奶一听，那根磨得光溜溜的桑木小拐棍又抡起来了："咋的？你奶奶的话都不听了？能得你不轻！家有家长，村有村官，该服管的时候你就得低头。要是都像你这么不听话，咱村不就乱套了？社会不就乱套了？"

"乱套活该，碍俺啥事？俺不过是一粒老鼠屎，顶多带坏一锅疙瘩汤！"

"你个小东西，老天不打个霹雷震震你，你就不知天多高地多厚了。世事繁杂，人心不古，你没经着狸猫挠一爪，我看

你是不知道肉痛！”

我一看奶奶的拐棍真要落下来了，好汉不吃眼前亏，也就撒开腿跑了，跑到门口傍着门框继续吃我的黄瓜，朝着奶奶挤眉弄眼。奶奶用拐棍遥遥地指着我，问我改了不？还打瓜娃不？我不情愿地说：“好，看你的面子，俺就不打了。不过你得给老歪他老婆递个话儿，老歪爷俩要是敢再欺负人，俺也不打他家瓜娃了，俺抱着瓜娃一起跳井去！”

奶奶一听，又抡着拐棍颠儿颠儿地跑过来。我欺她跑得慢，等她的拐棍戳到我鼻子底下才不慌不忙地逃跑。谁知我爹正巧扛着一挂犁下地回来，看我惹奶奶生气，将犁一扔，上来就踹了我一脚，鞋上的泥巴沾了我一屁股！

本来，我计划在 18 岁成年之前，再弄几个事件教训教训老歪的。我雄心勃勃，要在村里树立我的少年英雄形象，只要我还未成年，我就是把他儿子推到粪坑里喂太岁，他也得白瞪眼！大人好整治，小孩可不好对付。但他这么一服软，我还真没招了。再加上家里人威逼利诱，我也只好消停了。我这人，从小就这个受摸不受呛的驴脾气。就像俺奶奶摸着俺的头说的：“俺这个孙子尽管邪头，但很讲理！”当然，从这个事上也可以看出老歪的人性，贫管会主任也是人嘛！他作为一个当爹的，还是很爱自己孩子的。

就这么着，先把贫管会主任这个鳖头按住，就没人再敢明目张胆地欺负人了。此后，我的事迹虽无大的突破，但勇敢形象基本在吉古庄树立起来了。记得后来我考上大学要走的时候，老歪他们不但不因为我成分不好难为我，还欢天喜地地在大队屋门前放了一串鞭炮庆贺。我知道他巴不得我走了呢，你想啊，我要是留在村里，就凭我这个智商，他们的日子能好过吗?

九、我敢说，没有谁比我更了解猪

你们别以为我们那个年代穷，才不穷呢，我们的精神世界很丰富；你们也不要以为我们那个村落后，才不落后呢，我村当时很超前，老是上书上报，放卫星，是江青在全国树的典型。我们村子虽然算不上有多大，却是麻雀虽小五脏俱全，鱼鳖虾蟹全不缺。

海派清口周立波在一期节目中，曾经说到五六十年代的一件荒唐事，说在山东某地当时有个轰动天下的报道：一个农村老太太养的一头猪，一次下了56头小猪，被称为只有社会主义国家才能发生的奇迹。这件骇人听闻胡编乱造的奇事，就发生在我们村，按当时的话来说，是我们村放的一颗卫星。另外，我们在“文革”时还产生了中国第一个无人商店。为节省劳力，体现劳动人民的好思想好品质好风格，小卖部大门洞开，商品上用圆珠笔标着价格。谁想买，把钱放到柜里，拿起商品就走人。

你说，我们村先进不先进？超前不超前？无人化管理呀！

在这种先进形势影响下，我从一个初中生慢慢蜕变，已经具备一个农民的雏形了。我留着时髦的小分头，对襟小褂上特

地让我奶奶给缝了一只口袋，在上面插了一支钢笔，一支圆珠笔，一看就有文化，有范儿。每天，我赶着猪游荡在山野村庄之间，身上带着猪粪和青草混合的复杂气味，却也算优哉游哉，乐不思蜀。生产队那些大人，我很烦他们，天天累得半死不活，一脸悲苦相，却还一边干活，一边鸡一嘴鸭一嘴地讲别人的闲话。他们的闲话比谁讲得都多，却啥事也干不了。我很庆幸远离他们，和猪一起自由自在，还可以天天琢磨点事儿；累了的时候，躺在树荫下的石头上，看几页《三国演义》或者《水浒传》，这都是我从姥娘庄里那个叫宋明理的表舅家弄来的，那书已经被他翻成烂狗肉样。我这个表舅心眼多，是个远近有名的小诸葛，他的智慧，大都是从这些书里来的，所以，我也要学着点儿。人要是看这类书看多了，就不是人，是人精了！俗话说“少不看三国”嘛！这些闲书看完了，我就问人借了高中的书来看，这么聪明的脑袋，不能让它闲着呀！无聊的时候，我就捡根草棒画山野的景色。大自然就是我的课堂，有山有水有花有草，抬起头，还有漫天舒筋展骨的云彩，想画啥都有参照物。我后来能上大学，当画家，全赖那段放猪生活的培养。你们看，我从小就是个有追求的人，绝不安于和周围的人一样碌碌无为。

那时候，虽然放卫星的年头早过了，但贫管会主任老歪还沉浸在“一头猪生 56 头猪”的幻想中，眼睁睁地看着一头头肚皮拖地的老母猪临产、下崽，却没有一头猪完成他的指标。他很失望，也明白了他的愿望不切实际。他只好放低对猪的要求，不求它们下多少崽，只求它们能更肥一些，长得更快一些，过磅的时候分量更重一些，挂到钩子上的时候更新鲜一些，肉嚼到嘴里的时候更香一些。

而这些，猪自己是做不到的，只有放猪的人不怕艰苦排除万难，多带它们寻找一些地肥水美的草坡，多吃一些味道鲜美的草，才能实现。于是，我这个半大小子的放猪任务就显得十分艰巨。要是让队里的干部们发现我放的哪头猪瘦得掉了膘，估计他们比猪的爹还着急。

不过，我可以负责任地说，我这人，在哪里也是好样儿的，就是让我扫厕所，也准保比别人扫得干净。珍珠到哪里都闪光，有本事的人，不怕环境孬，就怕做不好。我做教授是称职的教授，做猪倌也是合格的猪倌。我放的猪，个个肥头大耳，膘肥体壮，精神抖擞。没有一头猪的肚子不是胀鼓鼓的，像怀了孕。

我为什么能做得这么好？因为我跟猪之间有交情，有默契。我对它们好，它们也回馈我一身肥膘。我跟猪的那个感情，可以说比哥们儿还哥们儿，亲弟兄也未必比我和猪的感情深。

我还敢说，没有人比我更了解猪！

猪啊牛啊驴啊马啊骡子啊的，那些东西我太知道它们的脾性了，它们记仇也记恩，谁对它好，它就对谁好；谁对它不好，它趁你不注意给你一蹄子，或者趁着没人的时候，用牛角将你拱到豆子地里去。你看它们的眼睛，都是湿润的、温顺

的，但你得罪了它，它就充满了仇恨。你第一天得罪了它，第二天早上看见它，保管它的眼睛是红的，布满了血丝，这东西，它为你一夜难眠呢！它恨人，比人恨人还严重。人有话能说出来，动物有话，只能埋在心里，它可能埋个十年八年，耐心地等待机会报复你。沉默寡言的动物，最沉得住气。

听了我的故事，你们要记着：要像尊重人一样尊重动物。你不尊重动物，你就得交霉运。因为动物是大自然的一部分，并且是最有实力报复的一部分。不敬它们，就是不敬天地，不敬天地，那就等着大自然来收拾吧！过去有句狂妄的话，叫人定胜天，啧啧，狂得多豪迈啊！可是你想过没有，即使你今天胜了天，明天老天爷能放过你吗？今天这些层出不穷的奇事儿如非典、禽流感啥的，哪个不是人类自己惹的祸？连鸡啊鸭啊猪啊这些弱小的动物都来报复了，想想人类得罪了多少生灵，污染破坏了多少环境，想想人类还有多少好日子吧！

你以为我说得严重了？那你就试试看，你先得罪得罪一头牛看看！那家伙可是倔得很，你得罪了一头猪不要紧，猪木木的，老实，得罪了牛，那你就麻烦了。牛看着也老实，却是最有爆发力的。它那对牛眼瞪着，比电灯泡还亮，那对弯弯的角，比钩子还利，你若惹了它，它头顶那对角不会饶你！

唉，说了这么老半天，好像在替动物威胁人，其实现在很多动物，已经离我们的生活越来越远了。农村一年四季耕耘播种都有现代化的机器，那些个头大的牲畜，如牛啊驴啊骡子啊都没了用场，或者被杀肉吃了，或者被卖掉了，渐渐消失得无影无踪，再也唤不回了。嗨，悲剧啊！不过话又说回来，那些活下来的仍然受着人类折磨的动物，不一定啥时候就发起总攻了，到那时，咱们就一起受吧！我这样说，可不是耸人听闻！

十、关于如何带好一支团队，可以参考我的放猪理论

近年来，我发现一个问题：不但人的价值观混乱，对动物的称谓也混乱了。有一个作家叫王小波，很有名，可惜已经去世了。这位仁兄就称猪为“只”，那么肥壮笨重的动物，被他轻飘飘地说成了“只”。那么多人称猪牛马为“只”，始作俑者我怀疑就是王小波这位仁兄。现代人的特立独行，从称一头猪为一只猪这事上就看出来了，好歹没将“一个人”称为“一只人”或者“一头人”，已经不错了。

不过，也许只有我这个过去的放猪娃还在计较：猪不论只，论头！

其实，我刚开始放猪的时候，也不了解猪，挨了它们很多欺负。它们不但不听我的话，连我的鞭子都不怕，我想教训它们一下，它们就在一头黑猪的带领下，漫山遍野地疯跑，跑得比疯牛还野！把我这个十几岁的孩子，可给累垮了！一个人追一头猪还好说，一个人追三十多头猪，我就是浑身长满蜈蚣那么多的腿，也没用啊！我刚想蹲下来喘口气，一头粉红色的小猪就趴到我肩上了！我俩呼哧呼哧地喘着粗气，要是那时有相

机的话，照下来，那简直像对亲兄弟呀！

看，连这么小的猪都敢明目张胆地欺负我，没在我头上拉屎，已经万幸了！这些贼玩意儿，我将它们赶到一处草坡下，它们吃着草也是心不在焉，这儿啃一口那儿啃一口，啃得没滋没味的，完了还吧嗒吧嗒嘴，好像在说："这草，癞，不香，不香！"傍晚时我赶着它们往队里走时，不由得垂头丧气，就怕被队里的人看见那些猪一个个肚皮塌塌的样子。人饿成那样没人管，猪饿成那样人的责任可就大了！

一个大小伙子被猪欺负成这样，这可咋好？在人堆里，我还算是个欺负别人的豪杰呢，咋的到了猪这里就束手无策了？我不服气，天天对着那些哼哼唧唧不怀好意的猪们瞅，瞅出了些门道。正巧看瓜田的五保户瘸三爷蹲在地头上抽烟袋，我走过去，将衣襟里兜着的蘑菇倒进他的篮子里，趁机向他请教管猪经验。他用力闻了闻蘑菇的鲜味儿，看也不看我，就自顾开了口，就像对别人说话似的。

他说："猪，俺也放过，看俺这条腿，知道咋瘸的吗？"

我凛然一惊，说："咋瘸的，难不成让猪给踩的？"

这下，瘸三爷那张老脸竟然露出了笑模样。他将烟袋往地上磕净烟灰，又照着我的小分头敲了两下，说："怪不得人家说你猴精，原来你还真是不傻，敢想，敢做，还敢说。人在这世上混，就得有这股子劲儿。我这腿，对别人说是黑夜里走路，掉进沟里摔的，其实真是给猪踩的。前两年，个人不准养猪，我偷养了两头。吃不饱呀，人都饿成虾皮了，猪能吃饱吗？没法子，我只得深更半夜将它们偷偷赶出来，到野外放。猪见了草，能不急吗？两头猪争先恐后朝着草跑，把我给绊倒了，然后又被它们踩了，好歹那猪蹄没踩出我眼珠子来，已经知足了。但这条腿，是活活让这畜生给踩断了，嗨！”

我听得惊心动魄，但这不是我想要的内容，我想要的是征服猪的诀窍。可瘸三爷这个老东西说到这里，又蹲在那里不吭气了。后来，我耐着性子，陆续用了很多蘑菇和野果，才让他开了金口。

他说：“小子，你要想让所有的猪都听你的，其实并不用费多大的劲儿，这里面有个诀窍，你只要降住一头猪就成了！”

我很迷惘，眨巴着眼睛说：“一头猪？我放着三四十头猪，如何只降住一头就成了？”

瘸三爷将烟袋锅往胶鞋底下磕磕，又想敲我的脑壳，我躲过了。他说：“你这孩子这么精，咋的又傻啦？让你降一头，肯定这头是头儿，你只要在一群猪中挑出个头猪，杀一儆百，杀猪给猪看，这样猪群就好管理了。你一挥鞭子，保管它们都哼哼唧唧地跟着你跑！”

我挠着后脑勺苦闷地说：“那我怎么知道哪头猪是领头的？”

瘸三爷说：“那就要靠你的眼力了！俺瘸着条腿，你总不会指望俺一瘸一拐地去跟在猪群后面，给你去观察哪是头猪吧？”

瘸三爷说完，就一瘸一拐地走了。我潇洒地一拍我那小分头，就回去琢磨头猪去了！

我终于将头猪瞅明白了。甭看咱这对小眼，从小就聚光，毒着呢！啥事儿在我眼皮底下一过，都甭想逃过我火眼金睛，何况你一头猪！那领头猪，是一头长腿长嘴巴子的花斑猪，它骨架子大，一看就是肯长肉并且将来一定能长得很大的那种猪。它小眼睛大耳朵，鼻孔忽闪忽闪能放进俩乒乓球去，长得奇丑无比。最明显的特征是头顶上靠近左耳的地方，长着黑白相间的花斑。猪也有长得花里胡哨的，一看就不是省油的灯！不过你再能，也是一头猪，碰上我这刁钻古怪的主儿，你注定得丢盔撂甲，摇尾乞怜。

这天，猪们又开始集体闹事。我刚将它们赶到坡上时，它们还装作良民模样文雅地吃了会儿草，然后趁我不注意，突然不约而同疯了似的撒开蹄子狂奔起来。朝着远处蛐蛐河的方向，跑得十分放肆，十分飞扬，十分浪漫，那豪放的场面，跟电影上牦牛、野马的气势差不多。看得我一时有点呆，不过很快就反应过来，我从腰里解下早就准备好的草绳子，朝着猪们追过去，双眼直盯那头花斑黑猪。它在猪群前面靠近中间的地方，跑得最为亢奋。我想，一定是这家伙策划和领导了这次暴动吧？

小样，你就狼窜吧，有你好看！

我在猪群中一把采住了花斑猪肉乎乎的尾巴，它很狡猾，前蹄拼力一蹦就解脱了，其他的猪边狂奔边做保护头猪的工作，它们一边跑一边自觉地聚拢，将花斑猪围在中间。我好歹将它追上，本来还要给它做做思想工作，但看它这样气势汹汹，也就不客气了，扑过去抱它的脖子，绳子左冲右突中就套在它皮儿松松的脖颈上了。

驯服了头猪，我的日子就好过多了，天天阳光灿烂，自由自在，堪比皇帝。所有猪都对我粉面含笑，俯首帖耳，见了我就摇尾巴，摇耳朵，母猪见了我，还要抛个肉乎乎的媚眼。这位女士，你现在可以想象一下当时那激动人心的情形，人与猪共舞的和谐场面，现在是甭想再看到了，世间也不会再出现第二个叫吉大鹏的少年了。

我放猪，很公平，对所有的猪都一视同仁，无论你是白的、黑的、花的、尖嘴巴的、圆嘴巴的、进口的还是土生土长的……我尊重猪，我用猪的标准去对待猪，不用人的偏见去看待猪，也不用人的审美来评论猪的美丑。更重要的是，我不搞种族歧视，不管白猪黑猪，都是猪嘛！不要以为白的猪就比黑的猪卫生，只不过表面看着白而已，身上的毛里面一样藏污纳垢，生着虱子。而且，猪卫生不卫生好看不好看，不是猪的标准，是人的标准。人都是以自己的标准去衡量动物，这哪儿成呢！

正因为我尊重猪，拿猪当猪看，所以猪们也都尊重我，对我感激涕零，视我为它们的精神领袖。你说，这支猪队伍不就好带了吗？现代人，讲究个性，也讲究团队精神，关于如何带好一支团队，可以参考我的放猪理论。

十一、人要是真愤怒了，甭说人，连鬼都怕你

一个孩子要对付一个大人，比一个大人对付另一个大人赚便宜得多。我在吉古庄，不能说打遍全庄无敌手，事实上除了欺压我的人，我没有真正的敌人。我只打那些欺男霸女耀武扬威的家伙，用现在的话叫村官村霸，这一点，充分体现了劳动人民当家做主的理念。我吉大鹏牛吧？我在村里扬名，是由于整治得贫管会主任老歪服了软；我扬名全县，却是由于我后来的另一个壮举：我一砖头把工作组组长打得卷着铺盖卷儿跑掉了。

这事儿，得从我姥娘说起。你看，我最先出名，都是因为你们伟大女性的成全啊！

我姥娘，是我们那一带方圆百里著名的神婆子。平日里，她是一个小巧玲珑、慈眉善目的老太太。收拾得干净利落，后脑勺上挽个发髻，戴着一对摇摇荡荡的银耳环，说话慢条斯理，温言软语，手也软得像条绸子，很有种大户人家的高贵气质，那双三寸金莲也比我奶奶的更像小辣椒。乡里乡亲的有人来求她，无论打卦、算命、看阴阳、择吉日，给小孩取名、叫魂，还是为老人扎招魂幡，都有求必应，来者不拒，并且她有个跟其他神婆子迥然不同的长处：不贪不图，不想人家的东西。人家有那个心，捎一盒烟、几片拢过的烟叶子或者挎篮子扁豆茄子土豆来，她也收下；家里穷，两手空空地来，她也不嫌弃。见有人带来的孩子衣衫褴褛，可怜兮兮，她还会找几件衣服，让人家捎回去给孩子改件夹袄穿，或者从贴身的衣襟里掏出两块花花绿绿的糖块，抖抖索索地剥了，亲自填到孩子那含着鼻涕的嘴里。

我姥娘就是这么个善良的老太太。她顶着的“仙家”，据说是黄鼠狼，仙名叫黄仙姑。这个仙姑道行很深，一下界就伏在我姥娘身上。这下我姥娘就彻底变了一个人儿，她开始眼泪鼻涕一大把，不停地要烟抽，边噗咂着烟边不停地手舞足蹈，又唱又跳又哭又叫，连说话声音都变了，一会儿是男的，一会儿是女的，表情也是千变万化。我偷窥过我姥娘上神的场面，那真是惊心动魄啊！好像真的看见各种动物或者鬼怪的脸，从她那张皱纹纵横的脸上浮现出来，烟雾缭绕，冷气森森，吓得周围的人一个劲地往后缩。你们别怕，那也可能是一个半大孩子的想象或者幻觉罢了！但这个事儿，我至今不能解释，鬼啊怪啊前生啊后世啊，那些事，是迷信还是存在，谁说得清呢？来世有吗？什么样？谁见过，谁要说他是去了一趟又回来的，保管大家都像躲鬼一样地躲着他！但用句时髦话说就是：“不能用科学说明的事不证明就不存在。”既然说不清，我们就要有个现实的态度：好好享受现世，甭管未来。

那年头，大家都闷头干活，黄牛一样，没有其他娱乐形式，活得很寂寞，但也有很多我们现在看不到的热闹。那种纯粹乡土的、民间的聚会，一旦形成，就轰轰烈烈，投入了百姓

们一种自发的、天真的热情。那种欢喜，是一种发自内心无拘无束的欢喜啊，那种感觉，再也找不到了，回不去了！我姥娘作为乡间一个著名的神婆子，尽管少言寡语，也没有电话、手机这些联络形式，却仍然很有号召力。经常有四乡八疃的神婆神汉们到我姥姥家来聚会，轰动得很，前来看热闹的人将两扇破门都挤下来了。当然这些也是破四旧以前的事，以后上面抓牛鬼蛇神，就不敢了。即使搞一点迷信活动，也是小范围的事儿，所以政府与神婆神汉们之间，还能相安无事。天上的神只要不干扰地上的神，地上的神基本还能睁一只眼闭一只眼。

但是到了“文革”期间，那些神婆神汉们，不管还上不上神，聚不聚会，显不显神通，一律开始倒霉了。工作组一声令下，民兵连的人就开始风驰电掣地行动：抓！

抓住了，一个个用小草绳那么一捆，排着队，头上扣着个尖顶的纸帽子，或者干脆扣上一个臭气熏天的粪篮子开始游街。批斗的名目也很繁多，却多是信口开河，驴唇不对马嘴。有的老太太老得牙都掉光了，胸前都垂成了布袋，还让人家脖子上挂两只破鞋，说作风不好，色诱村干部，你说哪有这样糟蹋人的？不少人受不了这个侮辱，就跳河的跳河，跳井的跳井。还有上吊的，喝农药的……死得千奇百怪，丰富多彩，颇有传奇感。想到这些穷乡亲有尊严的死，我总是肃然起敬，觉得他们活着时可能窝囊，但死得有尊严。但我又恨他们，好死不如赖活着，父母给你的这条命，怎么好说抛了就抛了呢？真是不孝敬，不明事理！白跳了这么些年的大神。

我姥娘还是比较顽强的，她老人家经的事多，有见识，睿智、通达、乐天，知道没有过不去的火焰山这个道理，这是她高于小村人的地方，也是我这个外孙至今崇敬热爱她老人家的原因所在。她头上被扣个纸帽子游街，那双辣椒小脚颠着，耳朵上的银耳环更加剧烈地摇摇荡荡。可是她的表情很释然，没有痛苦也没有仇恨，斗她的人，都是孩子哩！谁戳一指头就戳吧，往身上吐口唾沫就吐吧，扔烂柿子就扔吧！反正一指头戳不死人，再多的唾沫也淹不死人，烂柿子扔到身上用舌头舔一舔，还是一样的甜，就是头上戴的纸帽子，做饭时还可以引火用哩！什么事往好处想，就开心了，有乐子了，头上的天也就亮堂了。

这是我姥娘她老人家的过人之处。她老人家要是活在英国，那估计就厉害了，怎么也是个铁娘子撒切尔夫人的角色。这天，我姥娘被游街后，就被孙子小虎给背回家去了。听说路上还一个劲儿地拍着小虎的背说："放奶奶下来，看你这嫩骨头嫩筋的，可别压坏了你！"

那时，我刚好放完猪赶着哼哼唧唧地往家走，听见正在拾粪的小渣说："吉子，你姥娘又被工作组拖出去斗了！"我不吭声，心想：这斗了也不是一回了，再说，也不光斗她一个人！听说，"破四旧"的时候就斗过，如今斗完了右派、走资派、叛徒、特务……没得斗了，又返回头与封建迷信斗，真是闲的！好在我姥娘腰杆硬，不像其他人，她禁得住斗，权当唱了一场戏呗！

小渣是姥娘村的，我去姥娘家时，我俩经常在一起逮蛤蟆吊歪子（方言，指青蛙），我的早熟和胆大妄为的指挥能力，让他崇拜得五体投地。果树园里指头肚大的青杏刚在绿叶间闪烁时，我就带着一帮刚缝上裤裆的孩子爬到树上摘了吃，一个个被酸得龇牙咧嘴。小渣的那条舌头都被涩得拉不出来了，所以他说话有些咬舌时，我就笑话他偷吃青杏吃的。小渣见我无动于衷，很奇怪，也很不满，他大概认为，作为一个村里的少年英雄，我应该拍案而起的。他粪也不拾了，将粪叉子往旁边一插，就开始用手比画起来："这次，可是不同往常啊，工作组组长老许还给你姥娘找了双大球鞋——光棍刁三的鞋，臭得连狗都不敢闻，老许却愣逼着你姥娘将自己的小花鞋脱了，把刁三那双臭鞋穿上！批斗时，你姥娘一走一趿拉，将脚都磨出血了。她走不动，头上还被老许用一串钥匙敲了个大蘑菇（包），鸡蛋那么大，啧啧啧，看的人谁不抹泪儿啊……"

我没听完，火就忽地冒到头顶上来了，差点将我的小分头给烧着了！我拔腿就跑，任队里那群猪在后面哝哝乱叫着威胁。我才不管呢，生产队的猪哪有我姥娘重要，我和它们又没有血缘关系！我红着一双眼睛箭一样地往前射，不管不顾，谁若撞上，必死无疑。路边走路的人看事儿不好，吓得纷纷往一边躲，牲畜们也慌慌张张地跟在它们后面，怕被我撞倒。我那一刻的表现，真是令山河变色，草木战栗。俗话说："舍得一身剐，敢把皇帝拉下马！"人要是真愤怒了，甭说人，连鬼都怕你！

十二、我一手抄起一块青砖，躲在矮墙后往院里瞄

姥娘家距离我们村不远，也就八九里地的事儿。因为地势比较矮，又状若莲花，就叫莲洼屯。我跑到莲洼屯时，日已西斜，我不去姥娘家，直冲工作组组长老许的住处。

这个“南蛮子”我见过，他是个南方人，我们北方人称南方人为“南蛮子”。当然，南方人也不客气，骂我们北方人“北侉子”。老许生得又矮又胖，两条细腿撑着个那年代罕见的大肚子，像只老母鸡，又像只饱餐后的麻雀，说话办事黏黏糊糊的，像喝粥喝昏了头。据说南蛮子的细肚子享不了北方的粗粮，只吃一顿便解不出大便，所以公社让队里专门安排妇女为他做白米饭吃，吃得他更白更胖更暄了。挨饿的孩子看见他，就会流口水，想起大白面馒头。

以前来姥娘家，常见老许倒背着手，矫情地穿着双草鞋，挺着那只大肚子在街上晃来晃去。看见个抱孩子的小媳妇就停步跟人家搭讪，一口娘娘腔，胖手暧昧地摸着孩子的嫩脸蛋儿，两只肉里眼却直往人家小媳妇的怀里瞄，恨不得生出两只钩子来。我啥时候见了他，都要在他背后吐一口唾沫，那个恶心劲儿足以让我连饭都吃不下。

老许作为吃国家粮的干部，住在象征着村里最高权力的大队部。大队部周围的院墙是青砖垒的，残破不堪。那些青砖本

来就是坟砖，听说是破四旧时候从坟里扒出来的，带着一股腥臭味儿。那年头人都穷疯了，这样的砖头也不嫌弃，都用泥巴垒成大队部的院墙了，还会在深更半夜时借着月光出来偷。用铁锹挖下来，然后用小推车推回自己家去，垒猪圈、鸡屋、牛栏，或者灶台，也不怕点火时连磷火一起点着。有的地方被拆得只有我个头一半高了。

我跑到院墙边，头顶的火呼呼烧得正旺。我一手抄起一块青砖，躲在矮墙后往院里瞄。

望得见老许住的宿舍了！他住在大队部一侧的一间收拾得比较高级的小屋里。据说那里面糊满崭新的报纸，还有穿着花裙子的电影明星剧照，露膀子的都有，真流氓！半拉子大傻曾进去用他那灵敏的鼻子嗅过，说老许屋里飘着一股大姑娘小媳妇身上的香味儿。老许房间一边，是女赤脚医生红媛的卫生室。姥娘村里的女人说，到了晚上的时候，两间屋里的人经常并到一间去，不知鼓捣啥？瞅着那些女人们背后嘀嘀咕咕撇嘴嗤鼻的样儿，断定也不是啥好事。俺那时虽然岁数小，却也不是啥也不懂的傻小子了。

看见那个老许了，他脖子上搭根白毛巾，正端着花脸盆出来倒洗头水呢，嘴里哼着“大姑娘上轿哭啼啼”的民间小调儿，酸溜溜的。不知从哪间屋子里，传来红媛吃吃的笑声。我感到眼睛里的火忽地烧过去，几乎要将四周的青砖都点燃了。

该当老许要吃个狠的！正当他泼了水准备往屋里迈时，我从墙后跑出来，照准了他那肥大的脑袋一砖头砸过去，就将他那葫芦给开了瓢。血顺着他那湿淋淋的头发流下来，这家伙还瞪着那对肉里眼迷茫地东张西望，不知洗头水怎么变成红的了，又怎么溅到脚上了？

趁他正迷糊的工夫，我赶紧扔了另一块青砖，撒腿就跑，跑得比那头花斑猪还快。我的背影他恍惚间肯定看见了，因为我听他下意识地喊了一声："小孩！"

等大队支部书记、民兵连长、贫管会主任等村里大大小小的官们闻讯赶来时，老许已经卷着铺盖跨出了大队部的门口，头顶用那根白毛巾捂着，血水在上面已经开出红花来了。红媛在后面一手推着老许的大把自行车，一手用镊子夹块沾了紫药水的棉球，大呼小叫着，急急忙忙追过来。但是老许低着头跨过村干部身边，一言不发地走远了。

就这么着，莲洼屯里权力最大的"钦差大臣"也被我一砖头打跑了。他用自行车带着铺盖卷骑出村外的时候，我也骑在我姥姥家的墙头上，瞪着我那对著名的小眼睛嘴皮子翻飞地乱骂，我说："南蛮子，赶紧滚！你斗牛鬼蛇神，我姥娘不是顶着黄鼠狼吗？你咋不去抓两只黄鼠狼来斗？再说，我姥娘也是被黄鼠狼附体利用啊，也是受害者，你们不是救人民于水火吗？怎么不去将她从黄鼠狼压迫下解救出来？"

当然，我的骂声，他听不见。我离他远着呢，我只能和我想象的仇人对骂，不能真让他听见。他官儿比贫管会主任还

大，甚至凌驾于村支书之上，我惹不起他，但我躲得起。我不怕事，谁惹我我打谁，但我身子骨还单薄，绝不能让人打。我那深明大义的奶奶曾教导我说:“孩啊，自古英雄出少年，好汉不吃眼前亏。”我都记在心里呢!

那个老许，后来申请调到离我们那儿很远的一个村去了。他走得有点让人不可理喻。也许他也知道村里的法则，怕与一个孩子较劲让人耻笑吧？但也有人说，他其实早就想调走了，因为上边已经听说了他跟红媛的风言风语，他再待下去怕要出事，所以那一砖头恰好给了他调离的借口。后来老许回忆在莲洼屯工作的经历时，心有余悸地感叹说:“庙小妖风大，水浅王八多，穷山恶水出刁民啊!”他知道做这事的是个孩子，却始终不知道这事儿其实不是莲洼屯的人干的，而是一个神婆子的外孙跑了七八里地赶过来作的案！当我朝他抛砖头时，因为跑得麻溜，他没看见我的脸，单凭背影也认不出是哪个孩子。所以，虽然派出所后来也来调查过，但莲洼屯的父老乡亲们一个个闭着嘴巴，不肯吐露半点蛛丝马迹。派出所的人也无奈，或许压根也不想跟个孩子过不去，拉拉大盖帽，上了三轮摩托车就突突突开走了，再也没有回来。

就这两件事，奠定了我在村里的地位，也在方圆几十里塑造了我少年英豪的形象。我这人，就这个脾性，任何时候不屈服，不服输，宁做鸡头不做凤尾。想当年我若是留在村里，现在肯定是村里的书记，让我干大队会计都不行。

十三、我莫名其妙地有一种冲动：将她按倒在麦秸上的冲动

那段放猪岁月，是我生命中最美好的时光，说不完，也说不够。在放猪的过程中，还有一段插曲，叫我终生难忘，也叫我抱恨终生。

你们看我这样谈天说地，驰骋纵横，肆无忌惮，其实我最近心里非常难受，男儿有泪不轻弹罢了。为啥？因为一个农村妇女走了，她得了癌症，没有钱治。从知道了这个消息后，我常常深更半夜醒来，再也睡不着。我翻来覆去地想：那时候，她那么困难，为何不来找我呢？我好歹也是知名画家、堂堂教授了，虽然不敢保证救活她的命，但起码我卖几幅画就够她住几年医院的呀！她这样走了，不声不响地就被老家的黄土给埋了，好像从来没有她这个人，好像她也从来不记得我这个人，这让我情何以堪？

你问我为何如此？你以为我是个粗人，大大咧咧不懂感情是吧？其实不是，我是个外表粗犷内心细腻的人，一般人我不告诉他。你嫂子嫁给我之前，看我长得熊头恶脑的，担心我对她不好，我就跟她说了："放心吧，我肯定会对你像对猪一样好！"怎么样，我说当家的，你现在觉得这日子过得还行吧，像猪一样享福猪一样快乐吧？

这年头，没人愿听你诉苦，没人可怜杨白劳、苦菜花，悲

情在这个时代不受欢迎，因为它叫人不愉快。即使想哭，也要笑着说。所以先逗你们一乐，再说我的伤心事。

你猜得不错，那个女人之死让我伤心追悔，是有原因的。俗话说：没有无缘无故的爱，也没有无缘无故的恨。今天就是当着你嫂子的面，我也不怕，男人就该敢爱敢恨，敢作敢当，莫说自己老婆，就是当着王母娘娘的面，我也要捶打着自己的胸脯说：这个女人，我吉大鹏对不住她！若是真有来世，我愿变成一头牛或者一匹骡子，替她家耕地推磨耕田去，她不乐意了，抽我两鞭子都成。我这辈子在谁面前都高贵，在她面前要低贱些。我要把这辈子欠她的，都还给她。反正我的老婆孩子我已经对得起了，不需要我再去做啥补偿了。

这个女人，叫梅子，大我两岁，与我同村。她父母与我父母好，两家人嘀嘀咕咕，就将她许配给我了，也就是说订了娃娃亲。你们听了一定觉得特土是吧，现在都没有这种腐朽的事情了。娃娃亲的事我从小就知道，我奶奶告诉我的，但我却不知道它的意义。长大了，她对我好，我也能感觉，同样不知道意义所在。她大我两岁，成熟得早。农村的女孩好像都成熟得比较早，见了我那两只眼睛像吃了辣椒似的，火烧火燎地瞅我，瞅得我心里发毛又莫名其妙，想用手挠挠后脑勺，却不自觉地将烟袋从腰里拔出来了。她看了，不知哪儿来那么大的气，一把夺过来就扔到远处的草丛里了，搞得我张着两只手，不知所措。我那么邪头的人，在她面前却常常闹些窘况。

我虽是个男孩子，却并没有多少力气，秧地瓜啊，割麦子啊，割高粱秆子啊，都是她来帮我。她干啥都干得快，干净利落，将来嫁了，一定是乡下最好的婆娘。可惜，她遇上的是我这个未来的教授。那时候的麦田，有大的有小的，大的栽十行麦子，小的栽五六行麦子。她来帮我，一定要和我一起割，我割六行，她割四行；我割三行，她就割两行，反正，速度要保持一致。我知道她对我好，也没反对她对我好，但我那时候小，成熟得晚，并不知道这好的意义和后果，只是有点欢喜，又有点紧张。

乡下人说天气热的时候，总好说“割麦子的天”。其实割麦子的天并不是一年最热的时候，但为何大家这么说，因为割麦子实在不是一个叫人享受的好活儿。弓腰撅腚的，老是这个姿势，能把腰累断！而且，头顶的太阳火烧火燎，像手中的麦芒一样扎人，麦芒呢，又像阳光一样刺得人火烧火燎。好几重的折磨呀，现在想起来我还后怕。蹲在大太阳底下的人，汗珠子吧嗒吧嗒往下砸，一滴滴豆粒那么沉，苦啊！所以有句话：女人怕生孩子，男人怕割麦子！

割一天麦子，滚一身臭汗。偶尔会有丝丝微风，让人难得地惬意一下，可是不解渴。这时候，我就闻到她身上的味道。那是香胰子（香皂）的清爽味道，带着刚刚流出的新鲜的汗味儿，混杂在一起，淡淡的，很好闻。闻到这味道的时候，我就莫名其妙有一种冲动，一种将她按倒在麦秸上的冲动。

但我不敢，不但不敢，有这个想法我都认为自己是变坏了。在那时的农村，“流氓”“强奸”这类的词语是最遭鄙视

的，比杀人放火还丢人，谁家若是有这么个人，一家人都跟着抬不起头来。我有了这样的想法，便担心会被公安局发现抓起来，像我姥娘那样被人绑着游街去！所以那段时间，我见了梅子都是躲着走，气得她在后面跺着脚叫着我的小名骂。

我那时虽然只有十六七岁，却长个大个子，高高瘦瘦的像个挺拔的高粱秆儿。岁数小，却具备了一个农民的雏形，并且准备死心塌地地当农民了。我娘给我缝了个烟袋包子儿，我爹上集给我买了根烟袋杆，农民有的我都有了。我将它们揣在裤腰里，放猪歇着的时候，我模仿瘸三爷的样子找块石头蹲上去，有事没事地就掏出来吸一口，感觉挺美，连猪们看我的眼神都不一样了。当时每个村都有烟地，烟叶儿到烟屋里烤焦了，搓碎就可以装在烟袋包子里，随时按到烟袋锅里抽。你笑啥？不要笑，我那时一点儿也不特殊，像我这样大的孩子，都配上烟袋包子烟袋了，很普遍。

在农村那样的环境中，我们过早地苍老了，过早地扮演起了成年人的角色。

我放猪的时候，她有时就在树林子那边不远不近地割草。村里的很多姑娘也抽烟，大概因为实在没有别的乐趣可言。可是她们不好意思像男人那样公开地将烟袋佩带在身上。割草累的时候，梅子有时会蹭到我身边来，问我借袋烟抽抽。

我从小男尊女卑思想就很严重，觉得女孩子抽烟，真是墙上挂狗皮——不像话（画），把烟袋包子往裤腰深处掖了掖，不给她，她不肯罢休，过来抢；我不肯给，她就挠我腋窝。她知道我最怕这一手。她这么一挠，我就痒得躺倒在地上，她顺势骑上来。农村女孩个头大，壮实，连我都不是对手。奇怪的是，她骑到我身上，却不向我的腰间取她要的烟袋，而是停顿了一会儿，默默地下去了，坐在一边，将头埋进了膝盖里。

我那时候傻，她一骑上来我就吓得闭上了眼睛，所以她那一停顿，对我来说永远是个谜了。我不知道她为什么停顿，她想做什么，她是什么表情，为什么没要她想要的烟袋……

大多时候，她并不这么野蛮地来抢，而是像黏黏胶那样软缠硬泡，要我将烟袋交出来，让她抽上一口过过瘾："一口行吗？就一口！"我自然还是不肯，她便从我的背后袭击，有时干脆整个身子伏在我脊背上，那两只丰满的馒头就那么在我身上蹭来蹭去，让我百爪挠心，怕被人看见，又希望这种游戏不要结束。

游戏，是的，她这样不停地问我索取烟袋包子，尽管一次也索取不到，却好像从中得到了无限的乐趣和满足。在我与她之间，好像已经达成了一种默契，她一次次地要，我永远也不会给。

是的，不会给，不能给。给了，这一切也许就彻底结束了。

还有一次，砍玉米秸子。那片地在西沟，离村较远，砍完了我累得就不想回家了，找了间人家看瓜的小草屋躺下。草席子凉凉的很舒服，好像将我的身子一个劲地往里吸。我刚要睡

着的时候，她恰好过来了，浑身散发着青草的芳香，脸上抹得一道一道的。她摘下胳膊上的套袖擦着，让我歇一会儿和她一起回家去。我说累了，今天就睡在这里不回了，你自己回吧，说着又继续往梦乡里沉沦。她显然很失望，坐在我一边不吭气，那股青草的香味儿更加浓烈地袭来。夕阳照到窗上了，红彤彤的好看，可是我哪里还顾得欣赏？她用手推我，没反应，又摸起根草棒戳我的耳朵，烦得我一把就打开了，隐约间好像听见她的哭泣声，我也没能强迫自己睁开眼睛看一看。

我就这样没心没肺地睡过去了，结果第二天早上一看，她趴在我一边睡着了。那么大的个子，蜷曲得像只孤独的猫。晨光投过窗棂照到她脸上，显得她那张黑里透红的脸，健康又动人。她的眼皮有些浮肿，我知道那是我的罪过，一缕头发乱糟糟地遮在她一边的腮上，随着她的呼吸一颤一颤的。我忍不住伸出手想给她将头发弄好，粗手粗脚间却碰了她一下，她忽地醒来了，瞪着眼睛诧异地望着我，看那眼神还没有完全清醒。我害怕了，她不会将我当成流氓吧？我觉得自己闯了祸，忙越过她跳下炕往外跑。把小屋甩出很远了，才听她在后面气急败坏地喊：“吉子，吉子，你的白褂子，你不要你的白褂子了吗？”

我这才想起我的褂子忘拿了呢，可我哪里还敢回头啊！这本该无比亲密的机会，就这样以我的丢盔弃甲匆匆结束了。

十四、爱情如今成了半成品，可以买，但没有手工的了

你说我思想好，纯洁。啥纯洁，那天我是真累了，睡得啥也不知道了而已，要是醒着，会发生啥事情谁知道？睡狮若醒，说不定就是天摇地动。不信？第二天早上，我不也差点做出什么动作来吗？而她那天没走，倒未必有别的意思，她只是一个人不敢走黑路而已，大概还等着我能醒来送她回家呢，呵呵！你说我是自我安慰，时至今日，我也只能这么自我安慰了。

老婆，你也不用朝我瞪眼睛，实话告诉你，我那天要是真有点啥动作的话，哪里还有今天的你？刚才人家记者女士不也说了嘛，我是个纯洁的人。你知道我有个原则：男人找对象，就得找那种能压住的，造不了反的。我觉得我没看错你，你可别让我失望哈！当然，你也知道，我心里也会拿你跟梅子比较。夜里睡不着，我就忍不住想：为了脱离农村，我没娶梅子，但到最后，我转来转去阴差阳错还是娶了个农家女，且是个和梅子一样几乎没啥文化的农家女，你说我这是何苦呢？是被黄鼠狼缠身了，还是我这大脑中残存的封建思想导致的结果？也说不准，是我不娶梅子的报应？我娶了你，别人都觉得是个悲剧，可我觉得是个喜剧。我对得起你，你可不能对不起我！

再次言归正传。我和梅子之间真正的结束，是我考上大学那年。本来，一个村子的人都知道我俩的关系，知道她是我未来的媳妇，我是她未来的丈夫。但恢复高考后我一拿到通知书，就没人提这档子事了。我的父老乡亲们，他们是一群深明大义的人，那两位差点成我岳父岳母的人，更知道农村出一个大学生不容易，所以无论内心怎样期待，也不会再让自己女儿拖累我这条好容易跳出龙门的鲤鱼了。我上学走的那天清早，梅子去送我，送了一程又一程，眼睛哭红了，却没有一句话。送到公路边的小车站时，我还想表示一下我的歉意，她却扭转身头也不回地跑掉了。

我不在家，我爹娘身体不好，家里的活都是她帮着干。我娘常写信给我说："大鹏啊，要不是梅子，咱地的粮食收不到家里来！"她出嫁时我没有回家，但我娘很隆重地陪送了她，全当她是自己的女儿了。新里新表新棉花的被子给缝了两床，还有脸盆、脸盆架，我娘把圈里的猪也卖了，给买了台录音机，要知道这在当时是新生事物，方圆百里都是最时髦的。

梅子出嫁那天，穿着婆家给缝的大红棉袄棉裤，眼睛哭得红红的，任谁劝都不吭声。她将一大包袱东西塞给我娘，让她回家再打开。我娘回去一打开就哭了：那里面一沓沓的全是鞋垫，四四码的，这个码，全村只有我一个人能穿，她是把我一生需要的鞋垫都给绣好了啊！有富贵牡丹的、荷花游鱼的、梅花小鸟的……一针一线，细细密密缝的都是她的心事和思念。

那些鞋垫，我至今还垫着，至今没用完。什么，从皮鞋里抽出来看看？那可不成，我怕我的味道熏着你们。这么着吧，孩他娘，你去我画室把我那口皮箱打开，夹层里还塞着几双新鞋垫，是我上次去张家界写生带的，没穿呢！

你们看，咋样，精致吧？现在在城里，已经买不到这样好的鞋垫了，一层层的棉布一针针用花线绣起来，透气，养脚，要多舒服有多舒服。现在的姑娘，有哪个肯为自己的恋人这样费工夫绣一副鞋垫？不可能了！爱情，如今几乎成了半成品，可以买，但没有手工的了，更没有艺术品。现代人都浮躁了，只配生产泡沫和快餐。所以我说，这个时代虽然好，高级、科学，但是是一个活得没有质量的时代。

我曾经想：这包鞋垫，看来我要垫一辈子了，我要争取垫着最后一双鞋垫上路，稳妥、舒服、踏实，这样，我才能从容不迫，不慌不忙。谁承想，她就先我走了呢？她是那样健康壮实，浑身都散发着生机。人的生命，怎么这么脆弱？

去年春天，我回老家的时候还见过她。县委书记亲自去车站接的我，酒足饭饱之后又派司机将我往家送，就这样，我和梅子在乡间小路上相遇了。她刚整理完瓜田往家走，肩上扛着一张铁锹迎面走来，那肩头瘦得骨头都露出来了——她原来很胖很结实的呀！我看明白是她，忙让司机停车，下车就直呼她的名字。她又显出那种茫然的神情——在小瓜屋里似睡似醒的那种茫然，我知道我变化大，她一时没认出来呢，忙拍着自己胸脯说：“梅子，是我，吉子！”她一听我的名字，消瘦的脸

“唰”地红了，一瞬间似乎又恢复了少女的羞涩，我也恍惚回到了懵懂的少年时代。我向她伸出手，她忙缩了回去，好像那双手见不得人。

我可怜的梅子，她变得这样畏缩了，完全变成一个乡下妇女了，同我的娘、她的娘毫无区别了。意识到这一点，我心里突然无限悲凉。我这个呼风唤雨无所不能的教授，竟然让一个曾经爱过我的女人，活得这样苦，这样沦落！我看见站在对面的她，眼神已经有些迟钝，个头好像也缩小了不少。春风刮着她的头发，一缕一缕地翻着。我看见翻过去的部分，有很多已经白了。你看我头顶虽然已经露出茶壶盖似的一块儿，但那是聪明绝顶的原因，头发基本还是黑的。可是她的头发有很多白的了，这个只大我两岁的女人！

就这样呆站了半天，我才想起让她上车，县委书记的那辆奥迪车，她死活不肯，说裤子上全是沙土，怕给弄脏了。我知道她尴尬、卑怯，也不愿再勉强她，就问她有困难没有，需要帮助不？她说，没有，很好。最后，我说那咱们就握握手吧，她把手藏在身子后不肯伸出来，我就将手伸着，等着，她没办法，只好把手伸出来。看见她那双手啊，我流泪了：粗糙得像鱼鳞，手背满是带血的裂纹，手心全是厚厚的茧子，那曾经葱白样鲜嫩的指头又粗又短，像胡萝卜，指甲里全是泥巴，指尖上满是蹭起的皮。那双手握到我手里的时候，感觉刺刺的，与老松树皮毫无二致。那双手，现在经常出现在我梦里，让我握着，捏着，挠得我的心生疼生疼！

这个可怜又倔强的女人啊，她这辈子最大的遗憾是没能跟我，最大的欣慰是儿子比较争气，考上了大学。但她得了癌没钱治的时候，该来找我啊，起码给我个忏悔和尽心的机会啊！我现在不缺钱，如果能够，我真想将她从死神手里拉回来，可是一切都晚了。我这些年，说不在乎名，也在名利场中沉浮；说不在乎钱，也在钱眼里打滚。我得到了该得到的，却失去了不该失去的，我当歌当哭？

这位女记者，你问我当时为何娶你嫂子，问到点子上了，本来想回避一下，既然你开口问了，我也就不能不说实话了。其实我们俩的结合非常实际，也非常无奈，临近大学毕业那年，我在学校打篮球摔断了腿，不得不回家养伤，医生已经下结论我要变成瘸子了，我一想到自己将变成村里的另一个瘸三爷，不由万念俱灰，前程渺茫，恰好老母亲病重，盼着我娶个媳妇了却心事，媒婆便来趁火打劫，把你这个未来的嫂子领来了，我一想：我这个残疾人还讲究啥哩，好歹能有人给我们娘俩做饭吃就不错了。就这么着，身边这个女人就成了你嫂子，咋样，传奇吧？

十五、人赤条条来到这世上，既不怕光荣，就不怕丢丑

老婆，不用递我纸巾，我没那么矫情，这两滴假惺惺的蛤蟆泪，一抹就干了。有件事，我一直瞒着你，在这里就一起坦

白交代了吧：前些日子回老家，我说是人家请我去作画，其实，是专程去看梅子的坟。她生前我对不住她，她走了我不能连她躺在哪里都不知道啊！才那么短的时间，她睡去的屋檐上都长出草来了，人活一口气，这口气没了，就什么都不是了。她的“屋”在西沟，那间我们一同住过的瓜屋附近。想起过去的桩桩件件，我心里异常悲凉。这些年来，一个吉大鹏站在讲坛前挥斥方遒，一个吉大鹏在拍卖行拍卖自己的良心，还有一个呢，在三教九流中如鱼得水，见人说人话，见鬼说鬼话，已经修炼得八面玲珑、宠辱不惊了，没想到面对着一个女人——一个我至今说不清是否爱过的女人，竟苍白脆弱得如同一张白纸！我在她的坟前坐了半天，脚上的皮鞋里垫着她绣的鞋垫儿。我的人生，将永远踏在她的温暖之上了。

我还去看了我爷爷奶奶的坟，我爹娘的坟，还有梅子爹娘的坟。我那 9 个土匪姥爷的坟七零八落的，大多是衣冠冢。他们活着时轰轰烈烈，死得却都很随意，随意将自己生命就抛在哪道山梁上，哪道沟沟里。我放过猪的草坡，如今正大兴土木盖社区的居民楼，破砖乱瓦到处都是，像个被剖开的肚腹，惨不忍睹，我也懒得睹了。我还去看了那条养育我的蛐蛐河，我曾经挽着裤腿在那里摸过虾，光着屁股在那里面游过泳，放猪累了时，我还曾在河边挖泉眼，咕咚咕咚灌一肚子凉爽沁甜的水，美啊！可是如今，唉，别提了，水没了，干得鹅卵石都冒烟了。咱们北方，如今没有一条像样的河流了，不是被污染了，就是已经干涸了。像我们这个民族一样，快要断奶了！

在老家，我还见到了小渣等少年朋友，还有老歪家那个被我打“惊”了的瓜娃。对了，老歪现在真歪了，他瘫痪在床，眉毛胡子乱蓬蓬的，见人只会哇啦哇啦地叫，一腔的热情。瓜娃在村外开了个农家乐，请我吃饭，我向他们讲起那段放猪岁月，没想到大家都抹起了眼泪。吃着瓜娃特地为我这个北京来的客人做的最拿手的鱼头、羊肉，面对一桌美味佳肴，我不禁又想起过去，每顿饭不是萝卜白菜地瓜干，就是地瓜干白菜萝卜，玉米、小麦都是逢年过节才能吃得上的高级粮食，比现在的白粉还稀罕。晚上，一家人坐在炕头上，不舍得点煤油灯，就点柴油，那灯火头大却不亮，直冒黑烟，呛得人不一会儿鼻孔都黑了。干脆连柴油灯也吹灭了，一家人就着月光坐在炕头上聊天。聊村里的人和事，聊鬼怪妖精，聊得眼珠子都发亮，那些岁月多么质朴、欢乐、幸福啊！现在生活好了，幸福感却没了，人一天比一天要得多，一天比一天不知足，灵魂好像都不知丢到哪里去了！看来，穷人有穷人的欢乐，富人有富人的空虚。

在县委书记那里，我挥笔给画了几幅画，他们包给我一个几万块钱的红包，我将它全给了梅子的儿子，他上大学，正用得着。除此之外，我还能用什么来补偿我远去的良心呢？老婆，这事儿现在才告诉你，你得原谅我，无论如何，你嫁的这个人还算个有良心的人，否则的话，天一打雷你就跟着害怕，

多不好！

离开老家时，在火车站等车，我看见一男一女两个乞丐，看来是一对恋人，他们拉着脏兮兮的手坐在垃圾桶旁，吃着捡来的食物，热火朝天地拉呱，那个开心啊！把我给羡慕的，赶紧摸起笔来画速写，画了一张又一张，看着他们欢乐，我也欢乐。你说我们这些所谓有钱有地位的人多可怜，我们只能捡人家乞丐的欢乐来欢乐，我们也有欢乐的时候，但达不到人家乞丐的质量。他们的欢乐很简单，很容易得来，并且很容易达到高潮，我们吃蜜吃多了，所以已经失去了甜的感觉！

嗨，又说多了，跑题了，总之经历的都是该经历的，没有啥事是白经历的。活到这个岁数，不该得到的也得到了，我知足了。在我们这代人中，我算是个顺风顺水的幸运儿，要问我还有啥念想，有啊，我想老家那片土啊！也邪乎了，我这么五大三粗的一个人，也会失眠，一失眠，就想老家，想那些父老乡亲，想门前家后那一大片一大片的庄稼、果园、森林，还有那条曾经清澈见底的蛐蛐河。

嗨，跟你们聊来聊去，没想到最后我却变成个伤感的人了。还没到老得拄拐棍呢，已经开始怀旧了。不好意思，我这个多愁善感的孬样，在你们看来挺颠覆形象吧？这就是人性，一方面豪情万丈，一方面却满腹愁肠。我说过我这个人是钻石，是多面性的，不能以好和坏来定论。我好不到哪里去，也坏不到哪里去。这位记者女士，反正我把我方方面面都暴露给你了，怎么写是你的事，我是一个有缺陷的人，只要不把我写成残疾人我就知足，哈哈，反正也不是树碑立传，实话实说就成了。人赤条条来到这世上，既不怕光荣，也不怕丢丑。

来，端起这最后一杯酒，干了！今天跟你们聊了我少年时期的放猪生活，下次来，我再开始下一个话题，我——吉大鹏的书画江湖生活！

月光下，哑女孤独地抱膝坐在自己的帐篷前，眺望着远方，她仿佛看见旅人骑一匹英俊的白马自天边奔来，蹄声嘚嘚，敲碎寂寞草原空旷的壳——

哑女的草原

草原是浩瀚无边的，却又如此单调乏味，除了绸缎般浪涌的牧草，除了收拢了翅膀恣肆滑翔的飞鸟，便只有亘古不变的寂寞。手挽手的小草找不到其他的出路，只得将终身托付给那些浪荡的羊群，它们一生的等待，也不过是羊儿温热的嘴唇降临时那令人战栗的一瞬。

哑女赶着她的羊群，走走停停，离家越来越远。蓝透的苍穹，像只巨大的乒乓球内壳。如果远远地朝天空抛一粒石子，一定会听到一声清脆的回响。草原上的人是不设防的，草原人烟稀少，羊比人多，生人少见，坏人就更稀罕。偶尔碰上个同类，是前世修来的缘分，亲都亲不过来哩！寂寞使草原人常常眺望着远方，吼唱着荡气回肠的长调，焦灼地企盼着发生点什么，无论是好还是糟，无论狂风还是冰雹。

置身草原的风雨变幻，哑女却心如止水。哑女有耳，却听不见；有嘴，却说不出，她的脑得不到更多的信息，她的心对周围世界便不会有太多的回应。唯一能与她交流的，是她那群温情脉脉的绵羊，它们的眼神哀怨，它们的叫声缠绵。此外的草长莺飞，长河落日，风起云涌，对哑女来说没有多大意义。她黑红的脸上常挂着恬静满足的笑意，清澈的眸子辉映着蓝天白云，纤尘不染。

这天，注定是一个不同寻常的日子，虽然对哑女来说，和草原的其他日子并没有什么区别。18 岁的哑女出落得像含苞欲放的格桑花，心灵却停滞在原始的状态混沌未开。她甚至不太明确人生的过程，不太明白青春、爱情、美丑、生儿育女和死亡。蒙古包里最长寿的琪琪格老人说:“咱们哑女的心，比恩格尔湖的水还宁静，永远这样才好呵！咱草原上的先人说过：静水千年，就怕石子……”

这是个金光灼灼的正午，万物静寂，仿佛都在等待，屏住了呼吸等待。当蓝翅膀的鸟儿躲在草棵子里面打盹的时候，谁也没有注意——从天的尽头，一个挺拔的身影裹挟着滚滚热浪走来。他的身影走到哪儿，那些亘古以来自生自灭的花儿便随之绽开，迎着风含笑摇曳，仿佛千年的等待终于有了结果。他的出现，在草原上荡起一圈圈的涟漪，正恹恹思睡的草原，一下子就醒了。

天真是热呵，太阳白花花的，将大地蒸烤得雾气腾腾。草原上草多树少，让人无处躲无处藏。哑女好歹找到几棵白杨树，便将羊群赶到阴凉里，自己也坐下来，从腰上摘下水壶喝一口水，歇一口气。突然有什么鸟儿叫了一声，叫得很怪异，好像吃什么东西被噎了一下，又好像发现了什么新鲜事儿，急急忙忙要告诉谁。

周围的躁动使哑女莫名其妙地不安起来，这是 18 年来从来都没有过的。她站起身，学着琪琪格老人的样子手搭凉棚，朝远处张望着。草原人常常是这样朝着远处张望的，虽然他们什么也等不到。但今天，越过摇头摆尾的野花，哑女看到了那个正走来的挺拔身影，她惊呆了！

草原上少有纵横交错的道路，也少有不期而遇的来客，哑女长这么大，最熟悉的是羊群和牧草，她听得懂每只羊、每株

草的呼唤，却从没有单独面对过一个陌生人，尤其是一个陌生的男人。她不由得忐忑不安起来，张着惘然无知的嘴唇，傻傻地站在那里，眼瞅着大朵大朵花一样丰盈的白云向后飘去，那身影愈来愈近，愈来愈近，逐渐清晰成一张年轻而疲惫的脸。

是怎样强健的身躯，才配拥有这样一张俊美的脸？这样的脸只有在画中能见到。他背着看来挺沉重的行囊，边走边笨拙地向她打着手势，他的手掌好大啊！微风似一个欢天喜地的孩子，随着他撒着欢儿打着滚儿，忽而又比赛似的抢在他的前面，踩着草尖儿一溜烟儿滑过来，附在哑女耳边，悄悄地报告他到来的消息……可能是太累了，他已经像一只老母鸡那样步履蹒跚，看上去有几分滑稽。

那男儿终于站到了哑女面前，如草原上一棵突兀长出的大树，挡住太阳，将哑女罩在他高大笨拙的身影里。哑女将双手纠结在胸前，手足无措地看着他，紧张得差点要说出话来了。她恨不得马上逃开，可是这漫无边际的草原，此刻只有她一个主人。怠慢来客在草原上是要受谴责的，因为那不符合牧人如火如荼的个性，也违背了家族世世代代的传统。草原人从来都是张开臂膀迎接客人的，正如一支蒙古民谣中唱的那样：“纵使两只雄鹰在天空相遇，也要相互拍一拍翅膀；纵使两只蝴蝶在同一朵花里告别，也要相互碰一碰触角。”

年轻的旅人看着哑女，急切地向她说着什么，越说神情越焦灼。他不知道她是一个哑女，不知道对哑女来说，一千句话也抵不上一个手势。哑女神色惶惑，她受惊的眼睛里说着谁也不懂的话。她看见男儿被晒得黧黑的脸庞，已经爆了一层皮，他的嘴唇干得发白，一张一合间像要冒出烟来。

那男儿说了半天，将仅剩的一点儿唾沫都说干了，每个字每个词都几乎嚓嚓地冒出火星来，哑女仍是那副懵懵懂懂恍恍惚惚的神态。男儿终于明白了什么，他住了嘴，呆了呆，便一屁股坐在晒得恹恹的野花里，看上去满脸沮丧。胆小温驯的羊儿对他满怀戒意，它们从好不容易找到的阴凉里爬起来，一个接一个掉头躲开。它们宁愿选择放弃，也不肯轻易接受一个陌生的闯入者。

旅人苦笑了，他想起小时候父亲对他说过的话：无言的都是倔强的。在没有语言的地方，他不比一个哑巴更幸福。他有嘴，他天生爱说，可是没有人听，没有人与他对语。在这浩荡无边的草原上，他寂寞、孤独，也许这便是对他不安分的灵魂，最好的惩罚。他已经多少天没有碰到过人，没有同人说话了？他的舌头已经变得不太灵活，除了吃东西，好像已经没有更多的用处了。这一点，当他背起行囊踏上征途的时候，其实早就应该想到的。在都市里，他的能言善辩，曾经吸引了多少女孩围绕在他身边——那些穿着超短裙摇曳着大耳环的女孩子对他含情脉脉，撒娇怨嗔。在多少女孩的春梦里，他是一个骑马追风的王子。他那宽阔的肩膀，曾经尝过多少小拳头温柔的捶打。从小到大，他的活泼张扬，善解人意，使得他一直是一个众星捧月的角色，想说的都说了，想做的都做了。在那些肆无忌惮的时光里，不曾有过片刻这样的寂寞。

哑女和旅人就这么尴尬无言地对立着，一个站着，一个坐着。太阳用它炽烈如火的独眼，注视着这两个涉越万水千山相遇的孩子。或许是受不了草丛中蒸人的热气，男儿爬起来，到阴凉处坐下，四周还弥漫着羊群刚才留下的腥膻的气息，那是草原独有的味道。男儿倚着背包，口里叼着根草梗，绝望地闭上了他那双大大的眼睛，他想把世界关在心窗之外，但眼前金星四溅，远处蜂蝶狂舞，令他心烦意乱。在广袤无边的草原上，他孤独的心灵渴望着交流，渴望能听到人说话，可是……他没想到踏进日思夜想的草原，第一个遇到的人却是个哑巴。对渴望诉说和倾听的人来说，哑女和那群不会说话的羊群没有多大区别，尽管她生着好看性感的嘴巴。

旅人突然对这梦想过无数次的草原充满了绝望，甚至一种莫名的怨恨。“天苍苍，野茫茫，风吹草低见牛羊。”正是这首广为传唱的民歌，引发了他对草原最初的向往，他被人称为“草原痴”。听说，父亲年轻时也曾经像他一样憧憬过草原的，草原是所有热血澎湃、自由奔放的人该去的地方，可是父亲的青春被流放到了冰天雪地的北大荒，到死都没能踏上他梦寐以求的土地。单凭这一点，他就觉得自己比父亲幸运。他们这一代人，是踏着父辈的不幸走到梦想的峰巅上来的。

年轻的旅人半躺到了背包上，神态疲惫而厌倦。他的旅游鞋上沾满斑驳的草浆，那是无数寂寞植物痴情的吻印，每一棵小草都曾经祈求跟他走出草原去。他的胸前和背后都有“走遍全中国”的字样，他的名字常常出现在都市的一些报刊上，在人们心目中，他早已成为一种追逐精神自由的符号。他也曾经自豪，他是代表那些不甘寂寞的灵魂在行走。在他生存的那座浮躁的城市里，有无数的人终生都在做梦，却从不敢向梦想迈出一步，他们怕这一步一旦迈出去，就再也收不回来了，他们付不起失去安身立命之所的代价。而他把地图、帐篷、水壶、压缩饼干、榨菜和对付豺狼的匕首装进行囊，就吹着口哨简简单单地出发了，越过多少山川河流，荒原农舍，记不清了，反正，就这么一直走到了这遥远的天空底下。

刚走出城市的时候，他还是个单纯快乐的大男孩，长腿矫健，双目明亮，笑口常开。他说过的话，在同龄人中流传，并被摘抄在日记本上："人离开这个世界的时候，不能带走他的梦想。在遥远的天空底下，有我迟早要去的地方……"在翻山越岭中，他慢慢成熟起来，从众草之上到群山之巅，眼看着自己在天地间的身影越来越长，越来越壮，自己穿梭在高山大河、风霜雨雪中的身影越来越矫健，浑身充满了和天地赛跑的力量，和万物竞长的力量，那是一种怎样的骄傲啊！只可惜，壮志未酬的父亲已经看不到了。他正在另一个世界看着他的儿子，并做他芬芳馥郁的草原梦……

此刻，在草原的烈日下，男儿却感觉自己被晒成了一尊石像，没有了激情没有了梦想，甚至连自身都好像不复存在。把家背在路上的人呵，还有什么比孤独更叫人绝望？哑女呆呆地面对着这个男儿，他看上去一身疲惫，心灰意冷。哑女在一瞬间突然明白了什么。或许他的孤独本来就和她是一样的，尽管

他是暂时的，她是永远的，可是他们在这一刻相遇了。

哑女满脸羞愧，她从树荫下的背囊中取出水壶，双手托着向男儿走来，可惜没有洁白的哈达。对于疲惫的旅人，她没有更好的礼物相赠，只有一壶清冽的泉水，可以代替语言滋润他干渴的心灵。她张开嘴，这才想起自己不会说话，犹豫一下，便蹲下来用水壶碰碰他的手。旅人睁开眼睛，看见哑女的笑脸，哑女期待的眼神，机械地接过水壶，神情似乎犹在梦中。哑女友好地朝他点点头，示意他拧开壶盖喝水，他半张着嘴看着哑女，茫然得忘记了自己是谁。哑女用手“说”了半天，他才注意到了已握在手里的水壶。他的目光刹那间迸发出一种惊喜，不是因为水，而是因为感受到那双哑默的眼睛能与他对语，它清澈纯净，善解人意，并能与他心灵相通。

男儿喝完水抹抹嘴笑了，笑得比阳光还要耀眼。哑女送上的水在刹那间愈合了他唇上的裂口，心上的伤口。他闭一下眼睛，在回味中夸张地做了个陶醉的鬼脸，似乎沾唇的一滴水落下来，便足以滋润整片草原。烈日蒸腾的草原在瞬间变得露珠滚动，鸟语花香，灵动无比，连饱经世事的老头羊，也忍不住在远处感慨万千地发了言。

旅人伸了个懒腰，顿感神清气爽，他长满了小痘子的脸也变得鲜活生动起来。他双手合十谢过了哑女，又热情地招呼她过来坐下歇息，草原的一壶水就让他反客为主。

哑女犹豫了一下，小心地坐到他对面来，局促得就像羊群面对新的主人。她长长的睫毛在风中抖动，如蜜蜂翅翼下的花蕊。男子放下空水壶，心满意足地半躺下来，他看起来太累了。他眯着眼仰看高天流云，所有的阳光都投射到他身上，投射到他胸前“走遍全中国”的字样上。草原就像一个舞台，远道而来的他成了最受宠的男主角。他的眼睛弯弯，嘴巴也弯弯，生就一张喜剧的脸，无论面对怎样的境遇都一副喜眉笑眼的模样。无拘无束的风裹着野花浓烈的香气，熏得他的鼻孔发痒，他忍不住响亮地打了一个喷嚏，连生生世世无言的花儿也发出了脆生生的笑声。

但哑女还是被他的喷嚏声吓了一跳！面对着一个来自未知世界的异性，她的神色重新变得慌张，将双手抱膝，小脑袋缩起来，下巴抵在膝盖上。她还不懂得掩饰。她丰厚性感的嘴唇茫茫然地半张着，如熟透的樱桃，毫无顾忌地朝向他，她浓密睫毛掩映下的眼睛像最纯洁的海子，她密闭的心灵需要一把钥匙的开启。旅人记起小时候奶奶对他说过：哑巴其实是世上最聪明的人，启开她们的心扉，只需轻轻捅破一层窗纸。

旅人看出哑女眼中的戒备和疑问，他很高兴能从她的眼睛中看到表情，还有她少女的心思。他思忖了一下，用手势告诉她：他来自草原之外的世界，那儿有不同的人生、不同的声音和色彩——车流、人海、高楼、海滩、美女、靓男、游乐园、美容院、酒店，还有音乐、舞蹈和飞扬的爱情，很多草原上没有的东西那儿都有呢，但是那里很远很远，远得连雄鹰和骏马都难以到达。你——想去看看吗？

哑女被他描绘的世界迷住了，她亮亮的眸光集中在他那双

妙不可言的手上，心思随着它们的舞动飞翔。这个天使一样的男儿，为她带来了天外的消息。他像一道闪电，劈开她混沌了18年的天与地，在天崩地裂的一声之后，她好像听到了万马奔腾的声音，百鸟和鸣的声音，阳光刺入土地的声音，云彩摩擦天空的声音，河流扭动腰肢的声音，蜜蜂和花朵缠绵的声音，草儿在羊齿间撒娇的声音……清澈的亮光从她的眸中活泼泼地透射出来，混沌的世界在她心里变得豁然开朗了！

男儿看见哑女眼睛里的亮光，他知道她听懂了，从迷蒙的世界中醒来了，她在瞬间穿越了时光隧道，从一个时代抵达了另一个时代！那一刻他感到无比的欣慰，比游过了雅鲁藏布江，翻过了珠穆朗玛峰，穿越了罗布泊沙漠，还要快乐！羊儿们也陆陆续续地回来了，安详地卧在他们身边，凝望他们的眼睛里充满了温情脉脉的关怀，好像它们同时拥有了两个主人。

旅人热爱这些生命！他从小就喜欢动物，因为他觉得动物比人更具人性。从读书时候起，他养过的小宠物不计其数，从蝌蚪、乌龟、獭兔到五花八门的狗，都曾经让他痴迷。他在这些小可爱身上花费的心思，远比他在现实世界中花的心思要多。也许，这也是他不适应人类世界的钩心斗角，并远走高飞的原因之一吧。对动物的亲近，使他始终保留着一种孩子气的纯真。

此刻，旅人伏在地上耐心地逗引着一只小羊羔儿，抬头，见哑女正怯生生地看着他，他就冲哑女一笑，整齐的牙齿在阳光里白得耀眼。哑女慌乱地低下头去，用手拽着地上的青草。

一缕头发垂落下来，遮住她半边优美的脸，只露出翘翘的小鼻子，显得可爱极了。旅人灵机一动，他扫视四周，最后从羊儿的唇边，小心地采下两朵相依相偎的蓝色花，双手捧给她。嘴馋的羊儿将长嘴巴伸过来，追着要吃掉那两朵花，旅人就不客气地将它的鼻子拍了一把，羊儿只好不服气地放弃了到嘴的芬芳，躲到一边去了，半天都气鼓鼓的样子，看都不看这个新主人一眼。哑女小心地捏着那两朵花，她不解其意，茫然地看着旅人，他只好对着自己的头发一再示范，示意她插到发辫上，到不远处的河边去照一照。

草原上的河流婀娜多姿，美若彩练，它是世间最光滑最诚实的镜子。哑女的身影随着白云飘落河边，水像流动的玻璃，照出她头上那两朵并蒂的蓝色花，就好像两张含情的面孔，一张是她的，一张是旅人的。她好像看见他从羊群中跑过来，亲自将蓝色花戴在她的发辫上，认真地端详一番，然后伏在她耳边说:“这两朵花只是你的衬托，你才是草原上最美的花朵!”

哑女仿佛第一次从“镜”中认识了自己，仿佛在瞬间发现了世间的所有秘密，她在那一瞬间长大了，脸上有了羞赧的红霞。她捂着脸匆匆地往回跑，如一朵乍放的不胜娇羞的花。那个男儿在羊群中开开心心地笑着，手脚并用地为她鼓着掌，并不时伸出大拇指，由衷地表示他的友爱和赞美，好像她是自家的小妹妹，刚刚完成了一件了不得的大事。

哑女面红耳赤地跑回他身边，害羞地将头埋在自己的膝盖上。旅人友好地拍拍她的背，仍然忍俊不禁地哈哈大笑，草原

的云彩随着他的笑声千娇百媚地舒展变幻，如一部优美的动画片。哑女气恼地向他扬起手，似乎想打他一下，却终于没有落下来，只好赌气地向他皱了皱小巧的鼻子。她拆开自己的发辫，用手指梳理着，那两朵蓝色花被她赌气地扔到地上。他扒开草丛将它们捡起来，放到鼻子底下嗅着，又忍不住打了一个喷嚏，但这次哑女没有害怕，还幸灾乐祸地捂着嘴巴偷笑一番。他只好示威性地朝他伸了伸拳头。没办法，他的鼻子从小就有过敏性鼻炎的毛病，最怕闻花香。他用手势告诉她说：每到春暖花开的时候，奶奶就会将早已经准备好的口罩，给我戴上。要不的话，我的喷嚏就会无休无止地打下去，直到鼻涕流出来，眼泪也流出来。

哑女的小眉头皱了起来，用手势问他：你妈妈呢？为何为你戴口罩的，不是妈妈？

旅人的眼睛变得伤感，他说："她体弱多病，我生下来不久后她就去世了……"

他们都沉默下来。再快乐的人心底也藏着痛，不可触碰。

西沉的太阳，渐渐地收起了它的金色羽箭，由金色变成红色，如艳丽的胭脂，点在西天的额头上，使眼前的景色顿显妩媚，又尽染了佛性。落日下的草原，是这样苍茫，又是如此博大。蛰伏的凉风从远处、从草根下徐徐拂来，像母亲的手，无限怜惜地撩起哑女在风吹日晒中变得枯黄的长发。那长发随风掠过旅人的鼻尖，使他差点又要打出一个惊天动地的喷嚏来，但他忍住了。他将她飘荡的发梢握在手里，爱惜地揉捻着。那股青草的芬芳令他沉醉，仿佛一段久违的回忆，又好像一段纯真的故事，沉淀了几生几世，又来唤醒他，对它祈求说：留下，留下……

短暂的歇息，使旅人重新蓄满了前行的勇气。他知道：他，该走了，从这儿重新出发，继续朝向无止境的远方。他一生的道路，都将在自己这双大脚下展开，没有终点，也没有故乡。不安分的灵魂，自有不安分的宿命。仿佛心有灵犀，他和哑女都不约而同地去看那轮渐沉渐落的夕阳，仿佛遥遥地面对着一个溺水者，心焦如焚，却无能为力。

时间随着微风，分分秒秒流过草原。

年轻旅人的心成了钟表，在滴滴答答地计算，直到夕阳眼看就要沉落山坡那边，摇曳的野花下面。面对着哑女清澈无辜的眼睛，他艰难地用手势告诉她：他，该走了！他发现哑女的眼睛里早已蓄满了泪水。在他抓起行囊欲站起的那一瞬间，哑女扑倒在他的怀里。他无言地拥着她，感受着草原那种沁心入骨的可怕的寂寞，正如千军万马般慢慢地向他们包围过来。哑女在他的怀里战栗得像一片秋天的叶子，他心跳如鼓，更紧地拥住了她，几乎要把她小小的身体挤进自己的肋骨里。可怜的哑女呵！这就是你的草原，仅属于你一个人的草原，别人无法进入，你也无法冲出。岁岁年年，你就是这样势单力薄地面对着无边无际的草原，有口难言！

旅人的心跳撞击得肋骨都痛了！28 年所有的伤心加起来，也没有这一刻痛彻心扉。哑女像一只温顺无依的羊羔，软化了

他的意志，使他难以抬起那两条曾经涉越千山万水的腿。他突然明白：他的抬脚离去，该是怎样的一种残酷！可是他，一个永远都在路上的旅人，未经多少炎凉世事的旅人，怎能背负得起哑女的宿命？她，还是活在旧日的状态中更好，不自知的人生才是最幸福的。可是他，却做了那枚投湖的石子，罪孽啊……旅人用那双骨节分明的大手，撩开哑女遮额的头发，凝视着她，目光里有难以言传的疼痛。哑女那两只小巧玲珑的耳朵，仿佛在用整个生命倾听着什么；她半张着的嘴唇，无声地向他诉说着无奈和嘱托；她浓密睫毛下掩映的眸子，幽深哀怜，令他不忍卒睹。他捧起哑女黑红的脸儿，小心翼翼地将她腮边的泪珠拭去，然后从上衣口袋里掏出一只圆镜，放到她手心里。

那面小镜子从他走出都市的那天起，一直揣在他贴身的口袋里，像一轮小月亮，带着他的体温。奶奶说，那小镜子是他妈妈去国外演出时捎回的，背面镶嵌着精雕细刻的银饰，镂空的，古典神秘的花纹，不知属于哪个国度哪种肤色哪个民族？这只神秘的圆镜，常常让他浮想联翩，让他知道在身处的世界之外，还有另外的世界；在远方之外，还有远方。这个星球，重重叠叠，究竟有多大呀！一只小小的圆镜，启发了他对未知世界的最初渴望，吸引着他如今不知疲惫的追索。休憩时，他常用它照着来剥脸上的小痘子；在月光之夜，用它来照那些陌生的幽暗的景色；孤独寂寞时，他就在镜中对着自己说话。旅途中，这只镜子是他唯一的朋友和伴侣……此刻，他拿起哑女黑黑的小手，将那面小镜子放在她的手心里——那是母亲留给这世间唯一的礼物，是他对母亲的全部念想。她仰头凝视着他，用汗津津的手握住了，握得紧紧的，像握住了他的某种誓约。

刹那间他泪湿眼眶！他那颗年轻的心，像突然被一支利箭击中了，痛得他几乎要倒下！这一刻他想跪倒在她面前，祈求她的原谅。他知道他从此再不是一个自由的人了，他的心有了牵挂。

不得不走了，否则草原的夜晚会将他留住，再也逃不脱。他再度抱起她，紧紧拥住，在她的额头上留下了纯洁的一吻。然后他背起行囊，挥着手，微笑着，在晚风里一步步倒退着向她告别……

男儿的身影镀满霞彩，像一个不真实的梦幻，在草尖上晃动着，慢慢消失在夕阳里。他的行囊上插着那两朵萎蔫的蓝色花，她听不见他的歌唱：

“别怨我去远方，带着你的心儿流浪，
为了载回你的愿望，我希望你能原谅。
马头琴的声儿悠扬，诉说我的衷肠。
仿佛听见你在低唱，要我回到你身旁……”

哑女将小圆镜捂在胸前，一动不动，唯有裙摆飞扬，如一尊远古的雕像。

这个不知从何处来、往何处去的男儿啊，来去如风，他突破草原原始混沌的状态，将他的男儿豪情，将文明的信息留在了草原上。没有人知道，他留下了什么，又带走了什么；那个偶尔经过的男儿，对草原来说只是一瞬，对哑女来说，却已是一生。

此后，哑女依旧每天赶着她的羊群，越过那些圆圆的蒙古包，在草原上游荡，但她再也不是以前的那个哑女了。当她赶着羊群走过牧人们的帐篷前时，人人都看出来了这一点，但他们不知道在那几棵白杨树下，到底发生过什么？在牧人们心目中，只有一年一度的那达慕大会，才是发生故事的场所。寂寞的草原，在平常的日子里，是日复一日的单调，不会有故事更不会有奇遇的。

牧人们不知道，现在在哑女眼中，草原上的所有生命都会说话。她不但能听得见，还听得懂，她比草原上所有的姑娘都耳聪目明，看！飞累的鸟儿在湛蓝的湖边落脚，对“镜”梳妆，然后相亲相爱，交颈而眠；每一朵含羞带笑的花，都绽开青春和爱情的笑颜；草原的所有景物都有情有义，向哑女演绎着从生到老的过程。这一切对她来说，都曾经是谜，这些谜因一个男儿的偶然经过而破解。

每当这时，哑女的嘴角就溢出羞涩的笑意；每当这时，哑女就掏出小镜子，与它含笑相望。那里面有旅人比阳光还耀眼的笑脸，那里面有旅人送给她的世界，它在草原之中，又在草原之外；它那么小，又那么大，所有哑女想听到的声音想看到的美景都浓缩其中，好美，好美啊！哑女在里面看到了不同的人生、不同的色彩：车流、人海、高楼、海滩、美女、靓男、游乐园、美容院、酒店，还有音乐、舞蹈和飞扬的爱情……甚至，还有一个遥远神秘的国度，在海的那边，生着跟这边的人迥然不同的五官和肤色，他们文化璀璨，心灵手巧，能打造精雕细琢的银饰，来镶嵌一只小小的圆镜子……

当胭脂似的夕阳从草尖上淡去，硕大如盘的月亮升起；当牧鞭甩出黎明，万千颗朝阳从绿叶上滑落；当夜草沙沙的天籁涌向天际，秋虫在野花下弹奏幽幽的弦子；当一只鸟呼唤另一只鸟，当一颗星眺望另一颗星，当一朵花爱抚另一朵花……哑女便因之有了悲喜和梦想。那个阳光灿烂的男儿，他此刻正颠簸在哪一条路上？他是正走在渺无人烟的荒野，还是正依偎在哪个女人的怀里？哑女不确定，哑女不敢想！泪珠，从她黯淡的眼睛里滚落下来，碎裂在草尖上。

月光下，哑女孤独地抱膝坐在自己的帐房前，眺望着远方，她仿佛看见一匹英俊的白马自天边奔来，蹄声嘚嘚，敲碎寂寞草原空旷的壳。马背上坐着身背行囊的旅人，他的胸前，是为她预留的位置，他在帐房前将她一把提起，放到胸前的马背上，下巴抵在她的头顶，紧拥着她奔向远方；她枯黄的长发，掠过他满是小痘子的脸，挠得他鼻孔发痒，忍不住打一个惊天动地的喷嚏……

哑女伏在膝盖上睡着了，梦里，她和生生世世无言的花儿一道发出了脆生生的笑声；梦里，他又听到了年轻旅人的歌

声，声音比月光还要明亮：

“夕阳映红脸庞，熟悉的奶茶香，
牵挂的人儿呀，你是否别来无恙？
走过那小河旁，骑着马儿过山冈，
思念的人儿呀，儿时的歌儿仍记得吗？

别怨我去远方，带着你的心儿流浪，
为了载回你的愿望，我希望你能原谅。
马头琴的声儿悠扬，诉说我的衷肠。
仿佛听见你在低唱，要我回到你身旁……”

又是一连串没有声音的日子。寂寞的哑女学会了用各种各样的野花，表达各种各样的情绪，那些花在她的襟前、发间、靴缝里飘香，引得蜜蜂吟唱，蝴蝶翩翩。但哑女的这些语言，连她的羊儿都看不懂了，它们围过来，毫不客气地将那些星星点点的野花舔吃个一干二净，只留下哑女光秃秃地坐在那里，双手托着腮沉思默想，想草原之外的世界，想她随风而去的年轻旅人。

哑女痴痴呆呆的神情和这些莫名其妙的举动，让远处的牧人们看着奇怪，他们抱着鞭子，互相交换着忧虑的眼神，猜不透这个孩子到底怎么了，是中了邪，还是心儿被一阵春风带走了？只有脸老得像核桃似的老额吉琪琪格手搭凉棚往天边看了看，絮絮叨叨地说："咱们的哑女，她是长大了。她的心，怕是被天上的哪只雄鹰带走了！咱草原上的先人说过，静水千年，就怕石子。一枚石子，就能激起满湖的涟漪，从此，怕是再也难以心平如镜了。唉，造孽呵……"

人们很奇怪，琪琪格老人的叹息声为何这般苍凉？那其中，似乎有着欲说还休的无奈，难道长大，不是一件值得祝贺的事吗？为何听她的口气，反倒渗透了无奈和哀愁？

琪琪格老人絮叨着，摇摇满是白发的头，回蒙古包绣她的五彩腰带去了。据说，那条腰带从她年轻时一次参加那达慕大会回来，就一直在绣，绣了半辈子，仍然没有绣完。精雕细琢，五彩斑斓，针脚细密得连针都插不进去了，也不知道她到底要送给谁？那个要送的人，恐怕也像她一样老成一粒核桃了吧。你说她还在不停地绣，这是何苦呢……牧人们很不解，却不敢提出来，不由得也像琪琪格老人那样摇摇头，回各自的帐房去了。他们没有太多心思去理会哑女的事情，他们有很多的事要做哩：摔跤手图日根家的儿子3岁了，马上要举行盛大的剃头仪式，为此特地邀请了当地所有知名的摔跤手来助兴，还有那个令草原人仰慕的老马头琴师巴特尔，他们要帮着宰杀十几头羊，到镇上买很多土豆、草原白和啤酒。最让人惆怅的是，这片草原马上要禁牧了，世世代代在这里休养生息的牧人们，将不得不告别这里，去离这儿很远的小镇上定居，在那些生硬的砖瓦房中，升起他们依旧带着马粪味的炊烟。牧人们想不出，离了这夏天野花遍地、冬天寒风浩荡的草原，听不见牛

羊的歌唱，他们该怎样活？

琪琪格老人常常透过蒙古包的小窗向外凝望，不知是看哑女还是看她心上的情郎？而哑女常常面对着她的羊群，在和一只羊羔的对视中流下泪来。羊的眼神清纯无辜，哑女的心事无处可诉！小小的帐房里，已经容不下哑女那颗不安分的心；辽阔的草原，已经盛不下哑女的梦想。哑女不想再这样懵懵懂懂地活下去，逆来顺受地接受一切，她甚至不甘心像所有的草原女人那样，做一颗草莓，在草原深处默默无闻地熟透，最终，腐烂在拂摇的野花里。

无数白天和夜晚，哑女张开胳膊奔跑在草原上，幻想像鹰一样展翅飞起来。在浮云掠过的山坡上，她张着嘴，空空地呐喊，但声音突破不了她的胸腔，更突破不了茫茫草原。头顶鸟儿飞过，山下羊群遍野，旅游车上的游人们从车窗里伸出手臂，唱着喊着，摇着五彩缤纷的哈达……没有谁会停下来，读一读哑女的泪眼，没有人听见哑女的歌唱！只有帐篷里绣着五彩腰带的琪琪格老人，在喃喃絮叨着："哑女呵，你有耳，却听不见；有口，却说不出。我的孩子啊，别傻了，身为一个哑女，你的渴望太奢侈……"

银针不小心扎到了琪琪格老人的手，在腰带上开出鲜花。原来老人的血，也可以和年轻人的一样鲜艳。老人吮吸着粗粗的手指，又长长地叹息一声。那叹息，如草原落日下悠长的炊烟。

这一天，哑女终于抛弃了她的羊群，向草天相接的地方走去，她相信那是旅人所说的未知世界，绚烂多彩，充满诱惑。除了琪琪格老人，所有牧人都对哑女的出走迷惑不解。没有人了解哑女的梦想和渴望，也许等待她的是更多的谜，也许不等走出草原她就老了，也许她会很快回返，继续草原人生生世世的命运，也许——她只是一个以写作为生的北方女人，压抑无奈的幻影罢了！

而那个年轻的旅人，此刻他在哪儿呢？或许，他还身背行囊走在路上，步履蹒跚；或许，他早已回到都市，正在灯红酒绿中，想她，等她——或者怀抱着另一个女人亲吻；或许，他早已弹尽粮绝，倒在大漠中化为了孤烟，或者躺在戈壁滩废弃的古堡中，风化成了石头……

没有人知道最终的结果，草原在等待里，重新化为一片落寞……

马感到自己老了，不中用了，讨人嫌了，没有发言权了，不由得悲从中来，昂头向天，长长地嘶鸣了一声——

最后的马

一

在这片建筑工地上，天天中午歇晌时，便有祖孙俩来看一匹拉运石料的马。这时，马的主人——那个长着一对虎牙的小伙子正躺在树荫里的石板上沉睡，阳光透过树叶，照射到他那对招风耳上，看得见蜿蜒盘缠的毛细血管。

老奶奶和马在城市里见了面，彼此都觉着亲切，有点儿“老乡见老乡，两眼泪汪汪”的意思。老奶奶与马的这种老感情，不谙世事的重孙女儿是不懂的，但她见了马，还是像见了恐龙一样兴奋，小脸儿都涨红了。

慈眉善目的老奶奶对重孙女絮叨说：这马呵，来自老远老远的乡下。老奶奶记事的时候啊，是很早很早的从前了，那时有钱人出门，就坐高头大马；闺女出嫁呀、赶集上店呀，就要坐马车。不过这马车呵，可不是一般人说坐就能坐的，得有钱有地有身份的人才坐得起；没钱的人坐马车，那一定是个赶车的，你老爷爷当年就是乡间有名的车把式哩。

女孩不知道车把式是什么，与马有什么关系？她刚要问，马喷了个响鼻，她的注意力马上又被它吸引过去了。她对马的兴趣远比对家史的兴趣大。

马的蹄间还留着苦菜、艾蒿和薄荷的清香，它用尾巴悠闲地驱赶着苍蝇，梦幻般的长睫毛掩映着清纯静谧的眸子。女孩从石缝里采一把营养不良的瘦草，一棵一棵喂马。马耐心地嚼着，它想不到城市也能育出如此天然的孩子。

孩子的心灵与动物是相通的，他们从彼此清澈见底的眼睛里看到了自己。

女孩用小手抚摸着马的眼睫毛，天真地问："你的双眼皮是割的吗？睫毛是粘上的吗？你戴着隐形眼镜吧！"

马对这一连串的字眼感到陌生。那是现代文明的东西，它不懂。它用诚实的眼神回答她：我的一切都是与生俱来的，不加修饰，除了这封嘴的嚼子，背上的鞍。

女孩又问："你从哪里来，你有家吗？"

马轻轻地摇着尾巴。它不知自己从哪里来，到哪里去，它的家，就是关它的马厩。

女孩天真的问话却无意中触及了马的历史。马类没有语言和文字流传那久远混沌的一切，它甚至不知道自己的远祖叫始祖马，生活在一亿年前的中生代，体态娇小如狗，行动疾速若狐，直到一万年前才进化发展，变得高大善跑起来。那时，人类还未出现哩！但最终将马从莽原丛林中赶进栅栏的，正是后来居上的人类。"人类所能够做到的最高贵的征服，就是征服了这豪迈高贵的动物——马。"人类在成为万灵之王的同时，也使许多动物丧失了真正的家园。

女孩问马："你为什么要为我们人干活呀？"

马觉得女孩比它有学问。马辛劳半生，从未想过这个根本

的问题，它只知道吃谁的草料就得挨谁的鞭子，套上辕就拉车，坐上人就奔跑，这是马祖传的本分。当然，马也并非天生如此逆来顺受，不信你看它的眼睛，那里面有人类倏然划过的鞭影。它们已经被驯化到为了自己活着，不得不为人类活着，甚至超出自己的力量，舍弃生命以求服从得更好。

此时，马的主人——那个可爱的小伙子在石板上翻了个身，咕念了几句含混不清的梦话，不知道是不是与他的马有关。

女孩将几根狗尾巴草放入马嘴里：“你愿意和我交朋友吗？”

马喷了一下鼻子：当然。

如果女孩将来能考上大学，了解历史，她就会知道：马本来就是人类历史上最真诚最亲密的朋友：耕作、战争、传递、乘骑、狩猎、运输，甚至技艺、舞蹈，直至被食、被殉葬……马与人生死与共，随人类的需要经历着盛衰荣辱。马曾和英雄是分不开的，马是游牧民族的图腾和翅膀；马能强国富民，在春秋时代，“有马千骑，可以为君”，马的精良与否，甚至曾直接关系着战争成败、国家存亡；对马的宠爱，曾使民间兴起两种行业：相马和鞍作。从“千金买骨”“伯乐相马”甚至“拍马屁”的典故中，也能看出古人对马的重视。古代的帝王有几个不爱马呢？据说唐太宗有六骏，周穆王有八骏——他曾命人跨马巡狩天下，到达了昆仑山；成吉思汗仰仗他的浩浩剽悍铁骑直捣东欧；秦始皇的先祖非子之所以能发迹，与他善养马匹有关。古人曾经根据马的作用，将马分成六类：戎马、齐马、道马、种马、田马、驽马……

可惜啊，多少年的沧海桑田之后，万马奔腾的辉煌已成云烟，只留这匹马。这匹平平常常的田马，在势单力薄地面对着一个女孩的追问……

二

这是发生在 20 多年前的一幕了。现在的城市里已经不可能再见到马的影子，更不可能有女孩和马这样生动的问答了。

当时，眼前这片已经变得寒酸陈旧的花园小区还在轰轰烈烈的建设当中，到处乱糟糟的，像一个被剖开的肚腹，什么难看的东西都赤裸裸地暴露在外面，让人看着很不舒服，用现在的话说就是很影响城市形象。人们到处在传说：等这个花园小区建成的时候，谁都可以来入住，只要你有钱就行，不管你的户口在农村还是在城里。

乡下人可以进城住了，这在小城里可是开天辟地的大事，这是否预示着从此乡下人和城里人的肩头就要一般高了？去乡下和去城里的路就要一样远近了？

听到这传闻的乡下人扬眉吐气，罗锅子也直起了腰杆；城里人听了，则撇撇嘴，不屑一顾的样子，心里愤愤不平。只是因为觉得自己是城里人，不能和乡下人一般见识，才忍着委屈

把蔑视和慌张闷在肚子里。

小区建成的时候，也果真是整座城都轰动了，男的女的老的少的有钱的没钱的都来瞧热闹，站在那气派的大铁门外，仰望着一座座标新立异富丽堂皇的居民楼，每个稍有点自尊的人心里都有些酸溜溜的——那可是全城最新兴的富人区啊，它是如此张扬地将没钱的人拒之门外，将有钱的人拱手让进。它提升了有钱人的地位，却抹杀了原本泾渭分明的城乡界限，让很多有钱的乡下人住了进去，很是伤了市民们的自尊——这是标准的认票子不认人呐，这势利眼的年头！

嗅觉灵敏的城里人有了一种危机感，开始睡不着觉了。夜里翻来覆去烙饼的时候，他们嘴里叹气，下面放屁——那口气总得要排出来的啊！他们知道作为城里人的那点可怜的优越感，眼看就要消失殆尽了！那些皮鞋上沾着泥巴的乡巴佬、耳朵上夹着烟卷的个体老板、劣质西服口袋里塞着脏手帕的大款……他们喜滋滋地用麻袋背着人民币来买楼，竟然就买到了，住进去了，嗨，凭什么呀！祖祖辈辈蛤蟆啃土的乡下人，凭什么大摇大摆地来占城里人的地盘啊！

又扯远了，咱说的不是这片花园小区刚建时发生的事儿吗？咱倒回去再说。再说那匹马，那匹来自乡下的马，它曾经也是这个小区建设者中的一员，与他的主人一道为那些有钱人住的楼房添砖加瓦，如今，那匹马去了哪里？当初，它又是如何到城里来的呢？

三

远处，城市还睡在薄雾里，影影绰绰，似隐似现，海市蜃楼一般。

马精神抖擞，头一跑一颠，蹄声响亮地一路敲来。马是个地道的土包子，拉了一辈子的车，从没有进过城，腿不由得因为激动而微微颤抖，它知道村里的许多老头老太太也一辈子没进城看过光景，看来它这个做马的，比他们那些做人的强多了。马这么一想，便更加受宠若惊起来，四条腿忸怩得都不知该如何迈步好了，本来它在村里的马中还是很有威信和尊严的，很少有这样乱方寸的时候。

赶马车的是个喜眉笑眼、嘴上无毛的小伙子，他长鞭竖抱，不时手搭凉棚四下张望，像只探路的猴。其实他什么也瞅不明白，不是因为雾，而是因为他原本就是个“四眼儿”，今天没戴“那两只”，是因为他觉得眼镜与马车不大协调。小伙子是村里的秀才，平时挺讲究“配套”和“协调”的，村里人说他是个二叉钩子挠痒痒——净道道的家伙，乡下人很少有像他那样“烧包”的。小伙子却振振有词，他说:“我以为眼镜与马车应该属于两种不同的人生，眼镜象征学问，马车代表乡村，而戴着眼镜赶马车则会显出几分滑稽落魄来。既然我赶车，就得有个赶车的样儿，眼镜是万万戴不得的!”

为来城里建筑工地打工，小伙子和爷爷闹得天翻地覆。爷

爷一直对城里抱着敌意，他看到乡下娃往往去一趟城回来，就厌倦了这片祖辈生存的土地，对城市患起了单相思。唉，这真是个子嫌娘丑的年头啊，老头实在是怕孙子在城里迷失了自己。老头年轻时就是个方圆几十里有名的“犟倒驴”，想与他争个高低输赢，女人能气哭了，男人能气疯了，老人能气倒了。他如今老当益壮，不信犟不过这个小兔崽子！爷爷舀一瓢凉水，边喝边骂，以供应唾液的分泌，可是直到嘴巴说干，舌头抽筋，才明白这混账东西去意已定，说死了也白搭。

小伙子在学校时就不大安分，却有极好的人缘儿。今年大学没考上，他不但没事儿似的，还满口的理儿，说考大学那本来就是被逼无奈的选择。考上能怎样，考不上又能怎样？有本事的人到了哪里都有本事，没本事的人到了哪里都没本事。他回村混了不几天，就已经是公认的“人精”了，他想办的事儿，还没有办不成的，谁都看得出来，这家伙那躁动不安的魂魄，一心想飞离黄土地。管它上天入地拐弯抹角挖空心思，不达目的绝不罢休。

这天，小伙子龇着小虎牙，笑嘻嘻地对爷爷说：“老头，听孙子一句话，最没用的人才一辈子抱着泥巴球打滚儿呢！咱可不想将下巴抵在一把锄头上，就这么眼巴巴地瞅着外面的花花世界过一生。眼下，既然咱别无出路，先出去闯荡闯荡、考察考察再说，不能让黄土地就这么给咱定了位！您老说呢？”

见爷爷不搭理他，小伙子往前蹭了蹭，亲昵地用膀子扛了一下爷爷的肩头，学着他的样子缩着脖子蹲下来，像两只害冷的乌鸦。但小伙子穿着红T恤，爷爷穿着白布卦，像两个时代故意在对比，这场景很有幽默感。

老头厌弃地将屁股往前挪了挪，以和孙子拉开距离。小伙子将一只烟卷递给他，他从腰里掏出一支烟袋，将烟卷按在烟锅上，小伙子忙又掏出打火机来给爷爷点着了。“都啥年代了，还揣着烟袋，要是让城里人见了您这古怪的抽烟法，大概以为回到了万恶的旧社会。”小伙子嗔怪说。爷爷不搭理他，故意将烟袋噗咂得嗞嗞作响，又往前挪了挪。小伙子锲而不舍，亦步亦趋地跟上来，自己都感觉这姿势跟猩猩差不多了，不由先嘿嘿嘿地乐了，他把那只猩猩一样修长的大手搭在爷爷肩头上，讨好地说:“您孙子这是在说正事呢，骗你咱是村头那个李铁匠的孙子!”

老头说:“你还不如李铁匠的孙子呢，人家都知道死心塌地地跟他爹他爷爷打铁，哪有这些花花绿绿的想法!”

“嘿嘿，那他这辈子玩完了！没点儿非分之想，还想出人头地，嗤!”小伙子对此不屑一顾，又怕自己的蔑视惹爷爷反感，忙又换了副笑脸，变得比变色龙还快:“嗨，说正事儿呢，老头！人家给联系的那个城里的建筑工地，是在建一个啥小区，将来没城市户口也照样能购房，大摇大摆地住进里去，光宗耀祖呵！只要有这个（他用食指和拇指做了个捻票子的动作）就行，它是认钱不认人，公平！现代社会，给咱乡下人提供的机会多着哩，就看你会不会用脑子了。咱这次到城里去，您老就放心吧，咱这样的‘人精’，脚底下长着眼睛，嘴里长满一百条舌头，到哪里能吃亏呢?”

对孙子这些云山雾罩的话，老头嗤之以鼻，却又不知从哪里下嘴反驳。现在的年轻人，可是不好对付哩，个个能忽悠，尤其他这个比猴还精的贫嘴孙子。什么小区、定位、购房、机会之类的词，对老头来说如同天外来物，他实在不知道孙子那颗驴屎蛋般的圆脑袋，何时装进了这么多稀奇古怪的新名词。

小伙子还在热火朝天地推销他那套“进城打工论”，老头觉得他再不表示一下自己的愤怒就严重失职了。于是，他把屁股底下的小板凳往院里一扔，砸得几只正在觅食的老母鸡“咯咯”惨叫着四散逃离，大屁股扭扭摆摆的，比村里的婆娘还难看几分。

老头用烟袋锅将孙子的圆脑袋毫不客气地敲了一下，敲得比葫芦还响。随后，他吹胡子瞪眼睛地骂起来:“火柴盒养蛐蛐——越养越窝窝的东西！放着好好的地你不种，去给那些城油子拉砖运土盖大楼，自己犯贱，还得把我养的马搭上。什么花花鸟生了你这只花花蛋，壳儿还没啄破呢，你就想飞了你，我看不跌断你脊梁骨，你就不知道风大！不让狸猫挠一爪，你就不知道肉痛！咱家这真是近视眼养了个小瞎汉——一代不如一代啊!”

小伙子摸摸头上被敲起的包包，用热气哈了哈眼镜，然后用袖子擦着，朝爷爷翻了翻白眼儿:“您老真是茶壶掉地上——净蹦词（瓷）儿啊？啥叫一代不如一代，这叫人往高处走您老懂不懂？咱去城里建筑工地打工，目的是考察项目，好干大事。说不准那盖的花园小区里，日后能有咱一个位置呢，您孙子咱日后脱胎换骨成为城里人那也说不准，您老信不信？咱相信到了我儿子那一辈上，说不定就鲤鱼跳龙门，不用当农民了。”

“还想成为城里人呢，啧啧啧，我看你是昨夜里的梦还没醒吧？农民的儿子不当农民，难道还想当工人去？日后你儿子知道他有这样的爹，定准吓得躲在娘胎里不敢下生了，他也知道丢不起这个人！”老头口中啧啧着，不停地往地下磕着烟袋锅，讥讽着。要来邪的，他的嘴巴可比孙子还损呢！

“您真是老眼光看不得新问题啊，都啥时代了，您还抱着那二亩三分地像抱着个老情人似的不放，唉，可悲哪，可怜哪！”小伙子翘着那两片能说会道的薄嘴唇，将自己的圆脑袋当个拨浪鼓似的摇来晃去，气得老头摸起把扫帚，就要将他扫出门去。

小伙子不恼，走就走，他正好在这个家待烦了，要找村里的伙计们侃大山去呢！他抱着头笑嘻嘻地往外跑，越过门槛时俏皮地蹦了一个高，回头朝爷爷得意扬扬地弹了个响指。

老头气得差点背过气去，他的嘴角留着两撇骂人累出来的白唾沫，像两撇白胡子，又像两摊燕子屎。他蹲在门槛上抱着头想了半天，实在想不出城里到底有啥好，竟惹得村里的年轻人如此魂不守舍，他这不听话的孙子，只不过是其中的一个较为严重的受害者而已。

老头来到马棚里，抚摸着自己亲手饲养的老马，心中五味

杂陈。他知道孙子那个小畜生是吃了秤砣铁了心，非要到城里工地打工不可了。他自己去还不行，还要把马带上给他当劳力。可怜马在田里劳作半生，眼下还得跟着到城里适应新生活去。人有人的命运，马有马的命运，这匹马，也是命运不济啊！他和马都是老家伙了，如今都得屈从年轻人的选择，哪个时代有这样的混事啊？唉！

老头感慨地拍拍马的脖子，恋恋不舍又无可奈何。马对主人的情绪心领神会，忙用热烘烘的鼻子拱拱老头的手背，让他感受自己的热情和忠诚，然后仰起脖子朝天“咴”地叫了一声，又叫了一声。

刚才主人和孙子的对话，老马已经全部听见了，它想的不像老人那样悲观，因为他对城市早有向往。那是它一辈子深藏的心事，如今就要实现了，它怎能不激动呢？但它不能向主人传达它的激动，不是因为它没有语言，而是因为它不能让老头觉得自己背叛了他，它在任何时候，都要让老头觉得：咱俩是一心的。在如今这个时代里，马知道一辈子趾高气扬的老头快要失去自信了，它不能让老头失去最后的安全感和依赖感。

四

当城市如一座巨大立体的魔方，触手可摸地矗立于面前时，马不由得乱了阵脚，小伙子忙拽住它的缰绳，两个人都气喘如牛，那是激动产生的力量。但听市声沸腾，铃声交织，陌生热烈的城市气息扑面而来，马不停地眨着昏花的老眼，忍不住喷了个响鼻。小伙子和马相视一笑，彼此都有了些羞赧，有了些极力压抑着的激动。

马在意气风发的青年时期，就因为对一匹来自城里的雌马心向往之，而对城市幻想不已。可惜，那匹雌马因为中看不中用，很快被商贩卖到南方去了，它的单相思也由此成了“此恨绵绵无绝期”；而它对城市的幻想，也只能夜夜到梦里实现去，作为一个日日耕作不止的劳动者，它一直难以跨出乡村的门槛去。本以为这辈子就这样没有指望了，不曾想这个他眼见着长大的小伙子，如今要帮他实现这个千年等一回的愿望了。

老天有眼哪！老马这下心满意足了。心愿了却的人，是最幸福的人；心愿了却的马，更是最幸福的马。因为马的愿望要实现，远比人的愿望实现难度更大些。来城里之前的夜里，马激动得彻夜不眠，泪满眼眶。它老了，已经没有心绪也不可能再到城里寻找那位雌马留下的芳踪和气息了，但它的心还残留着年轻时的热情和激情，听着自己的心跳声，老马就相信了这一点。只有在真正遇到大事儿的时候，人才能够真正看清自己，马也一样。所有的心灵，都像陈年的湖泊一样的混沌和复杂，覆满了青苔和浮萍，只有在风来的时候，才能够变得澄清，并且涟漪荡漾。

老马将头靠在小伙子肩头上，让他感受自己的温暖，自己也好找一些依赖感，平息一下初见城市的慌张。老马知道，小伙子比他还紧张呢！他，就是年轻时候的自己，正是不知天高地厚的年纪。也正是这种不知天高地厚，最有开拓性和创造力。屎壳郎一辈子稳稳地抱住一个屎球，一辈子也走不出臭气熏天的茅坑去。不会折腾的人，永远不知道折腾的好处。梦想，就是靠折腾来实现的。它老马的人生尽管是被动的，却碰上个能折腾的主儿，它也算有福了。不管自己的梦想是主动实现还是被动实现，总算是实现了，老马真想跟村里的老奶奶那样捻着佛珠，念一声："阿弥陀佛！"

老马其实也没有多少能量可以燃烧了，它只盼望能在有生之年长长见识，成为一匹更受人尊敬和艳羡的马，就像村里的"二能人"那样；小伙子呢，则指望着老马能在城里为他的梦想流血流汗，添砖加瓦。

站在城市巨大无际的"魔方"边上，小伙子手握鞭杆，踌躇满志，他想起书上看到的一位外国名人的话："马，天生就是一种舍己为人的动物，它毫无保留地贡献着自己，从不拒绝任何使命。"

五

小伙子赶着马车艰难地穿过了很多拆迁区，终于在轰鸣嘈杂的建筑工地找到了包工头。

小伙子和包工头是老乡，包工头还得管他叫"小爷爷"呢！小伙子葱小辈（白）大，没成家就白捡了这么个比自己还老的大胖"孙子 "。这"孙子"从前在村里时偷鸡摸狗的事儿没少干，是个屎壳郎串门——走哪儿臭哪儿的主儿，后来在城里接替父亲的班当了建筑工人，并有幸倒插门做了城里女婿，接替岳父承包了一片工地，很快便飞黄腾达了。成了“款爷”后的包工头脑满肠肥，大腹便便，口袋里塞满手纸似的票子，一时被少见多怪的父老乡亲津津乐道，奉为楷模。每年清明节祭祀祖坟时，就数这孙子家林地里的鞭炮声响得最神气，成为村里人人争睹的一大景。

包工头正对着几个来此谋生的下岗工人指手画脚，小伙子和马的到来无疑分散了包工头的注意力。那几位灰毛乌嘴蓬头垢面的下岗工人见了马，脸上就写出愤怒来：这年头人都失业，愣还有畜生来抢人饭碗，真是没天理了！其实那时的工地已经开始不用马车、地排车这类过时的破玩意儿了，有汽车运输，拉得多跑得快，“老牛拉着车，老汉赶着骡”的时代眼看就要成为历史，不过有时拉点小材料，不值得动用大家伙，也可以用马车来补补缺，谁让包工头和小伙子是老乡呢！

成为城里人的包工头见了老马显得很兴奋，他也是好久没见马这种老畜生了。他有过敏性鼻炎，小时候赤着脚放马，光着屁股骑马，马身上的膻味儿常拱得他左一个喷嚏，右一个喷嚏，成为人人嘲笑的鼻涕娃，小伙子就听过不少他小时候的逸闻趣事。其中一次，就是被生产队里的马摔下来，磕到石头上，将一颗大门牙摔掉了。所以包工头的少年时代，一直豁着个大嘴巴，笑的时候，前面黑洞洞的。直到当上包工头后，才有钱镶上了大金牙，一说话，满嘴的铜臭味儿。后来钱赚得更

多了，像用筢子搂草似的一搂就是一麻袋，花不了用不了，就用来显富摆阔。用钱从头武装到脚，恨不得将头发也换成金丝，将眼珠也换成铜板，后来实在实现不了，也只好作罢。那种沮丧和失落感，是没钱的穷鬼体验不到的。

但包工头很能与时俱进，不摆阔了，又开始花钱来买高雅，其中一项，就是将口中那颗俗不可耐的大金牙换成了最上等的烤瓷牙，从深圳定做的，一颗就几千块，天价。乡里乡亲听了，嘴巴张得能塞进一只鸡蛋去。小伙子就是从听说这事后，将包工头当成了偶像，并从此树立了远大的人生目标，对此信心百倍，坚定不移。

眼前的包工头没有传说中的那么神气，甚至有些猥琐，但一样趾高气扬，自以为是。他的屁股浑圆，双腿很短很粗，撑着一个摇摇欲坠的大肚子，像只饱食终日的母鸡。他含混不清地朝小伙子干笑两声，算是与这个辈分高的小同乡打了招呼。然后，他倒背着双手绕着老马转了一圈儿，像鳏夫相亲，弄得老马有几分忸怩，小伙子也莫名其妙。

包工头突然精神焕发，他一把夺过小伙子手中的鞭子，平白无故地就赏了马一鞭子，“啪”的一声，拖着长长的尾巴，像闪电一样响亮。

小伙子吃惊不小，嘴巴都张大了，来不及合上。

接着，包工头就像服毒上了瘾，高举着鞭子忘情地抽下去，抽下去，一下比一下快，一下比一下用力，一下比一下陶醉，直到累得自己大汗淋漓，才一屁股坐在了旁边的水泥砖上，张着嘴只有喘息的份儿了。

马感到受了奇耻大辱！疼痛不说，它老骨头老筋的了，感觉已经有些麻木，也并不怎么在乎自己这一身皮肉，但这样平白无故挨一顿揍，算是什么道理？莫非城里人都是这样不可理喻吗？它很想立马抬起腿给包工头一蹄子，像踢一只大肚子蛤蟆那样，可是见小伙子尴尬着不吭气儿，它也就没敢轻举妄动，只好让一肚子的愤怒和委屈慢慢地消下去，在空气里化为一股看不见摸不着的臭气。

目睹着小伙子紧张的小样儿，老马有些心疼，这种心疼跟爷爷疼孙子是一样的。毕竟，他是看着小伙子长大的，尽管他是主人，它不过是个干活的畜生。

回头再看包工头那瘫在石头上的样子和他胖手指上戴着的大金戒指，老马无可奈何地想：狗日的，你才几天不背着粪筐在我屁股后面拾大粪？那时这东西对你来说就是黄金。可是如今，你发达了，我还得推磨拉车，真是三十年河东三十年河西啊，一切都不同了。一旦离了自家的土地，谁都敢欺侮你，包括这类刚刚不在一个槽里吃草的主儿！

小伙子悄悄拍着马的脖子，暗示它务必忍耐，压住怒气。老马善解人意地用戴着笼嘴的嘴巴拱了拱他的手背。这下，小伙子放心了，知道矛盾不会因为这突如其来的一幕一触即发。他对老马的利用，还长着呢，他与包工头的关系，也久久长远，需要每时每刻尽心尽力地维持。他知道自己是托包工头的福，才能进城揽这点儿活干，赚点血汗钱，因此务必要压下爷

爷的脾气忍声吞气装孙子。

马虽然愤懑不平，却也能认清形势，它心明如镜：在这里它已经是一种过时的运输工具，再也不是古老陶罐上绘着的图腾了，除了家里那位脾气火爆却重情重义的爷爷，没有谁会拿你当根葱！

六

机灵的小伙子来工地后做的第一件事，就是将马脖子上的铜铃摘了下来，用手绢包起放在了口袋里。之所以用手绢包，不是因为多珍惜，而是为了不让它在碰撞中发出声音。在城市里，乡下人是不能发出自己的声音来的，乡下的马也是，乡下的铃铛也是。统统的，都哑声吧。忍耐，等待，奋斗，争取，直到能发出自己声音的那一天。

摘铃铛的这个动作要是让爷爷看见了，大概又要跳着高骂一场吧！所谓不识时务，就是在不该说话的时候说话，不该叫骂的时候叫骂。所以爷爷这一生，注定只能当一个农民，做一条跳不过龙门的黄河鲤鱼。

说起来，这个铜铃很有些渊源，据说还是奶奶出嫁时从娘家带来的。奶奶当时只有 14 岁，还是个动不动就哭的孩子。她还没有见过爷爷的面，只因听人说他长得丑，就哭闹着不肯嫁他。送嫁的马车已经准备好了，马车上三面围着喜气洋洋的红席，后面挂着带穗头的毯子。马的鬃毛给修剪得齐齐整整，扎着大红绸子，像个英姿飒爽的新郎官，甩蹄扬尾间，脖颈上的铜铃就叮叮当当响得十分带劲，吸引了奶奶泪光莹莹的眼睛。老姥姥一急，就不管三七二十一，让人将那个铜铃摘下来塞给了奶奶，这才把奶奶哄上了马车……这个铜铃奶奶一直留着，想家里人了就拿出来看看，让爷爷看见了，就拿去挂到了马脖子上。赶着马车出门的时候，铜铃叮当作响，为他驱散了多少寂寞寒凉！等有了爹爹，这铜铃就被爷爷摘下来，成了哄儿子的玩具；爹长大了，能骑马的时候，就又重新把这个铜铃挂到了马脖子上……

这个铜铃的历史，比眼前这匹马的历史还要久远。它铜质的身体，带着几辈人的体温呢，于情于理都得加倍珍惜。但此刻在城市里，小伙子却发现铃铛闲情逸致的清音，就如老太太的三寸金莲，只会招惹惊奇嘲弄的目光，所以他略一思忖，就果断地将它摘了下来。同时，他也从口袋里摸出近视镜，慌慌张张地戴上了，因为他发现在这车来人往的地方讲“协调”和“配套”，后果将不堪设想。就让他当一回戴眼镜赶马车的怪物吧，他本来就是知识和乡村的结合体。在成为真正的城里人之前，他必须学会忍辱负重，该吃的苦他都愿意吃，该受的累他都愿意受。

老人们都说：“吃得苦中苦，方为人上人。”尽管他看不上那些老人，但他得承认，他们这点是说对了。乡下人尽管愚钝，一不小心也能说出真理。

马和小伙子初来乍到，事事觉得新鲜，他们常常面对着同样的事物，发着不同的感慨。城里和乡下，就是不一样，他们都觉得开了眼了。等回到乡下，可有炫耀的资本了。到时候，不但小伙子有话说，连马也有话说。村里人都会高看小伙子一眼；村里的马，也都会高看老马一眼。他们这辈子，都算没有白活。

有一辆花花绿绿的环卫车在人工降雨，孔雀尾巴似的，煞是好看。老马发现，柏油路边的树都被修剪得一副呆相，萎靡不振的样子。叶子垂头丧气，给人以病恹恹的感觉。马只是不大明白：城里的树是树，乡下的树也是树，为什么乡下的树就那么精神！它们可着劲地长，爱长多高就长多高，爱长在山上就长在山上，爱长在河边就长在河边；而城里的树却要规规矩矩地排着队，甚至树干上还要穿上“裤子”呢？看树冠里连只鸟儿也养不住，连声蝉叫都稀罕！

马还在琢磨城里人咋生火做饭：街口没堆着蘑菇似的柴火，楼顶也不冒烟，马百思不解，难道城里人饿了就啃四壁的水泥瓷瓦不成？远处虽然有大烟囱喷云吐雾却杀气腾腾气势汹汹，实在不如乡下的炊烟扭得婀娜好看；茅草和树叶是要等到秋天才黄的，可是这儿的俊姑娘靓小伙在夏天就黄了头发，听说是染的，外国人就是这个样子；再看那敲打着马路的鞋跟，有的细如指头，有的笨如马蹄，反正都与地面隔着那么一截子，不肯直接与泥土亲近了。

贼热的天，乡下娃早脱成泥鳅了，城里娃还包裹得一丝不苟，露出的胳膊腿儿苍白得像嫩藕，穿凉鞋还穿着袜子，好像脚指头害羞似的，马觉得多此一举，小伙子则说:“你懂个啥，这才叫‘文明’呢！乡下人赤脚光腚，一是因为穷，二是因为文明程度不够！既然咱来到了城里，就得向城里人学习，不能用乡下人的眼光看问题了。”

七

一个星期后，小伙子打算回家看看，顺便为马捎回些草料。

黄昏，收工了！马撒着欢儿，恣意奔腾在乡路上，鬃毛扬起，蹄与土绵绵相缠，难舍难分。家乡的土路是深情的，无论人过物过都留痕，就像母亲珍存着儿子的每一张鞋样。临出城前，小伙子早已从口袋里掏出铜铃给马戴在了脖子上。他猴精，做事渣儿不漏，知道怎样回避矛盾，也知道怎样逃避爷爷的骂声。不管爷爷如何的不服老，都斗不过他这个孙子了。

到了家，小伙子就将马缰绳朝爷爷怀里一扔，自己躺在椅子上优哉游哉地啃起西瓜来。爷爷照样边卸车边骂，马背被马鞍蹭破了点儿皮，招来几只多嘴多舌的苍蝇，让他心痛得不轻。他找了些给人搽的药给马搽在伤处，边搽嘴里边“嘶嘶”作响，表情十分夸张，好像他自己在痛。回过头，又要骂孙子粗心，小伙子见势不妙，忙死皮赖脸地朝爷爷挤眉弄眼一番，就去找村里的死党神吹胡侃去了。

城里的经历，这小兔崽子怕是三天三夜也吹不完哩！他这能说会道的本事，不但祖宗八辈没有，就连整个村子也少见。野雀窝里伸出个扁嘴头来，这算是啥嘎嘎鸟儿啊？爷爷哭不得笑不得，急不得气不得，只好边拍着马背边对着老马絮叨："老伙计，跟着那个畜生辛苦你了！现在的年轻人，心里光想着自己，都不知道心疼人哩。他没给你鞭子吧？他若是敢打你，你跟我说，看我不砸断他那两条麻杆子狗腿！"

马赶紧喷了个响鼻，否定了老头的说法，表示小伙子待它还不错。马是匹厚道的马，即使有嘴也不会背后告人家的小状。更何况它知道，老爷子尽管嘴巴凶，心里头可是最疼孙子的，只不过两只叫驴拴不到一个磨屋罢了！

老头见马心平气和的样子，放心了，他拍拍老马的脖子，满怀同情地说："唉，老伙计啊，听说城里头到处都闹哄哄的，四个轮子的车比两条腿的人都多，那楼房比核桃树栗子树都高了，喝的水都是从地底下抽上来的，地面是水泥的，连知了龟儿都没地方往外爬，鸟儿都没地方落脚，那是个人待的地方吗？蚂蚁在那里活都折寿的！"

老马忙认可了爷爷的话，表情也眉飞色舞起来，只恨自己没有语言，不能将在城里的见识向爷爷汇报炫耀一番。唉，看来见识多了也不是啥好事儿，能表达出来还好，表达不出来能把人给闷死。作为一匹马来说，如今它的眼界已经比一位老农都开阔了，可是老天却不给它发言的权利和机会。

谁知道一匹马的悲哀啊？

爷爷当然不知道这匹马此时的心情，他还以为这匹马的心情是跟他保持一致的呢！他不知道面对着城市，连一匹马内心都是不能平静的。他怕马在城里受了委屈，就想趁它回来的时候好好补偿一番，于是，他拍拍老马的脖子，亲昵地说："走，老伙计，跟我去林子那边撒个欢儿打个滚儿去，那里的水清，草也嫩，管你吃个饱！城里再繁华，哪有这么好的地儿啊，只有那些不知好歹的人，才以为城市好！"

老马跟在爷爷后面踢踢踏踏地走着，鬃毛一甩一甩的很是神气，它知道从城里回来，它就是一匹有见识的马了，身价倍增，走起路来姿势都不一样了。村里的那些牛呀羊呀狗呀的，都从栏里探出头来，对它刮目相看；连正领着小鸡们觅食的老母鸡，都忙拽着屁股纷纷让路。大白鹅平时趾高气扬，此时也忙低眉顺眼地让到了一边去，那长脖子好像比平时也短了几分。

不但禽畜对老马心生敬畏，连人见了这匹老马，都高看一眼了。那些坐在门槛上的老爷爷老奶奶，都殷勤地跟老头打着招呼："老九，你这是要去河边放马吧？听说你这匹马最近跟着孙子到城里打工，不得了哇，我们活了一辈子都没有进过城，愣不如你这匹马哟！"

这样的奉承话老头听了，当然十分受用，暗暗地将腰杆直了直。马听了当然也十分得意，尽管人家不是对它说的，但说的是它。除了爷爷，它何时这样被人看重过？何时这样被人当成话题的主角过？这下，爷爷该知道城市的好了吧，"城市"

二字加在谁身上，都可以加重他的分量，提高他的身价。老马只恨自己生不逢时，机遇来得晚，要是它早到城市 20 年，说不定那匹俊美的雌马就跟着它回家了，它教雌马耕地推磨拉车，断不会有被卖到南方去的苦命结局。

跟着爷爷出了村，树林的清新空气便扑面而来。路上遇见的小动物们都以自己的方式跟马打着招呼，马矜持地一一回应着。有些生性羞涩的小动物，像野兔啦什么的，都不敢直接跳到路上来，而是站在草丛中，朝着这匹刚从城里回来的老马悄悄张望。仿佛它不再是那匹天天耕田拉车的马，而是高贵城市的象征。

蚊虫跟在老马屁股后面一群一群地飞，不过这次它们不是叮它的皮肉，而是请求马发表一下进城打工的感想，用如今流行的话说，它们也算是马的超级粉丝了。所有的动物都知道马是全村唯一进过城的马，都艳羡得有几分畏缩了，连平日趾高气扬的大公鸡这回也抖不起来了，往常它们可是看谁不顺眼，就跳着高追着咬着不算完的。可惜马没有小伙子那样一张巧嘴，否则它早就开口说些城里的新鲜事了。那些新鲜事，怕是连老得白了头发的爷爷也没听说过吧！

前面不远处就是老林子了，马在城里学了些新名词，知道那是县里仅存的原始次生林了。城里人说森林是天然氧吧，马已经感受到了它浓郁的绿色呼吸。马蹄下，到处是金黄淡蓝的小花，它们扭着纤细的腰肢，对着蜂蝶搔首弄姿，可惜马的那对能漏掉泰山的大眼睛对它们不屑一顾。

爷爷拍拍马的背，就撒了缰绳，让马自个儿溜达去，只有他能给予马这样的自由，这样的信赖。一只饶舌的青蛙跳过来，围着马蹄跳来蹦去，咕咕呱呱。一只癞蛤蟆不长眼色，让马踢了一脚，捧着大肚子爬回洞生起闷气来。拉拉草戏谑地挠着马的腿，野花像个骚娘们，一个劲地摸马的鼻子，香气袭人。马有遗传的过敏性鼻炎，它忍不住打了一个喷嚏又一个喷嚏，吓得树上正相亲相爱的花尾巴鸟儿双双飞走了。

肥美的草汁很快染绿了马的嘴。马心满意足，它脖子上搭着缰绳，独自踢踢踏踏地走到泉边，喝着从地壳深处冒出来的泉水，直喝得耳聪目明，五脏六腑沁凉，嘿，真是惬意啊！爽！

爷爷找到一个正在放牛的老伙计老黑，两人蹲在河边"嗞啦嗞啦"地抽旱烟，笑眯眯地看着马无拘无束地欢腾。爷爷自小爱马，跟人说起马来更是如数家珍、唾沫横飞：什么汗血马、乌孙马、矮种马、双脊马、侏儒马……过去，他曾经听说在某个人迹罕至的草原上还有野马，但老黑反驳说："啥呀，早就没了！我那女婿在城里中学做教师，他查过资料，说现在真正的野马已近绝迹，由于人类的诱捕滥杀和生态环境的变化，美洲野马已于3000年前消失，欧洲野马也于100年前消失，中国新疆的野马群，也早已无影无踪了……"

两人像两个小孩那样认真地争执起来，争执得面红耳赤，不可开交，唾沫星子四溅。最后，老黑先软了下来，他往前凑了凑说："老九，说归说，那些良马奇驹其实咱俩一匹也没见

过，是不是？嘿嘿！”

老黑这么一说，爷爷也不好意思起来，他最了解的，其实也只有自己家里饲养的马而已。马为六畜之首，是一种雍容大度且忠诚仁义、高贵不俗的动物，它从无媚态也从不搔首弄姿，甚至极少卧槽休息，累了便就地打个滚儿，随即站起来，始终保持着一种挺拔健美、昂扬奋发的姿势。马不同于牛，牛生性怯懦，低头拉车，知足常乐；马也不同于驴，驴脾性暴躁，有勇无谋，成事不足，败事有余。马的目标总是在远方，在其他动物想象不到的地方。马卓尔不群，许多人类渐已失去的品质，在马那里都有所保留。

爷爷自小就知道马通人性。马会用眼睛说话。马清澈的双眸中有下层人民的那种沧桑、悲苦和哀怨。少年时，他抄着手，穿着对襟青布小袄坐在吱扭作响的马车上，跟随爹去远方谋生，双腿随车悠荡，像划过岁月的双桨。就这样走啊走啊，也不知到底走了多少天，走了多少年，直到马的牙齿一颗一颗地掉落，爹黑亮的头发也染上了若有若无的白霜。他们的家，就这么交给了嶙峋的马背，他们的命运，也与老马紧紧联系在一起。有情有义有韧性的马，只要有一口气在，就绝不会倒在中途。西坠的斜阳里，铃声悠长，彩云聚散，人与马相依相伴着，仿佛要一直走到地老天荒……

爷爷从往事中回过神来，叹息说：“老兄弟，谁承想啊，到了咱们孙子这辈，人和马就疏远了！我算看明白了，我家那个小兔崽子，虽然不得已用马来拉车，但他心里对马其实是一点不心疼，我早就看出来了。”

老黑也感慨唏嘘说：“是啊，他们这辈人，不可能像咱那辈人似的，对这些牲畜有多深的感情了。咱们那叫老感情，现在这些孩子咋可能懂呢？”

爷爷说：“可不是！看现在春种秋收、拉土送粪、赶集上店有了先进的机器和工具，什么汽车、农用车、拖拉机、播种机、收割机……马的用场已经越来越小，多数人家都将马卖了——既然已经没用处了，总不能将它们当猪养着呵！”

爷爷重重叹了口气，眯起眼睛望着远处的马。马在夕阳中的身影，就像在一场绚烂的梦里一样。农闲时节，村里的老人们常蹲在墙根下晒太阳，他们无限留恋地说起那些马，那些曾为他们流血流汗最终又被卖掉的马。唉，不知道它们如今都到哪里去了？爷爷庆幸自己家里还留着一匹马没有卖掉。有多年相依为命的老伙计在，他就觉得这日子过得还有些滋味儿，有些盼头儿。

远处，老马已经吃饱喝足了，正在霞光万道的河水里照镜，看自己尘土洗尽后英姿勃发的模样，看霞染的水被自己的蹄子踩碎，复又合来；合来，复又踩碎……

老马对这样的游戏乐此不疲，柔软无痕的水啊，能缝合世间任何的伤口。爷爷和老黑蹲在那里看着看着，镀满霞光的脸上都不由得布满了笑意，每一道笑纹里，都是深不见底的沧桑岁月。

八

小伙子迫切希望马能在城里尽快适应环境，为他的梦想添砖加瓦。可是马在屡屡受惊后，却很快便灰心丧气，这是小伙子万万想不到的，也是马自己猝不及防的。

马首先发现城市不欢迎它，城里没有它的尊严、位置和生存条件。马喋喋不休的蹄声、随时随地的大小便以及它招惹的绿头苍蝇，都为城市所不容。马原以为这片建筑工地就是繁华市区了，后来才知道这不过是城郊，市内是不允许畜类和马车进去的。马只能远远地望着，城里的路叫马路，却不让马走，它是那些现代交通工具的天下，只见它们颜色、式样五花八门，一律听从那“三只眼”的指挥，那“三只眼”一会儿红，一会儿黄，一会儿绿，惹得那些昆虫一样的车们不时浮躁地眨眼、鸣叫、放屁，炫耀着那些马类一窍不通的交通语言。

马大梦方醒：原来城市早就淘汰了马，马类的风光早一去不再了！马的先祖们大概料不到竟会有这么一天，它们的子孙们会沦为道路的旁观者。马曾作为所有道路的开拓者和征服者，驮着人类走过漫漫长路，马背上曾驮过厚禄高官、金银财宝、壮士美女，而今却越来越处境尴尬无所事事，或去赛马场一争高低、重温旧梦，或脱胎换骨沦为动物园的活标本，或者被做成美味进了人们的肚腹，或者干脆拖一条薄命去玩杂耍……

这究竟是谁造的孽，曾经将高山大河都踩于蹄下的马怎会没了路走，怎会如此狼狈地谢幕退场呢？马牢骚满腹，委屈不已，一连几天都愤愤不平地拉长着老脸。

从明白了这些残酷的现实之后，马更加苍老和萎靡不振了，它又还原成了当初那匹随遇而安的老马。眼神淡定、一无所求。除了故乡的绿草和河水，便只有一眼就可以望得见的未来和死亡了。

老马拉着建筑材料走在建筑工地的时候，耳朵垂着，精气神儿已经散了，只有杂乱无章的脚步和不耐烦的喘息声。小伙子感觉到了老马的变化，急了，慌了，他很怕在自己的梦想实现之前，这匹还算温良的老马会甩了他，让他在城市的奋斗道路上无法再继续走下去。

这时，路边一对染着黄头发的酷哥和靓姐骑着单车走过来，边走边嬉笑着挖苦老马的大长脸："呀呵，看这匹衰马，脸真够长的啊！"

"去年一滴相思泪，今年方可到腮边嘛，说的就是这种大马脸啊！"

"新新人类"也会活学活用苏小妹挖苦苏东坡的句子，并且用出了幽默感，看来城里人果真比乡下人有文化，当然也比乡下人损十分。

小伙子正用扫帚扫着车上的土，阳光照射到他那对招风耳上，看得见蜿蜒盘缠的毛细管。他想：娘的，我若是生在城里，也该这样染着黄头发、骑着山地车在路边晃荡啊，凭啥我要和马一道接受你们的这些鄙视和讥讽？老天爷把这高低贵贱安排得真是老鼠放屁——疵毛（猫）啊！

中午停工吃饭的时候，他们坐到气味复杂的树荫里。小伙子吃着从家里带来的干粮，老马慢条斯理地嚼着从家里带来的草。吃完了，小伙子就铺着凉席躺在石板上睡觉，蜷着身子像一只疲惫的大虾。马呢，拴在一边，也正恹恹思睡。这场面要是让爷爷看到了，不知会心疼成啥样儿呢！

对马来说，也有快乐的时候，那就是每天中午歇晌时，便会有祖孙俩来看它，这是一天之中，马最快乐的时候。漂亮得跟瓷娃娃一样的女孩会采瘦瘦的青草给它吃，问许多它似懂非懂的问题，慈眉善目的老奶奶也会絮絮叨叨地跟它说些陈年的老话。

九

这天中午，老奶奶牵着孙女儿的手刚走，包工头就打着饱嗝从路对面的饭馆里走过来。他喝得醉醺醺的，不敢开车回家，怕被老婆骂个狗血喷头，就干脆来工地上歇一下，从老马身上找点乐子。

小伙子还躺在石板上酣睡，毕竟是年轻人，觉多，梦多。包工头一屁股坐到被热气蒸得热烘烘的石板上，百无聊赖地剔着牙花子，不时半闭醉眼从地上摸起块石子敲一下马屁股，或者摸起鞭子朝它胡乱抽一下。马左躲右闪，忍声吞气，再次尝到了那种被戏耍侮辱的滋味儿。马在心里恶狠狠地想：挨千刀的，你再打下去，看我的蹄子不把你眼睛里的瓷球踢出来！

小伙子听到马愤怒的喘息声，忙从车盘上爬起来，他先是看到了包工头那张酱紫色的大胖脸，带着饱暖思淫欲的神色，然后又看到老马的那张大长脸，已经忍耐到极限了。那种被包工头欺侮的表情，小伙子一下子就能看出来，马不会掩饰，喜怒哀乐全都在脸上带着呢！他知道要是不陪包工头消遣一下，马又得倒霉了。包工头这孙子，莫不是有些变态，要不他怎么老是跟不会说话的畜生过不去呢？小伙子只好打着哈欠坐起来。

老马看见小伙子和包工头用草秆下起了“五棍”，赌气地背过头去，不屑看主人认敌为友。小伙子发现包工头的手指粗短而笨拙有力，手掌上还有厚厚的茧子，虽说成了“城里人”，仍然抹不去黄土地刻下的沧桑印记。他下意识地看了一下自己的手，见那双原本细腻纤长的“秀才手”，在这些日子里已有了些风吹日晒之痕，不由得感到了某种恐惧。难道，他命中注定就是一个乡下人，一辈子与泥巴石块为伍吗？难道，命中注定的事情，任凭你怎么努力都改变不了、摆脱不掉吗？

下了一会儿“五棍”，包工头的酒慢慢醒了些。他突然用剔牙棒戳戳小伙子的手，示意他注意人行道上的俩妞，只见她们昂头挺胸地说笑着往这边走来，旁若无人却又好像故意在炫耀着什么，一个穿得很性感，一个穿得很休闲，都斜背人造革小包，短裙下露着穿廉价丝袜的大腿。只是休闲的那个腿太

细，如干巴巴的秫秸秆；“性感”的那个腿又太粗，可与大象的腿媲美。小伙子悄悄用手比画了一下，那两条粗腿快要撵上自己的腰了，啧啧，吃啥山珍海味养得这么肥呢！不过，小伙子瞅着她好像哪里不大对劲儿，等她走近了一看，原来脸抹得像石膏，脖子和手呢，却黑黑的，分明是城市的自来水怎么洗都洗不去的泥土本色。

小伙子不由得闭眼咧嘴，一副惨不忍睹相：看人不要看脸，只要看一看她的手就知道她的来龙去脉了，手是最骗不了人的。你本是个乡下人，却愣装城里人，没想到手和脖子却露了馅儿。偏偏另一个女孩想显示城里人对土地的陌生和对牲畜的无知，便做出疑惑的表情，故意问那性感“黑妮”:“那拴在石板上的是马还是骡子?”

“黑妮”嫌恶地用手帕捂着鼻子，不悦地说:“谁分得清呢?我在乡下待了才几天?快点走吧，看它那长脸大肚的，真恶心，脚下一大堆臭粪，身上还有一股子膻味儿，城里怎么允许这些畜生进来!”

马听了这歹毒的评说，立即沉下了老脸。

包工头极力撺掇小伙子向前跟俩妞搭个话，制造点回村向同伴显摆的经历。小伙子就龇着两只食肉动物般锐利可爱的小虎牙，笑嘻嘻地凑到俩妞跟前，接茬说:“马的脸形不如你，眼却比你好看，起码它是天然双眼皮！它脚下有马粪，是因为你们城里人没为它盖厕所；身上有膻味儿，是因为你们的澡堂子不让它进去，二位姐姐，你们说是不是这个理儿?”

俩妞同时斜睨了这戴眼镜赶马车的乡下人一眼，扔下一句赞美:“德行!”就比赛似的匆匆跑远了。

小伙子不恼，嘿嘿地笑。包工头拍着小伙子的肩膀，哈哈笑得肆无忌惮:“小爷爷，你还真行咪，不愧高中生，比俺会骂人！这些一瓶子不满半瓶子晃荡的打工妹，就该这么教训教训她们!”

马觉得主人替自己出了口气，也就释然了，仍旧好奇地朝马路上张望。城市的繁华，都是走在路上的。马发现有一种人真叫潇洒，他们总在上班的人群散尽后出来，一手挽妞，一手握着个砖头样的“大哥大”大呼小叫，极像赶马车的吆喝马，小伙子看得眼睛发绿，艳羡不已。包工头告诉他这叫“款”懂吗？所谓的“款”，就是除了钱什么都没有的人。小伙子这才明白自己判断失误：他还以为那是个“官”呢!

包工头摇摇头说:“错了，所谓‘官’，就是除了做官之外什么都不会做的人。在财富上，他们也几乎个个都等同于‘款’了，所不同的是，他们不能像‘款’那样招摇摆阔，并且还要做出克勤克俭、两袖清风的样子，所乘的座驾的档次也未必比‘款’高，因为上头有明文规定，不同的级别，要坐不同的车。”

马凝神听着，轻轻摇了摇尾巴，它觉得人类的事情过于复杂，不是它这个做马的能理解的。提起它们的冤家对头——车，它就又愤愤不平起来，再也无法保持从前那种无所得失的自然。

十

三两只知了油炸火烹般地扯着嗓子“吆啦吆啦”地喊着，声嘶力竭。城市的蝉鸣无法形成大合唱的规模，因为城市里缺少让蝉龟儿出生的土壤，它们的脑壳再坚硬，也撞不开水泥地面的大门。所以城市的蝉鸣无论多么虚张声势，其实都是势单力薄的，永远形不成乡下蝉鸣的阵势。

马拉着拖地的钢筋走在白花花的日头下，口干舌燥，周身闪闪发光。都说劳动者是最美的，谁知道劳动者受的苦累？这话定准是那些闲得无所事事的家伙们摇着扇子说的，你要是让他扔了扇子去体验一下劳动者的美感，他肯定是打死也不干的。听上去越高尚的话，其实越虚伪。

城市的太阳歹毒灼热，毫不留情，将小伙子和马放在开水里煮着一般。体尝着这种折磨，就会明白小伙子为什么要不顾一切地想做个城里人了。老马眼冒金星，它不由得思念起乡下的太阳来了。乡下的太阳是原始的、野性的，它赤身裸体、恣意而充满醉态，却不这么严酷得叫人受不了，脚下的泥土会将那灼热吸收一部分，头顶的绿树也会为人和牲畜分担一些。马爱乡下的太阳，那才是后羿神箭下逃匿的那一轮、古往今来的那一轮。

卸下钢筋，日头也快落下去了，马拉着空车，随着小伙子恹恹回返。它被小伙子的鞭子限制着不得跨出工区半步，因为马路上正发着人的“洪水”，左右两边反方向刀切不断地向前涌。这是城里人下班了，正忙着往各自的家赶呢！他们每天就这么两点一线地来回窜，永远看不到新的风景。迟到了，要罚款；回家晚了，就要吃冷饭。你说城里人活得多么紧张多么无趣啊！从这一点看，城里人其实也并不比乡下人强多少，只不过他们住的鸟笼子高级一些罢了，又有乡下人垫底，可以又有一些优越感。

马有些幸灾乐祸：它觉得城里人就像被鞭子抽着不停旋转的陀螺，和鞭子赶着的马其实并没有什么两样。马好歹还有一片树林和一条河流，累了可以歇歇脚，城里人累了，却永远只有一张床，没有热火朝天、枝摇鸟唱的大自然。这样一比，它心里又平衡多了。

马突然精神一振，因为它看到了起伏波动的“田园”：蓝蓝的天，金黄的花朵，虽然没有“梁祝”翩翩，蜜蜂咏唱，也足以令马陶醉的了。马大睁着昏花的老眼一瞅再瞅，才发现这幅田园风光不过是骑车女孩花裙上的图案。正沮丧着，却见女孩的车筐里有一些青碧的黄瓜，浑身是刺，头戴黄花，看上去煞是娇憨馋人。马忍不住野性大发，拖着空车奔过去，一口逮着一根，“咯吱咯吱”几口就入了肚，清新鲜嫩的口感顿时沁心入脾。

马不由得忘乎所以，仰起脖子出神入化地“咴儿”了一声，惊得行人纷纷逃窜。

小伙子挥汗扬鞭地追过来拽住马，想向女孩道个歉，却见

女孩已经一路尖叫着逃远了。有个知识分子模样的人回头看了看小伙子，朝他一语双关地骂了声："哪里来的畜生，竟然窜到城里的人行道上来了！"

小伙子呆住了：畜生，人家这分明是将他与马一同骂了！这就是乡下人在城里人眼中的地位，好像他与马刚刚结伴从原始社会来，不是来建设城市，而是来骚扰城市。小伙子垂头丧气，他明白在这儿他不过是个赖着不走的过客，他得罪不起城里人，也不敢惹恼了马，只能受"夹板子气"。建筑工们都停了手中的活等着看热闹，包工头也兴奋地在工棚那头朝他咋咋呼呼："揍它，揍马这个狗日的！还抢人家的黄瓜吃呢，无法无天了！"

小伙子汗如雨下，两条腿抖得厉害，但他不吭气儿。小不忍则乱大谋。爷爷说马是不能轻易就揍的，马脾性刚烈，疾恶如仇，即使挨鞭子也常常凛然不动，无论是对是错都不放弃应有的尊严。错揍一鞭，马就会从此记恨你。而且，他心里屈辱，马何尝不屈辱呢？没有办法，谁让他们跟城里人肩膀不一样齐呢？如果这匹马是城里人的宠物，那么它今天所享受的，将是另外一番待遇。高低贵贱，古来有之，且泾渭分明。谁也跨不过这个界限，也抹不平这道鸿沟。所以，他只能改变自己的命运，来免受别人的践踏，甚至有一天践踏一下别人，或者像包工头一样，在马身上享受一下发泄的快感。

小伙子采住马缰绳，小心翼翼地牵着马走，间或扬扬鞭子却并不落实，他很想以此向马证明一下自己的诚意。

马却仿佛累极倦极了，新钉的铁掌叩击着热气蒸腾的柏油路，战战兢兢惊心动魄。城市在马蹄下似乎脆弱如蛋，一踩即碎……

十一

对老马来说，只要走进家乡的树林，就能忘却城市给予的伤心。它很想尽快将在城里发生的那些不愉快忘掉，可是不知道为什么，爷爷这天也有些闷闷不乐，他把马牵到河边，喊了几声，没有找到放牛的老黑，就自己一个人蹲在河岸上抽着旱烟，一声不吭，仿佛周围的一切都跟他有了仇。烟雾在他的头顶萦绕着，慢慢缠成一个问号。

老马看见爷爷这副神态，虽然莫名其妙，却又不能像人那样嘘寒问暖探个究竟，也就只能埋头将草吃得格外小心，心里的忐忑，只有它自己能知道。没心没肺的小伙子又到村里的伙伴们那里吹牛去了，马的心事，爷爷的担心，他都不知道，也并不关心。他关心的，是靠奋斗能不能赢得未来这个根本的问题。

黄昏的河边有雾气弥漫开来，那雾气好像从爷爷的烟袋锅里冒出来的，有些呛人，爷爷不由得跟着咳嗽了几声。他站起来，捶着蹲得酸痛的腰，心里隐隐作痛。他看着正埋头吃草的马，不由想起这匹马的祖上——老马。老马一生性情温驯，任劳任怨。可是它在临死前的那个夜里，却令人瞠目地挣脱了饲

养场的缰绳，跑得无影无踪。生产队的人提灯架火找到天亮，待找到它时全都惊呆了：晨雾里，老马半跪在田垄上，望着远方，眼半睁半闭，凝固在一层泪水里，安详如每一次疲惫后平淡的小憩——老马是如此眷恋土地，连死，都要回到它的怀里。那跪对土地的马呵，像人，像神，像儿跪亲娘……

那时恰好是三年困难时期。老马死了，不能像人那样有个埋骨之地，那衰老不堪的马肉，最终还是进了人们饥饿的肚子。马死了，它的子子孙孙却留下来，继续马的命运……老人至今还记得那马肉丸子的滋味儿，嚼的时候，满是咬不动的筋脉，就像嚼自己的肉一样疼痛而又无奈，至今想起来还反胃，这辈子，那玩意儿宁肯饿死他也不会再吃了……

老人眯起眼，忧心忡忡：听说不久后，这树林也要伐了，要建啥轮胎厂、造纸厂，污水都要排到眼前的这条河里来。城里人重环保怕污染，所以这一类的厂家都被迫搬到乡下来了——城里人怕污染，那乡下就不怕吗？这里的河流、草木和天空就不怕吗？这算是什么逻辑？难道城里人天生就比乡下人高一等吗？这些事情现在在村里乡里传得风响，让人心里直闹腾，老人已经几夜睡不安稳了。虽然他自己活不了几天了，可是他的马怎么办？他的子孙后代们怎么办？

这时，河那边有个戴斗笠的放羊人朝爷爷喊了："九叔，您老人家咋还不回啊？日头快落了！看您这匹老马，是不是也像俺这群羊一样，贪恋这里的草肥水清，不想回家啊？"

爷爷有气无力地应一声："可不是嘛！"

那边长叹一声:“唉，可惜，好日子没几天喽，到时候那些厂子建起来，水就流成黄汤了，草就成黑的了，那年我去城里，从造纸厂外头走，亲眼见过的。你孙子不也在城里打工吗？他也一定见过的!”

老人不愿再听下去，起身跺两下发麻的脚，倒背手牵起马就走，脚步竟有些踉跄。他心里想着：马呵马，老伙计，到那时你可到哪里去吃草落脚呀？他想起放牛的老黑，便又回头问:“见着老黑没有？他这几日怎么没来放牛?”

放羊的答道:“怎么您老还不知道啊？老黑的牛被他儿子卖了，还放的啥牛？听说他天天蹲在屋檐下瞅着天发呆呢，儿媳妇骂他中邪了，要请神婆子来驱邪捉鬼呢。”

爷爷大惊失色:“好好的牛咋就卖了呢？那牛老黑当命似的供着，天天牵着在这河崖上放！卖了他的牛，叫老黑做啥哩，他这个儿子，咋就这么不孝呢！我看现在村里的年轻人，那才是个个真中邪了呢！这个莫名其妙的世道!”

“嗨，九叔呀，当命似的供着又有啥用，总不能拿着人力物力来养着一个废物吧？现在种地有播种机，收割有收割机，还用得着那慢吞吞的老牛吗？再说，这里马上要盖厂子了，地越来越少……”

爷爷越走越快，后面放羊人的絮叨声却仍是穷追不舍：“不过也好，到时候，咱的子孙后代们都到厂子里去当工人，转个合同工，弄好了说不准还能转正，成了正式工也就成半个城里人了……凡事嘛，有好有孬，有失有得……只是这牛啊马

啊的，恐怕就半点用处也没了，只好剥皮抽筋，丢到老汤锅里去咕嘟着，让人吃肉喝汤啃骨头去了……”

老人突然火了，高声骂了一句：“吃你个头啊！缺了八辈子德的玩意儿，快把你那乌鸦嘴闭上，要絮叨，找只母乌鸦做个窝絮叨去！”

老人骂完，就牵着老马逃一般地走远了。气得牧羊人将头顶的斗笠朝着他一扔，也横眉怒目地骂起来：“九叔，你今天是怎么了，我看你才是中邪了呢！你这样急着赶回家去，是不是要和老黑一起让神婆驱邪呢？”

老人不再理他，走得飞快。他很担心他的老马听见刚才放羊人的那一番话。其实，马又怎能听不到呢，尽管它老了，却不聋不哑。在城里见识多了，更是明白了自己的处境。不到城里，不知道自己是多落伍。被淘汰被抛弃的命运，已经在所难免，它就是再不识时务，也将自己的结局看了个清清楚楚。它觉得在这一点上，它比这个倔强刚烈的老头子要明白得多。

十二

小伙子厌倦了回返的劳顿，在城里的新鲜事儿也向同村的伙伴们显摆完了，自己也觉得没劲了。这天清早，他在套车上路时，就揉着眼睛懒洋洋地对爷爷说：“老头，咱这几天太累，给马多带些草料，咱下周日就不回家了。你自己在家吃香的喝辣的吧！”

爷爷边用筛子往麻袋里装草料，边吹胡子瞪眼地说："那哪儿成？你个心狠手辣的东西，我放心得下你，还放心不下我的马呢！"

小伙子有些不耐烦，气鼓鼓地说："你孙子在你眼里，还不如一匹灰溜溜的马。真是里外不分，人畜不分！你总不能让马养你的老吧？"

爷爷立即火冒三丈："你不养我，有政府养我，我怕个啥？你想孝敬我，我还不指望你这个踮着脚尖走路的轻浮玩意儿呢！"

小伙子耸耸鼻子撇撇嘴，笑嘻嘻地说："嘿，还指望政府养你的老呢，你这种人，享着这个时代的福，却老是念过去的好，政府凭啥养你？不跟形势不识时务也就罢了，还老是拖年轻人的后腿，我看你像那些骡马一样，快被社会淘汰了，嘻嘻！"

爷爷将麻袋用草绳一扎，摸起把扫帚又要抡过来，小伙子手脚麻利地将麻袋往车上一扔，跳上车就跑了，边跑边回头朝爷爷挤眉弄眼做鬼脸，爷爷在他马车后追了几步，也就放弃了，气得跺着脚唾沫横飞地叫骂。但他的叫骂声孙子充耳不闻，孙子的调侃倒是随风刮了过来："老爷子，你要是再不与时俱进，就活成恐龙化石了！"

爷爷骂了半天，鞭长莫及，也只好披着褂子怏怏地回去了。心里想着，连自己养了半辈子的老马都成了这个家伙的工具了，自己在家孤孤单单，真是无趣啊！说不准有一天也得像

老黑那样，变成个痴呆天天在屋檐下瞅天哩！

十三

在城里好歹熬到周末，老马还心存侥幸，指望着能像往常一样拉着车，精神抖擞地回家去。但小伙子的决定却已经是铁板上钉钉。他将老马牢牢地拴在石板上，嘴里叼着根麦草懒洋洋地说："以后咱就两星期回去一趟吧，老是往家跑，腿都跑细了，你累我也累，以后咱都得节省点体力，别弄得跟个小媳妇似的，天天挎着个小包袱回娘家，没出息。"

马一听就急了，回家——那可是它一周的指望呀！它左腾右转，不耐烦地用蹄子"啪啪啪"地敲击着石板表示抗议，但是任凭它敲击得火星四溅，小伙子还是装憨卖傻、充耳不闻。他将马车打扫干净，垫上凉席铺盖，在工棚里舒舒服服地睡起觉来。马感到自己老了，不中用了，讨人嫌了，没有发言权了，不由得悲从中来，昂头向天，长长地嘶鸣了一声。

从钢筋水泥的缝隙间，传来的却是它自己的回声。

夜里，马不停地将四条腿换来换去，它觉得自己的腿快撑不起自己的身子和那颗硕大头颅里接受的新思想了。时代造人，逼得连马都要思考了，可它又无力将自己的想法说出来。

马知道做人有做人的难处，做马也有做马的规矩：马是不能随便就倒下的，即使累极了，也只能就地打个滚儿，立时精神抖擞地站起来，这样的马，才算一匹好马，不辱没列祖列宗的好马。但此时，马真的感觉自己快撑不住了。它悲哀地想：我只是一匹来自乡下的马，凭什么要在城市里遭受这些莫名其妙的压迫？我又不想弄个城里户口，在城里买一套属于自己的房子，我自己有四蹄，也用不着买桑塔纳轿车。

马甚至想：我能自食其力，只要嘴里有牙齿，随便低头啃两口草就不至于饿死，凭什么这样负重拉车，被人牵着鼻子，天天挨鞭子？

马无法在城市之夜里做一个完整的梦，高楼大厦的阴影压得它喘不过气来。城市的夜晚，一切都浓妆艳抹地醒着：从每个鸽子笼般的窗口，都透出灯光，窗帘后，正发生着各种各样的故事；车辆甲虫般溜来溜去，不知从何处来也不知往何处去；娱乐场合灯红酒绿扑朔迷离，粗俗、神秘、充满诱惑，从里面传出的卡拉OK声嘶力竭惨不忍听，令马想起野外成群结队叫唤的驴子……

这不是马熟知的世界。马甚至疑惑自己是不是在一场梦中？是它梦到了城市，还是城市梦到了它？它几乎崩溃了：它是谁？它找不到自己了！它的马蹄上，再也没有泥土的清芬和小花的香气；它走过的地方，只有城市的喧闹和浮躁，它的双耳灌满的，是各种交通工具五花八门的喇叭声……

马恨不得抬起蹄子捂住自己的耳朵，可是作为马，它不能让自己那么脆弱，它只有一如既往地站在那里，忍耐着，自欺欺人地幻想着，回到那夜草沙沙的天籁之中去……

十四

马自此更加心灰意冷，一蹶不振。它从前炯炯有神的双眸，因为连续的熬夜而红了，布满蛛网状的血丝，像小白兔一样。它拉着车走在路上的时候，鬃毛垂着，耳朵垂着，尾巴垂着，一副萎靡不振的熊样子，还常常打盹，脚步踉跄，有一次几乎把车拉到沟里去，吓得小伙子哇哇直叫。幸亏路边的一棵杨树给拦住了，却将小伙子挤在中间，差点将他那瘪瘪的肚子挤破，露出里面的花花肠子。

小伙子急了，沮丧、愤怒，欲哭无泪。但人又不能去跟一个畜生讲理，他愈来愈狠的鞭子，也抽不出马的丁点精气神儿来。

小伙子在咬牙切齿的咒骂之后痛定思痛，再加上包工头幸灾乐祸的旁敲侧击，他终于明白：人与马，这最古老的组合，难以改变他的命运。他不能再靠力气吃饭，他要抛弃这种最低级的谋生方式，启用他的聪明才智，扬长避短、另辟蹊径来进军城市。否则，他就永远只能做被人斜睨着眼睛看的打工仔、乡巴佬儿，就连脖子上的泥巴都没有洗净的山妞都敢朝他撇嘴，以证明自己高他一等。

主意打定，小伙子就决定行动，他向来是个干脆利落的人，想到了就马上去做，不肯耽搁片刻。他知道，时间就意味着命运。可以奋斗的时间很短暂，他要抓紧，丝毫不能放松。

只几天的时间，小伙子就好像年长了许多。他胡子拉碴，眼镜上溅满了灰尘和泥点子。他学会了抽烟，向泥瓦工要了一支叼在嘴上，“嘶啦嘶啦”地抽着，向人打听城里骡马市场的地点，大家都摇头，面无表情地说：“城里都不让骡马进，哪里还有骡马市？”

小伙子懒得再和他们费口舌，他知道这些人都和他一样，不过是来工地打工的，说不定连市里都没去过。问他们，还不如问路边的那些石头和那些见多识广的树。他将那支辛辣的廉价烟往地上一扔，用脚恶狠狠地碾灭，然后大步跨出脚手架林立的施工区，去找包工头那孙子问询去。包工头在城里待的时间长，光做城里女婿也有些年头了，应该知道。

包工头正在按摩房里享受着小姐不太熟练的按摩术，正为她按不到实处的手法气恼。当小伙子裹挟着一股廉价烟的气息走进来时，他更加气急败坏，不耐烦地将小姐的手从那个最不该按的地方甩了出去。小姐不满地用画得像熊猫一样的眼睛瞥了小伙子一眼，立即就称出了他几斤几两。她连话都懒得说，朝帘子外撇撇嘴，示意他到外面候着去。

小伙子懒得搭理她，直截了当地向包工头打听骡马市的去处。

小伙子的问题让包工头感到新鲜，又让他有几分得意：知道这地儿的，还真是非他莫属了。他疑疑惑惑地问：“你去那地儿干啥？骡马牲口市以前在驴市街，现在挪出市区，挪到城关的凹里村去了，离这儿远着呢！”

小伙子不敢向包工头说他的打算，只说他想去看看有没有可买的牲口。包工头捏捏肉滚滚的红鼻子，还他一个暧昧不清的坏笑:“啥年头了还买牲口，你怎么跟你爷爷似的——真他妈个老古董儿，天生啃土的命!”小伙子心里说：哼，孙子，你以为自己聪明，其实咱比你更聪明！你以为咱是真买马吗?傻帽，咱是卖马！你有钱却没素质，爷爷咱只要加把劲，调动起所有的聪明才智，有一天一定能变得比你更有钱有势，还不用像你那样去做人家的上门女婿!

大集那天，小伙子偷偷牵马到牲口市遛了遛。那里冷冷清清的，甭说牲口，连人都少得稀奇。这些年牲口很少用了，连交易市场也跟着萧条，说不准有一天，牲口市会彻底从历史舞台上消失吧!

小伙子佩服自己有经济头脑，有先见之明，既然靠在工地打工赚不来大钱，也赚不来起码的尊严，他就要另作他想了。甭管怎样，他都觉得当初来城里没错：这段实验性的打工生活，让他想明白了很多，也看明白了很多。他有文化，他相信自己总有一天会像城里人那样有尊严地活着，起码活得比包工头有质量，也比“黑妞”有档次。他想在结束这段打工生活之前，先探探马的行市，他需要一笔本钱。他想下海，尽管具体做什么他还没有想清楚。打工赚的钱再加上卖马的钱，差不多应该够了，先从小本生意做起嘛，小伙子懂得一口吃不了个胖子的道理，也有积少成多、聚沙成塔的耐性。

好歹找到了一个牲口较为集中的区域，骡子、马、牛都有，它们“咴咴”“哞哞”地叫着，踩在自己的粪便上摇着尾巴，甩着蹄子，一副活得不耐烦了的样子。终于过来一个穿皮夹克的人，上来问老马的价钱，又强行扒开它的口看它的牙齿。有经验的牲口贩子判断马的年龄，只要看它是“几岁口”就会一目了然，这件事，小伙子早就听爷爷说过。这个穿皮夹克的人，看来是个行家里手，老油条了。

小伙子不知道骒马的价格怎么定，就让他说。穿皮夹克的人叼着烟，向他伸出几个手指，不知道那意思是几百，还是几千。反正他也不急着卖，就假意与他讨价还价一番，最后摸出了大概可以能出手的价格，就朝牲口贩子摆摆手，回头牵着马走了。

牲口贩子在后面骂骂咧咧:“还不卖呢，留着能干吗？是能耕田呢还是能拉磨？掰开它的口一看，我就明白它到了该杀的年纪，还来冒充啥青壮年？你再留着它，就直接送老汤锅得了，汤还能喝，估计肉都老得嚼不动了。不信，你就留着它看吧!”

小伙子头也不回，一个劲地冷笑。心里想：都说牲口贩子狡猾，这个咋就这么二百五呢！我逗你玩呢，你愣是看不出来。小样儿，等过两天我把这个工程的活忙完了，再来跟你讨价还价不迟！

老马跟在小伙子后面，几乎要瘫软下来。它已经明白了小伙子的用意，不由得悲怆万分：它们做马的祖辈为人做奴，血汗一生，死无完尸，只不过是为了一把随手可得的草料。而

今，如此简单的生存也已成人类的负累，难逃被抛弃的命运。战争、土地、道路……所有与人类有关的事情都已经淘汰了它，不再需要它，马预感自己到了穷途末路，不由得万念俱灰！

老马有气无力地穿越萧条冷落的牲口市，那些同类们全都是呆若木鸡的样子。也许昨天，它们还像它一样地踌躇满志呢，但明天，它们或许就要被送进滚烫的汤锅里，化成肉、骨头、汤和淡淡的烟雾。

一匹马的一生，就是这样简单。

十五

这段短暂的城市打工生活，让小伙子明白了：只有原始和落后，才是人与马相依为命的土壤，人与马，迟早要分手的，然而，他没有料到，会那么快，会用那么一种决绝的方式。

那天，小伙子牵着马从牲口市往回走，彼此都冷冷淡淡的，都知道已经没有敷衍对方的必要了。小伙子觉得老马既然已经没有多大用处了，也就懒得再戴着热情的面纱，反正到需要的时候，拉到牲口市一遛，高低都会卖得掉。马即使会怨恨地朝他咴几声甚至咬他几口，也无所谓了。马既然不过是个工具，那么在他这个阳光明媚的小伙子心里，也不会留下什么痕迹和烙印。他跟他的爷爷可不一样，他与马压根儿就没有那所谓的“老感情”。有着温热的鼻息和水汪汪大眼睛的老马，在他眼里，跟它拉的那辆木头车没有什么区别。

小伙子唯一担心的是：若是真卖掉了爷爷的马，这老爷子会怎样的痛不欲生？他此后的生活，是不是会因为失去了意义而失控？

这是个问题。

天气有些闷，小伙子的心里也有些烦。真要开始一种新生活了，心里没有一丝波澜是不可能的。

小伙子突然想抽根烟，摸遍了口袋也没有摸出一支来。这才想起自己作为一个初级烟民，所抽的有限几根烟都是向人讨要的。一个男人口袋里没有自己的烟，又怎能算是个成熟成功的男人呢？

终于走到了离工地不远的市郊，小伙子东张西望，发现路边有个简易的小超市，烟肯定是有的，可是他又不能牵着这样一个庞然大物进去。路边倒是有树，可以拴马，只恐怕马那贱嘴一见了青枝绿叶就想啃。小伙子犹豫再三，见路边没有人，忙将马安置在路旁，拍拍它的脑袋以示对它安分守己的信任，然后快步往那个小超市跑去。

小伙子刚一离开，马就踢踢踏踏、失神落魄地乱走一气。一片绿色突然在远处一闪，马的双眼蓦地就湿润了。它踉踉跄跄直奔过去，前膝一软，就猝不及防地跪倒在它的怀抱里，马在仓促间重复了祖上告别土地时的姿势，但这一跪和那一跪却已是如此不同。时代变迁，风云变幻，都在那一跪的瞬间远去了！

马忘了，作为马它是不该轻易就倒下的，它的嘴贪婪地在草皮下吮吸着，像饥渴了千年万年。它渴望沁心入肺的清凉、渴望泥土的腥咸，渴望草应有的青甘苦涩……可是吮到的，却是蛰伏于草丛下仍挣扎着向上蒸腾的躁热和骚动！

马抬起沉重的头，绝望地打量着眼前这片陌生的绿：这分明是草却不丰润不水灵，规规矩矩簇簇相连，彼此限制着不得随便蔓延和长高，马不知道这叫草坪，是城市有意保留的最后的田园。而这虚假的田园也不认识马，在马的粗暴践踏下瞬间狼藉一片。

马甚至懒得再站起来，它恍恍惚惚，想起一个祖辈相传的地方：那里的天湛蓝无垠，像只巨大的乒乓球内壳；地，溪流纵横，花草丰美，水鸟相亲……在那里，任何的动物都有其恰如其分的位置，自由自在地繁衍生息，不会被驱逐和灭绝……在这个连田野都将被城市吃光的地球上，在这个连地球都将被推转得更快的世纪里，传说中的家园还有吗？还有吗？还有吗？

"谁的马谁的马谁的马？"

突然一连串的怒喝，一个臂佩红袖章的人飞奔而来，一把采住了马缰绳。

小伙子张口结舌地跑过来，红袖章愤怒地谴责了马的破坏性行为。小伙子递上刚买来的烟，抱拳作揖，还是被罚了款，再次尝到了与马一起被人们围观责骂的滋味儿。眨眼之间，也不知从哪儿围过来这么多闲人，有挎着菜篮子的老太太，提着小板凳的退休老头，烫着大波浪的妖冶少妇，也有骑着摩托车的摩登美女和帅哥，他们都朝着小伙子和他的马指指点点，好像他们是从侏罗纪粗暴闯进城市的恐龙，恨不得将他们一指头一指头地戳进地壳里去。

城里人，怎么个个都是看热闹的能手，幸灾乐祸的旁观者？

马面无表情，像一匹木头马。它阔大的嘴角，挂着一丝令人捉摸不透的笑意，让小伙子在众人面前更加难堪。

小伙子气急败坏，可爱的圆脸蛋儿因愤怒而变得扭曲了：马冥顽不化，屡屡为他招是惹非，他也懒得再顾忌容忍、虚与委蛇了，他杀气腾腾，将马强行拽到一个偏僻处。

马背上炸响了天崩地裂的一鞭——

马凝视前方，凛然不动，一颗硕大沉重的泪珠溅地，砰然而碎。

鞭子愈加不可控制地抽下来，马的皮肉随之灿灿烂烂地绽开……

小伙子的圆脸在痛快淋漓的鞭子声中愈发地扭曲了，他的嘴角甚至浮现出一抹怪异的微笑，那是一种宣泄后暂时无法归位、无法调节的表情。那表情，甚至比包工头抽打老马时候的表情更扭曲和疯狂！

老马依旧不动，只有双眸噙着的泪珠中一道道鞭影闪过，拖着闪电般的尾巴，带着一声声天崩地裂的炸响——

突然，马前蹄腾空，鬃毛飞扬，居高临下地迸发出一声可怕的野性的嘶鸣，而后以令人猝不及防的速度，双耳倒贴、长尾挺直，呼风猎猎地向远方狂奔而去！

小伙子呆若木鸡，他恍惚看见：这匹田马以一匹野马的疯狂与剽悍，疾驰若飞地掠过一辆辆汽车、农用车、摩托车、自行车，掠过城市，掠过乡村，掠过一座座浓烟滚滚的厂房，甚至掠过老家那片末日将至的林子，那条即将被染成黑色的河流，渐渐地，消失在不可知的远方……

究竟是哪世的因，要由今世来承受果；无辜的你，为何要来承受罪孽的我——

麻　脸　黄

一

在这个古老得几乎要被苔藓覆盖的小镇上，麻脸黄是个出名的浪子。二十大几的人了，还天天提着个弹弓，领着几个伙计在林中打鸟射雀，在芦苇荡里撵兔子捉蛇。有一回让一条被追得穷途末路的小蛇掉头咬了一口，整条胳膊都变成青的了，肿得认不上袖子，只好将那条袖筒剪去，一时在镇上被传为笑谈。麻脸黄不在乎，正是秋风萧瑟的凉天气，他照样穿着“独袖衫”，晃着那条肿得发亮的青胳膊，在人们的笑声中招摇过市。

麻脸黄生得浓眉大眼，虎背熊腰，只可惜好端端一张脸，白白让几粒大麻子给糟蹋了，都是小时候得天花给闹的。他爹一直不敢把祖传的酒坊交给他作践，只年年秋后打发他带人去乡下收阵子粮食。他也乐得个逍遥自在，把草帽往头顶上一扣，吹着口哨绸衫飘飘地坐上马车就出发了。那时的他放荡不羁，野性勃发，没啥道德观念，高兴时一掷千金，常在乡下闹出些风流韵事来。对老一辈那些喷着唾沫星子的说教，他嗤之以鼻，说那样活着如行尸走肉，枉在这世上走一趟，不如死了。快活了今天，就甭管明天是福是祸，是劫是缘，那才是个响当当的爷们！

麻脸黄在乡下闹腾出的事儿多了，桩桩件件都传到镇上来，由腰上别着烟袋、生有三寸不烂之舌的“王啰啰”加工渲染后，成为人们茶余饭后津津有味的谈资。有关麻脸黄的消息，永远是最令小镇人欢迎的新闻。一听“麻脸黄”这三个字，人们就兴奋莫名，巴不得他每天都闹腾出点事儿来，为市井增加点传奇。这种心理很复杂，也说不清到底是崇敬向往还是幸灾乐祸。镇上人都是寂寞的人，没胆儿的人，自知没本事像麻脸黄那样惊世骇俗，却又想不花钱看场人生大戏，因而就这么天天期待着，耳朵因为太过渴望倾听麻脸黄的消息，而一个个天天竖着，如一只只警惕倾听着猎人脚步的兔子。

有关麻脸黄的风流韵事传到黄家，如油锅里溅进了水。同族的长辈们觉得丢不起这个脸，你搀我扶地来到黄家大院里，愤怒的拐棍声此起彼伏，将院里斑驳陆离的青砖都捣碎了好几块。麻脸黄的爹对着几个比自己还老的老朽作揖求情，表示一定严惩这个不肖的畜生，颤巍巍的老朽们这才用袖子抹抹嘴角的唾沫星子，余怒未消地由人架扶着相继离去。他爹回身抽出块准备为自己打造棺材的楠木板子，朝着刚从乡下回来正逗弄八哥鸟儿的麻脸黄就拍去，麻脸黄看事儿不妙，拔腿就跑，跑到院墙边踩着一个伙计的肩膀，长腿一迈，伶俐俐地就翻过了墙头。

他爹就这么眼睁睁地看着他逃去，那身手那架势说是绿林好汉也像，说江湖大盗也成，令人哭笑不得。黄家是大户，祖辈都是受人尊敬的生意人，到了这辈竟冒出这么个不肖的畜

生，真是耙地耙出鳖来——没耕（经）着过。老爷子50岁上才有了这个不肖子，老蝈蝈腚上一根毛，稀罕珍贵得很，又不好生生地打死，不由气急败坏。

这时候，怪事发生了，只见老汉突然将瘦脖子往前一抻，直着眼睛不停地打起呃来，“呃、呃 、呃、呃……”一个刚打完，另一个就接上了，没完没了，不可抑制，瘦胸脯起伏不定，脖子一伸一缩，看上去实在是怪异。几个小伙计大眼瞅小眼，怀疑老爷子是中了邪。这时一个机灵的小伙计说:“俺知道了，这叫呃逆，掌柜的这是给气的，我舅妈就是这毛病!”于是，这个明白伙计就让老汉用手指甲掐住自己食指的第一个关节，说只有这样把气掐住，才能止呃。老汉哪里还顾得这些歪门邪道，儿子跑了，他满肚子的气无处撒，怎肯罢休？让他把气掐住，还不如把他给掐死！于是，老汉就用瘦骨伶仃的手将伙计一把扒拉到一边去，边抻着瘦脖子打着呃，边提着棺材板子往大门外追去，谁挡着路打谁。70多的人了，虽然气得晕头涨脑，却还算步履矫健，足下生风。

一棵老银杏树挡在门口，平日里看着这老树巍然庄重，今日里却看着面目狰狞，那张狂的德行跟他那儿子差不多。传说这树是黄家的祖宗在去京做官前，由花盆里挪出来，亲手栽在庭前的，有一千多年了。世世代代，它接受着黄家后世子孙虔诚的供奉。有一年夏末，雷电交加，人们在檐头下看见一串火球，从乌黑的西天朝着这树滚过来，接着便是“噼噼啪啪”一串闪电，追着火球就劈过来。雨消停了时，人们才看见，银杏的西南角被劈去了一块老枝子，不由惊慌失措，忙摆上瓜果三牲，跪了一地烧香磕头地祈祷求饶。麻脸黄那时候还小，是个愣头青，虽然平时一句话能搡倒八堵墙，却头脑活络，很会圆事，他用手抠着脸上的麻子，大眼珠子一转，满不在乎地说:“慌啥？一定是什么邪毛鬼祟犯了天条，逃到咱这树宗上来避祸，带累了它！说明咱这树能灵性，能护佑人，这是好事啊！”

人们这才如释重负。连邪毛鬼祟都来这树上避祸，说明这树的确是有灵性的，从此对它更加顶礼膜拜，谁家添了丁，就在树上系块红布条，希望树宗能保佑孩子一生安康。麻脸黄说的那几句话，是他爹至今为止唯一满意的一件事，因为他儿子那时还会说几句人话。

老汉正提着棺材板子东张西望，老眼昏花间好像儿子贼头贼脑地从树后探看了一下，老汉顿时气得七窍生烟，举起棺材板就拍过去，“啪”的一声，死木板将活银杏拍出了火星子。未等第二下落下，树前就忽啦啦跪倒了一大片，几只手一齐托住了他的棺材板子。老汉低头一看，棺材板子下一溜儿战战兢兢的脑袋，尖着嗓子就叫起来:“谁敢拦我，看我不将他当臭虫拍喽!”

众人一起苦求着:“爷啊，您拍死谁都不打紧，就是别拍这老银杏啊！它可是咱黄家的根系所在，连着咱黄家的筋和脉啊！逢年过节，谁不杀猪宰羊地敬奉它？祖祖辈辈，谁胆敢戳它一指头？大年夜，您不是还领着俺们给它焚香磕头祷告吗？

爷啊，您忘了那年前街的媒婆宋往它身上抹了把鼻涕，就立时肿了脸肿了腿，烧了纸磕了头告了饶才好了的事儿吗？可不敢啊！”

老汉气晕了头，一脑子糨糊似的混沌着，众人的劝告反而火上浇油，像锅底不停地加着柴火，将浪头越烧越高。情急之中他找不到儿子，却发现家里的老狗在树边抬起后腿要撒尿，举起棺材板子就朝狗拍去。狗惨叫着，瘸着后腿淅淅沥沥地边跑边回头，一会儿就没了影。

老爷子失去了发泄对象，喘一口粗气，立时又将对儿子的气转回到了银杏树身上。他把瘦胸脯往前挺着，胡子翘得老高，一副豁出去了的样子："俺怕个啥？如今俺都快断子绝孙了，还顾得了这棵朽木？管它什么祖宗不祖宗，根脉不根脉，它若真佑护我，就该赐俺个乖儿子。它站在俺家门前，占着俺家的风水宝地，俺将它当爷供着，它却这么捉弄俺、作践俺……”

老爷子说着，浑浊的老泪滚下来，举板子又要拍。

众人忙又苦求，有人灵机一动，指着满树垂着的红布条说："爷啊，您抬头看看树上系着的红布条，这棵银杏，还是咱黄家无数孩子的押子爷啊，咱黄家的子孙后世还得指望它保佑呢，您就看在孩子们的分儿上，别冒犯了老树，得罪了祖宗吧！”

树上系着的红布条连成阵势随风摇摆，示威似的。它象征着黄家子孙后代的健康兴旺，薪水相传，黄家谁添了丁都不忘系上一条。老汉看着它们，顿时就蔫了，他百感交集，捂着老脸呜呜地哭起来，高举的棺材板子“啪”地掉到地上，如县太爷的惊堂木，落下了就算拍了板，再也没有抬起的余地。

躲在远处的麻脸黄幸灾乐祸地笑出了声。他朝蹲在地上呜呜哭着的老爹遥遥地挤挤眼，不屑地说：“让一棵树给吓成这样，亏你还是我爹！平日里那些治我管我的本事呢？看这棵老不死的银杏，还树宗呢，还根脉呢，嘿嘿，看你摇头晃脑的得意样儿，抖擞个啥哩，再有本事你也不过是一棵树！日后你若惹了我，看我不将你这老树精给砍了当柴火烧去！”

吵闹声中，老汉自然听不到儿子的话，也就避免了让儿子再气疯一次。但老汉却从此落下了呃逆的毛病，一生气就犯，“呃呃”地打个不停，有时打得上气不接下气，要下人们七手八脚地捶一顿才能捶过来，捶死驴似的。谁看了都不由得唉声叹气，对这几乎瘦成柴棍的老汉怜悯不已。唯独麻脸黄不痛不痒，仿佛他是别人的爹。他照旧我行我素，恣意胡为，不知疲惫地挥霍着过剩的精力和野蛮的青春，渐渐成了这小镇公认的洪水猛兽，不可靠近，无法驯服。麻脸黄活泼好动，又胆大包天，甭说他爹，甭说那象征着家族兴衰的千年银杏，甭说那些祖宗规矩条条框框，就是用水桶粗的绳子，带刺的钢鞭，也捆不住他，打不服他。就是用铡刀将他的头铡了，他的头怕也会在地上滚着跳着，耸着鼻子斜着眼睛叫骂的。如他爹所说，这犟种天生就是属那毛驴子的，打一鞭子上一上，越打越上，越逆风而上越斗志昂扬。唉，天下少有的逆种啊！

但是，报应终于还是来了！

二

那年秋天，被乡下的风吹得脸膛黑黑的麻脸黄和伙计们押运粮车回镇。在秋后的原野上，长驱直入的秋风已经有了些凉意，他却仍然觉得燥热难当，解开白布褂子用手呼嗒着，胸脯上隆起的肌肉随风耸动，那种舒适的感觉令他惬意又惆怅，恍惚中仿佛某一个女人的爱抚，令他有种情欲的冲动，却茫茫然没有指向。骨子里潜伏的野性，好像又要开始野马奔腾了，不可控，他也不想控，他就愿意这样恣意妄为地活着，做自己的主人，无拘无束，无牵无挂。

是的，他是太自由了，自由得没有了根基，就连他为什么来到这个世界，为什么活着，为什么年年秋后带伙计到偏远的乡下去收粮食，并在粮食和汗水混杂的气息中与某个女人发生些故事，也都好像无根无据，无目的，一往深里想便是无边无际的虚空。女人，在他心目中其实并没有特别的意义，他只是将不同的女人当作不同的粮食，填进肚里补了饥渴：玉米、高粱、地瓜、花生、麦子……每认识一个女人他就给她们起一个粮食的名字，并且按照粮食的特点将她们分类。但他秋后收回的粮食都拉到作坊里酿成了酒，他与哪一个女人的故事却都没酿到酒的度数。

有的时候，在某一个瞬间，在躺在乡间空旷的夜幕下遥望星空的时候，或者，孤身一人从梦中醒来，耳边听不到人的鼻息的时候，他也会觉得怕，觉得这宽阔的胸膛里空空荡荡，没有一颗心在跳。他仿佛只是一具壳子，禁不住任何风吹雨打，大风一刮，就飘起来了，飘到一个更加虚空的世界，没有人能够留得住。他的身子这样壮实，这样沉，为何他的命这样轻啊？他希望这世间能有什么将他拴住，就像春天时候在空中摇曳的风筝，能被一双温暖又柔韧的手牵着。要他飞就飞，要他回就回。天黑的时候，能有人在地上唤着他的乳名，喊他回家。

但是，他很快就打消了这样的念头，他不希望自己有所牵挂，因为有了牵挂就不自由了。这个世界上，只有亲娘值得他做一只有线的风筝，心甘情愿地被她牵在手中。可是，老娘早走了，在他 8 岁的时候，她就被埋在了村后黄家那片石碑林立的松树林里。在月光朗照的夜里，乌鸦的叫声刮破星云，她的坟丘像一只孤独的乳房，喂养着萋萋的荒草。偶尔想到这些，想到给他这血肉身躯的人已经不在了的时候，他的心会痛一下……

这一天，莫名其妙地麻脸黄有些心烦意乱。天有些阴，日头是苍白的，像没气力的老人一样昏昏欲睡。马走多了路，身上散发出皮肤与青草混合的膻味，随风飘到他鼻子底下，令他不由得打了一个喷嚏，又打了一个喷嚏，直打得眼睛酸酸的。他坐在马车上冲动地扯开嗓子喊了两声，把嗓子都喊劈了，也没喊出个像样的调调；又噘起大嘴想吹个口哨，却发现嘴巴不

知何时笨得像头骡子，嘴那么大，发出的声音却还不如掠过树梢的秋风更响。他十分沮丧，带着无根无落的惆怅，垂头丧气地缩在马车上打起盹来。伙计们呢，也一个个得了鸡瘟似的蔫头蔫脑，全没了在乡下收粮食时和姑娘们讨价还价的亢奋劲儿了。

土路颠得很，将麻脸黄的梦颠断了一次又一次，人生坎坷，连梦都断断续续，麻脸黄在半睡半醒之间愤愤不平起来，也不知道自己到底跟谁生气，跟谁伤心？反正，他就是烦乱，就是厌倦，仿佛到了一个命定的时刻，该发生的，一定要发生，他心里有了预知，却又不知道是什么。只求该到来的，尽快到来，好让他知道答案。生死富贵，离恨别愁，给个结果，也比一颗心这样忐忑不安地悬着好。

结果这天，麻脸黄的车队在经过梅家寨那片空旷萧索的老林子时就遭了劫。劫路的是七八个壮汉，不大像土匪。他们个个用毛巾捂了嘴巴，却仍透出满嘴蒜拌黄瓜和老腌咸菜的味儿，满脸只露出杀气腾腾的浓眉大眼，如果不是正干着这么缺德的事儿，他们的脸该是很好看的。他们抢走了黄家的马车和粮食，把伙计们全都放跑了，却独独和麻脸黄过不去，没鼻子没脸地将他往死里打。麻脸黄不傻，知道这是冲他来的，却实在理不出个前因后果，只得将大脑袋在人家的鞋底下扭来扭去，一边往外吐着嘴里的沙子，一边急急忙忙地说:“好汉们先住手，本人站着是一座山，倒下是一条路，活要活个潇洒，死也要死得痛快。你们明人不能做暗事，我也求个磊落光明。

给我个理由，让我麻脸黄死个明白!”

劫路的不理睬他，或许根本就不想让他死明白，七手八脚一个劲地将他往死里捶，摸摸没气了才罢了手。临走时，竟个个忘不了往他软塌塌的皮囊上吐几口唾沫，看那咬牙切齿、深恶痛绝的架势，如无深仇大恨不至于恨至如此。麻脸黄在昏死过去之前，仍然在疼痛中百思不解：他心不狠手不辣，伤天害理的事儿做的也并不太多，女人恨他也就罢了，男人何以也这样同仇敌忾，非要置他于死地呢?

也许，男人与男人，生来就是死敌吧?呸，归根结底还是与女人有关系，归根结底还是女人的事儿，晦气的女人!麻脸黄想吐口唾沫，却已经没有气力了。

三

麻脸黄缓活过来的时候，身上覆满了金黄的树叶，阳光像针尖麦芒一样刺得他头晕目眩。他恍恍惚惚，看见前面扑闪着双毛茸茸的大眼，闪着金光，顿时吓得魂飞魄散，心想：虎落平阳被犬欺，这下野狗逮着饱食了，可惜了自己这条父精母血给予的九尺身躯!只好死闭着眼，直挺挺地准备着献身。

战战兢兢等了半天，心跳撞击得肋骨都疼了，却没听见咯吱咯吱的嚼肉声，麻脸黄这才又硬着头皮睁开了眼。前面花花绿绿的一团，让他不知所以，凝神细瞅，却是个围着红围巾、穿花布褂子的大姑娘，十六七岁模样，眼睛很大，眼珠很黑，

脸被秋风搔得通红，正不声不响地瞅着他。她布褂子上的花朵，绿梗子，含羞带笑的大红花瓣，朵朵开得正艳。她的旁边，是一张竹耙和满满一筐杨树叶儿。

麻脸黄看着她，一时茫然无措，那张能说会道的嘴巴张了几张，竟然没发出任何声音……他这才知道，原来将死的人，也会有尴尬。

麻脸黄在看林人那间幽暗的石屋里死去活来地叫唤着。他是在这盘炕上躺了三天三夜才醒来的，铺着谷秸麦秸的土炕太硬，硌得他皮肉火烧火燎的痛。他活动不得，一动，全身的骨头就仿佛会立时稀里哗啦地散掉。身上破皮的地方渗出血来，染红了炕席，如不及时处理，苍蝇就会嗡嗡唱着成群结队地飞过来。不但吸食他乌黑腥臭的血，还对他的伤口虎视眈眈，准备在上面驻扎军队，繁衍子孙。

麻脸黄不由怒气冲天，胡乱地挥舞胳膊轰赶着，像堂吉诃德跟风车作战。但苍蝇们脾气特别好，它们不恼不怒，耐性十足，赶退了又围上来，前赴后继，不屈不挠。麻脸黄沮丧地想：该死的！人这一生一世，真是猪狗不如！能蹦能跳还好说，若真不能动了，就我这么大个块头，苍蝇蚊子一齐下嘴，也用不了几天就被吃光了！身高九尺有何用？有钱有乌纱帽有何用？被一群苍蝇似的女人围着又有何用？她们只会吸尽你的精气神，让你变成一副骷髅，伏在荒山野岭间，在日晒雨淋中渐渐化为泥土，滋养那生生不息的野草！

正感慨悲叹着，一只尖嘴猴腮的瘦老鼠从墙角的洞里钻出来，蜷缩前爪立起身子东张西望着。麻脸黄天不怕地不怕，就怕这个贼眉鼠目的玩意儿，不由失声叫了起来。老鼠轻蔑地瞥了它一眼，摇着尾巴不慌不忙地回洞去了。人说老鼠会算卦，它摇尾巴的时候，就是在不干不净地咒骂人呢！外面的老黄狗闻声窜过来，积极地用前爪扒着鼠洞，扒了半天也没有成果，只扒出些嚼碎的豆荚和花生皮，也就泄了气，将屁股蹲在洞上，回过头来对着麻脸黄，心平气和地与他大眼瞪小眼。

一条看家狗竟敢这样不卑不亢地看着他，好像它也是个人似的，这让麻脸黄十分恼怒。他在镇上好歹是个人物，谁也不敢惹，没想到在这鬼地方，连老鼠和狗都与他平起平坐了！不，他甚至连它们都不如，它们是这里的主人，而他是这里的客，他光想到苍蝇蚊子，竟忘了他还有更可怕的敌人。若是他死在这土炕上，恶狗立马就会跳上来咬断他的脖子，老鼠那对绿豆小眼睛一转，会哧溜溜爬上来，咯吱咯吱地咬掉他的脚指头，吃胡萝卜似的香甜。它们要消灭他，比苍蝇蚊子可要凶猛多了。

那天，看林人问了他的地址姓名，找了个过路人并给了人家点盘缠，让他将口信捎到镇上麻脸黄他爹那里，说他儿子在梅家寨的老林子里遭了劫，被人打得不能动了，劝老汉将儿子接回去。

麻脸黄他爹猜想儿子又是那些花花事惹的祸，气得几乎发了疯，咬牙切齿地说："就让这个畜生死在那里算了，就当我为天下人除了一害！"捎信的人好说歹说，老汉梗着头就是不

应，不但不肯给儿子捎点药和日常用品去，甚至连个表示信已经捎到的信物也不肯给，仿佛麻脸黄是捎信人的儿子，他才懒得管这些闲事！

捎信人好心办不成好事，心中十分不快，觉得这老汉简直是个冥顽不化的老顽固，不通情理，也就懒得再和他磨牙，背着褡裢离开了。又怕两手空空回去后跟看林人没法交代，就从麻脸黄门前的老银杏树上折了块枝子，表明他是真真地去过麻脸黄他家了。为避免麻脸黄伤心，又骗他说他爹本打算来接他的，怕他伤口未愈被山路颠簸坏了，所以要等两天才能过来。

麻脸黄一听捎信人的话，就知道是为了安慰他瞎编的，不由“嘿嘿”苦笑了两声。他太知道他爹的脾气了，那老东西皱着眉头一撅屁股他就知道他要拉什么屎蛋儿。如今连自己的亲爹都不要他，置他的生死于不顾了，可见他已经让亲人们伤心到了何种程度。如果不是看林人父女俩，他麻脸黄只能躺在荒野间喂蛆虫了。此时方知不怪别人，只怪自己造孽太多。

麻脸黄用手抚弄着那根快要干枯了的银杏树枝，抚弄着绿叶上的筋脉，仿佛抚弄着纵横交错的血缘。可惜他感到的，却是血缘的寒凉。愈想，他的心中便愈发悲怆。只不过几天工夫，只不过与镇上几十里的距离，为何他麻脸黄就从天上跌到了地下，与苍蝇为伍，与老鼠同穴了？这究竟是为什么？又为何这世界是如此的天差地别？他的大脑袋里原本一派混沌，如今竟渐渐明晰起来，挂满了秤钩似的问号。他又好像被钩着鼻子，赤条条地挂在秤钩上，重新称着生死的重量，生命的意义，满心的疑问，满怀的不解。生命好像回到了原始之初，而他还原成一个迷惘的婴孩，睁大眼睛探索着世间的因果和秘密，却又口不能言，足不能步，只能挣扎着用手抓挠着，妄图抓住一缕深邃的道理，一根救命的稻草。

看林人和他的女儿闻声跑过来了，都跑得气咻咻的，女孩胳膊上挎着个柳条篮子，里面盛着些沾满泥巴的地瓜，有几粒花生和着沙土从缝隙里漏出来。人总是比狗跑得慢，这点麻脸黄不怪他们，但他还是有些不满：他们将他当死猪似的扔在这儿，竟不留个人为他轰赶一下蚊虫！若他们是他家的伙计，他的大巴掌早就抡过去了！转念一想，这是哪儿和哪儿啊，人家与他非亲非故，凭什么要伺候他？救了他的命，将他抬到自己的炕头上来养伤，已经是八辈子难报的大恩德了。

见麻脸黄没事，那个穿花布褂子的女孩就悄悄做饭去了。她总是这么不声不响的，像风一样轻灵，仿佛并不存在，如果不是那件花衣服，她的来和去肯定更令人难以觉察。因为她几乎不说话，麻脸黄曾经怀疑她是个哑巴。后来他从看林人那里知道了，这闺女是天生的寡言内向，穷人家的孩子，手比嘴巴会说话，手所做的，就是心里要说的。

麻脸黄曾经听镇上的女人们说：脚步轻声音小的女人命也轻，她们都是王母娘娘身边遗落世间的花姐儿，会早早被老天叫走的。这个女孩难道真的会像人说的那么短命吗？从他来了后，她就搬到隔着半堵泥墙的隔壁那边去住了，他行动不便，无法去看隔壁是个什么样子，一定堆满乱哄哄的稻草吧？蚊虫

一定特别多吧？俗话说：男要穷养，女要富养。女孩子身子珍贵，不顶折腾，可别因为他闹出啥病来，到时候连个婆家也不好找，那可是一辈子的事儿啊……

麻脸黄正胡思乱想着，烟雾从半截土墙那边弥漫过来，夹杂着饭香，让人感觉到人间烟火的亲切，老鼠苍蝇带来的恐怖被烟雾一冲就淡远了。

看林人双目混浊，却心如明镜。他无疑看出了麻脸黄方才的怨愤，就倚墙坐下，眼睛也不看他，顾自噗咂着旱烟袋，仿佛自言自语地说："活着，不易呀！俺们住在这荒山野岭的，都以为是世外桃源了，哪知道俺们的苦处？家里有这么个闺女，还不时有过路的土匪来骚扰，这闺女自小没娘，跟着俺在这老林子里长大，怕见生人，不懂人情世故，哪儿做得不周到，您多担待！俺替人家看林子，年年只能挣几斗活命的粮食，饿不死也撑不着，好在秋后的地里有人家遗落的地瓜和花生，俺们拿着镢头去挖，一天能挖到半筐哩！挖了就放到屋后的地窖里，地瓜越捂越甜，可烧可煮可熬粥，能吃一冬哩！"

麻脸黄有些尴尬，闷声闷气地答应一声，看林人的话虽然不轻不重，却让他明白了他在这里是无权耍少爷脾气的，他们活得如此艰难，还要腾出身心来照顾他，他们不欠他的。他被人打成这个样子，父女俩从来没有问过为什么，好像也从不担心因为他而惹祸上身。他们只知道他伤了，就要救他，不能眼睁睁地看着他躺在荒山野岭，被野狗生生地吃掉。

女孩将热气腾腾的饭菜端上来了：酱黄豆，咸萝卜条，煮熟的地瓜、花生和黑乎乎的高粱米。麻脸黄最怵这个玩意儿，又苦又涩还扎嗓子，如果不是配着甜甜黏黏的地瓜，吃进去一定涩得拉不出屎来，在他镇上的家里，连狗都不屑于吃这种东西的。第一次在这儿吃高粱米的时候，他气得摔了盆子。他没有力气起床，竟然还有力气摔盆子。满地蹦跳的米粒儿便宜了那条老狗，说不准连那只贼头贼脑的老鼠也跟着沾了光，盗了好些藏进了洞里。他那时候生气人家给他吃的糟，拿他不当人待，却没注意女孩眼泪汪汪的样子。捡了他这个累赘，她受了多少委屈啊，现在他再也不敢这么无理取闹了！

女孩捏着勺子往麻脸黄的大嘴里填一口，他就咽一口，从未有过的温驯，从未有过的香甜。他知道他吃不完，女孩就不能吃饭，所以他草草一嚼就吞下去了，狼吞虎咽。

看林人的脸上有了笑模样，他用筷子敲敲桌子，善意地提醒说："甭急，慢慢吃，别噎着！"麻脸黄眼睛看着饭碗，张着大嘴，嘴角粘着几粒高粱米，像个贪吃的孩子，女孩抿嘴一笑，用小指小心地将他嘴角的米粒儿拈去了。

那手指贴着他的时候，如火一般灼痛了他。

四

父女俩知道麻脸黄老是一个姿势躺着，太累，太痛，太厌倦，所以就不时给他翻个身儿。看林人年纪大了，骨瘦如柴，又有哮喘，他每和女儿帮麻脸黄翻一次身，都像挪动一头狗熊那样费劲，一口气上不来，脸便憋得紫青，汗毛根根竖起。这

情形让麻脸黄目不忍睹，觉得自己这满身的赘肉都是罪过。人家说痨病传染，他不怕，他觉得这爷儿俩比他都干净。他们对他发自内心的善待和宽容，让他惭愧。在这与世隔绝的老林里，他饱尝了肉体的痛楚和折磨，也感到了陌生的温暖。这样的人，卑微却又有尊严；这样的相待，不求回报、无怨无尤，在他麻脸黄的世界里何曾碰到过？

女孩儿每帮麻脸黄翻完身，总是再给气喘吁吁的爹捶会儿背，最后便背着草筐去老林子。回来时她的草筐里装满了已经枯败的野草，她将草放在那口黑得发亮的铁锅中煮了，待水冷却后盛在乌黑的瓦盆中，不声不响地为麻脸黄擦洗伤口。她跪在麻脸黄身边，每用白布沾着草汁擦一下，手便下意识地抖一下。麻脸黄疼得龇牙咧嘴，嗷嗷叫唤个不停。女孩的眉头难为情地皱着，好像也在替麻脸黄承受着疼痛。

看林人看不下去，嘟哝着："这么大个汉子家，哭天号地的也不嫌丢人！"叼着个烟袋包子就出去了，老黄狗也忙起身跟上，不屑地朝麻脸黄摇几下尾巴。麻脸黄尴尬地噤了声，他偷眼去看那个女孩，见她像没听见一样，只是嘴角偷偷溢出笑意。

有一次，女孩儿出去后，很久也没回来。太阳都转到屋西面去了，夕照从木窗棂里雾气一样弥漫过来。麻脸黄的心突然悬了起来，右眼皮莫名其妙地跳个不停。"左眼跳财，右眼跳灾"，在民间有这样的说法，他掐了根草棒压在上面也无济于事。他暗暗地急了，手指甲神经质地掐起炕席来，一根一根，直掐得身下的炕席成了一个水瓢大小的洞，露出已经碾碎的谷秸麦秸。

他在心里一遍遍猜测着：她会去了哪里，这样幽深无边的老林子，会不会有野狼疯狗呢，会不会有流窜的流氓土匪呢，会不会被打猎的人误伤呢？这些不祥的念头将他吓出一身冷汗，仿佛这一切真的就在眼前发生了，而他却躺在土炕上，只能袖手旁观，无能为力。他不由恨恨地用手捶着自己的大腿：你怎么还不好起来呢，你这样可咋去救她哩！一滴比珍珠还稀罕的眼泪就从他的眼里流出来了。娘的，你这是咋的啦？长这么大，你啥时候流过这个玩意儿哩，男儿有泪不轻弹，你不是最腌臜这个的吗？

麻脸黄暗骂着自己，心乱如麻，被自己的想象折磨得筋疲力尽。他偷眼去看那个衰老的看林人，见他蹲在炕前叶嗒叶嗒地抽着烟袋，不动声色，但那双浮肿的眼睛却不时向小木窗外捎着，他分明也不放心自己的闺女哩！

看林人不回头，却也知道麻脸黄的牵挂，闷声闷气地说："甭管她，八成是走得远啦，一时回不来。秋后的药草不好找，都在树叶子底下藏着哩！人无前后眼，早知道要用的话，采些在窗台上晒出来就不用这么麻烦了！你先将心放回肚里，安心睡一觉罢，醒了，她就回来了！"

麻脸黄被老汉说破了心事，不由得面红耳赤，幸亏他是朝墙躺着的，只有墙看得见。他和看林人，就这么心照不宣地等待着同一个人，天越黑他就胡思乱想得越多。后来他就想到了

这样一个问题：看林人是在等他的女儿，我是在等谁呢，总得有个名目吧，总得和她有些关联吧？既然啥都不是，我为啥这么心神不宁、火烧火燎呢？我麻脸黄九尺汉子，站着能比上一座山，倒下能压死一头驴，我这是咋的啦？

麻脸黄那颗上天入地不得安宁的心，直到女孩儿背着草筐回来才落到实处。他感到喉头发酸，泪几乎又要下来了，仿佛受了多大的委屈。但当女孩带着药草的清香苦涩走到他身边来，他却突然勃然大怒，用拳头捶着炕头脸红脖子粗地吼叫起来："你还回来干啥哩，天还没黑，野狗还没出来吃人，俺们俩人在屋里也还没饿煞！"

女孩儿目瞪口呆，不知所措地站在炕头前，不知该走近他，还是离开他。

麻脸黄吼叫完了，就在炕上赌气地背过身去，偷偷抹了一下眼睛。他感到一点儿力气也没有了，就是让他拃着腰扛一天粮食，也没有这么累过。看林人用那双阅尽世事的眼睛意味深长地剜了他一眼，就拖着苍老的身影默默地走了出去。

那一眼剜得麻脸黄的心沉沉地往下坠去。

女孩手里攥着一把枯黄的药草，依旧站在他的炕前，逆着光看不清她的脸，她的眼，她的心。但他们，都听见了彼此的心跳声，就像羊儿撞击着栅栏。

在怎样的床上，做这样的梦。烧得烫烫的热炕烙出了麻脸黄身上男人特有的体味儿，带着一种野兽的不安和躁动。而女孩身上草叶的清芬，让麻脸黄愈加心慌意乱。他想伸过长臂，

便是罪恶。

他将目光偷偷移到木窗上，那儿贴着一弯月牙儿青涩的剪影，如梦似幻，他的眼前禁不住又恍惚起来。

五

深秋惨淡的斜阳里，看林人的女儿穿着那件黄底红花的布褂子，在灶前默默无声地为麻脸黄熬着小米汤。她的眼睛熬夜熬得红红的，一如他身上红红的伤口。风箱抽抽噎噎地哭泣着，勒满鸡毛的舌头一伸一缩，咕咕嗒嗒。这些天里，她的双手一直不停地忙碌着，但她几乎没有一句话。好在他们彼此能看懂对方眼睛里的语言。因为极少听她说话，所以连想象一下她的声音，都让麻脸黄有种石破天惊的慌乱。

当喷喷香的小米汤流进麻脸黄嘴里时，他感到它化成了血液，新新鲜鲜地四下里流去，将原有的肮脏污秽一冲而尽，让他彻底变成了一个干干净净的人，清爽得让他自己都暗暗欣喜。他看见她那双拿匙的微抖的手，红红的，有浅浅的豆窝儿，只是很粗糙，与她的年龄很不相称。给他擦洗伤口的时候，她慌慌的，低垂着眼帘，皴裂的手不小心触着了他的皮肉，搔得他的心，生痛生痛。从人的手，知人的命。他在镇上沾过的每个女人的手，都缀满金银玉饰，细致温软，绝无这般沧桑。这种对比使他愤愤不平，使他感到了一种陌生的怜惜和深入骨髓的疼痛。

他相信除了他，再没有人能这么心疼她了。

麻脸黄知道老爹只是跟他赌气，他迟早会来接他的。他是他的独生儿子，没了他，黄家的祠堂里就断了香火。果然，又有过路人从镇上捎信来了，说等他的伤好些，他爹就会来接他了。他先前说的那些话，不过是气话。他当时之所以不来，是怕两个人脾气都坏，见了面大挂鞭碰上二踢脚——一碰就炸，不但与养伤无益，说不定还会加重儿子的病情，请儿子原谅做爹的这一番苦心。

接到口信后，麻脸黄不但没表现出丝毫喜气，反倒有些沮丧。暗暗地，他祈求自己的伤不要再好下去了，就这样在这间林中石屋里躺下去吧，就让这个女孩子喂他洗他为他擦拭嘴上的米粒吧，他情愿为她成为一个瘸子，一个瘫子，一个傻子！只要能在她的呼吸她的体香里偶尔感受一下她手指无意间的触碰，他就已经心满意足，别无他求。任何女人都不能带给他这种神秘而又圣洁的感觉。今世她来照顾他，他欠她的，情愿下辈子当牛做马来偿还。只要他不离开她，只要他的伤不要再好了，千万不要再好了！

但怎么可能呢？他那么年轻，生命力那么强悍，伤口似乎让小风鼓着嘴唇吹一吹就愈合了，更何况女孩子这样精心的照顾。他满身的伤口开始发痒，并渐渐结痂，瘀紫的地方开始变淡。他能坐起来了，能自己吃饭了，甚至能扶着墙根别别扭扭地站起来了。可是他没有丝毫的惊喜，抚摸着自己日渐强健的身体，麻脸黄感到异常的绝望。

无法阻止身体的康复，麻脸黄甚至想用炕下那个捣衣棍来将自己的腿捶断，那样他就有理由继续留在这里了。可是女孩去河边为他清洗衣服时，顺手将捣衣棍拿走了，再没拿回来，不知是她发觉了他的企图，还是无意中将捣衣棍放在了别的地方，抑或是他自己心虚了？

夜里，麻脸黄烙饼似的翻来覆去，想不出能使自己留下来的好办法，气得将腿上眼看就要长好的一块皮肉撕了下来，恨恨地扔到了炕下。黑暗里他感到腿上又凉又湿，知道是血流出来了，可是他不觉得疼，只有满心的焦灼和渴望在焚烧，烧得他的眼睛发涩，嘴唇发木。

看林人听见动静，翻了个身，含含混混地说："咋的啦，渴了吗？俺这就给你倒水喝！"他慌忙磨几下牙齿，装作呓语似的咕念两句蒙混过去了。年纪大的人睡意沉，好哄，听看林人响起了鼾声，他这才如释重负地舒了口长气。

第二天早上吃饭的时候，女孩发现了麻脸黄满脸的沮丧和腿上新鲜的血迹，吓了一跳。她用大眼睛探询地看着他，那么执拗地看着他，固执地寻求着答案，不依不饶。麻脸黄赌气地扭过头去，不搭理她，仿佛是她要撵他走。她什么都明白了，眼里顿时盛满了泪水，几乎同时，麻脸黄的泪也下来了，好像比她还要委屈。两人就这么静静相望着，眼看着对方的泪缓缓而下，却都没有一句话。他想抬起手为她拭去泪水，可是他不敢。他知道她那纯洁的肌肤，没有任何男人触碰过，他怕他那样做会吓坏了她。这对他来说，曾是多么微不足道的动作啊，抬起手他就可以触摸所有女人，为何到了她这里就有了这么多顾忌？

她的泪水落到高粱米里，又用勺子填到他嘴里，他咽下去了，很咸很涩。她血液里的味道，他也算尝过了，他俩心里的苦涩，也算是交流过了。

那天夜里，下起了小雨，淅淅沥沥的，像流不完的泪水，在无边无际的夜幕里滴落，黑暗中溅起朵朵转瞬即裂的水花，只有天看得见。从敞开的窗户里，凉风一阵阵刮过来，将麻脸黄的胳膊上刮起一层鸡皮疙瘩。他不知道那是因为天气的变化，还是即将离别的失落导致的战栗。俗话说："一场秋雨一场寒。"当林子里最后一片叶子落尽，当黑老鸹缩着脖子蹲在树上，天气就严酷起来了。到那时候，衰老的看林人，他的日子将更加难熬。哮喘病人常常是过不去冬天的，一口气上不来一生就了结了，比任何的病人都简单。如果真是那样，可怜的女孩子，她该怎么活下去？除了他，谁能承担她的命运？无论将她交给谁，他麻脸黄都不会放心的了，她是他的！

麻脸黄的眉心不由越拧越紧，拧成一个比石头还要坚硬的疙瘩，里面凝结着千愁万绪。这是他第一次作为男人设身处地为别人着想。他觉得也只有他会为这父女俩着想，从今后，他麻脸黄就是他们在世间唯一的依靠，最结实的依靠了。舍我其谁？

麻脸黄枕着胳膊躺在炕头上，心事重重。看林人和女儿默默地坐在一边，他们早就像是一家人了。大家彼此心照不宣，却分明都依依不舍；他们各怀心事，却都怀揣着同一个疑问，幻想着同一个结果。只是父女俩没有问，麻脸黄也没有答。他不想做任何承诺，他在心里，已经发过毒誓了。如果他不能兑现，那他的心就是叫狗吃了！即使天饶他，他也不会饶了自己。

女孩终于去睡了。看林人吹熄了豆油灯，也躺下了。可是麻脸黄觉得他和看林人应该还有话说，他忐忑地等待着。看林人果然就开口了，可是他告诉麻脸黄的是一个他早就该想到的问题。他说："不是我们爷儿俩怕连累，实在是不得不送你走了。我闺女那天去河边洗衣，发现有两个人在你被打的地方转悠，嘴里叫着你的名字，不干不净地骂着，看上去很愤怒。我就怕他们发现你没死，再来报复你啊！你住在我们这儿，跟着我们吃糠咽菜，你不嫌弃，我们也不用操多大的心费多大的力，但倘若你有个三长两短，俺爷儿俩对不住你的家人啊！"

麻脸黄在黑暗中大瞪着眼睛，慢慢渗出一身冷汗。他这才意识到他必须得走了，否则，说不定会带累了这父女俩，给他们带来祸殃。唉，难道自己命中注定是个只会招灾惹祸的浑蛋吗？

六

又过了几天，麻脸黄他爹终于坐着马车来了。

看林人抹着烟袋在路边等着，麻脸黄他爹下了车，客客气气地与他握了手，道了谢。总共来了两辆马车，一辆打着篷子，篷子上搭着的门帘上垂着穗头，是准备拉麻脸黄的，却像拉新媳妇似的，上面铺着厚厚的缎子被。他们担心麻脸黄那好歹长好的骨头再被颠簸松了；一辆拉着几个伙计，是准备架扶麻脸黄的，车上什么吃的用的都有，而其实从这里到镇上用不了多少时候，就是山路难走些而已。如此的奢华和阵势，山野的人何曾见过，麻脸黄又还原成那个富家公子哥了。

伙计们将带来的几坛烧酒和几盒礼品摆放在石屋前，一大溜，像展览似的。可是看林人噗咂着烟袋，神情还是那么淡淡的，也没说什么客套话。

马车的到来让黄狗很警惕，很敌意，它蹲在路口斜着眼对着麻脸黄他爹左瞅右瞅，越瞅越不顺眼，就跑前跑后地围着他吠叫，好像说:“你这个老汉来俺们这儿作甚，快回去吧!”麻脸黄他爹心里烦，觉得这家的狗太不懂事，就朝黄狗严厉地“唔”了一声，算作训斥，哪知道狗并不害怕，龇着牙叫得越发凶了。

麻脸黄在屋里听了父亲的呵斥声，百感交集，又心乱如麻。

麻脸黄他爹弓着腰进了看林人的石屋，眼瞅着五大山粗的儿子躺在土炕上破衣烂衫鼻青脸肿的狼狈相，不由得又气又痛，立时犯了呃逆的毛病，尊贵的形象在看林人面前瞬间坍塌，抻着瘦脖子一个接一个不可抑制地打下去，且比以往的声音更大。“嘎、嘎、嘎……”呃声像饿了的鸭子急着要觅食，

惊得门外的大黄狗汪汪叫个不停。

麻脸黄20大儿的人了，脸上第一次有了赧颜。

看家狗跑到在门前的斜阳里蹲了起来，咻咻地喘了几口气，然后仿佛厌倦了，昂头摆出一副置之事外、爱理不理的模样。麻脸黄他爹一刻不愿多待，他走到门外，边打着呃边吆喝伙计整理马车，铺垫被褥。

麻脸黄躺在炕上，一言不发，大手翻来覆去地摩挲着腰间的玉孩儿。那玉孩儿是他的家传之宝，只有一个仨仁儿的花生果大小，憨态可掬，头顶留着个小抓辫儿，怀抱一棵象征富贵吉祥的大白菜，手上脚上的镯子雕刻得丝丝分明。

风在空旷的林子里，丝丝缕缕地缠绕。女孩默默地提过一篮子花生地瓜，让麻脸黄带回家去吃，还有些晒干的药草，用红绳捆着，也让他带回去。麻脸黄好像没听见，他对自己回去后的健康毫不关心，似乎那是另一个人的事情。女孩有些急了，用手去推麻脸黄的肩膀。毕竟两人在一起已经没有多少说话的时间了，他却偏偏在这时候成了哑巴！

麻脸黄任由女孩推着摇着，突然翻身坐起，粗暴地捉住那只黑红的小手，将还带着他体温的玉孩儿塞进女孩湿湿的掌心里，说："等着，我来娶你！"

女孩不敢抬头，手却像被烫了似的下意识地往后缩着。狗又开始在外面吠叫，仿佛提醒的暗号。麻脸黄也急了，将那个玉孩儿连同那双手强行攥在手心里，攥着，仿佛想将它们捏碎，好与自己融为一体。她的小手在他大手的包裹中，过电般向他传递着战栗和恐慌，连手心的那个玉孩儿，也仿佛有了心跳，在两只手的压迫中，脆生生地喊了一声："痛!"

这时，两个伙计和黑塔似的车夫闯进来，说车收拾好了，要麻脸黄上车。麻脸黄抽回手，不容置辩地对女孩喝道："拿着!"眼瞪着，鼻子皱着，表情很凶蛮。几个人熟视无睹地将麻脸黄架下炕，扶上了绣房似的马车。

麻脸黄的爹再次与看林人握了手，客气地谢了他，问他们还有什么要求没有？看林人勉强微笑着，摇了摇头。

临上车前，麻脸黄回头看了女孩一眼，女孩也正扶着门框失神地看着他。四目相触的瞬间，天崩地裂。麻脸黄像被雷电击中了一般，一阵晕眩，慌忙用手扶住了车辕，虚汗淋漓。

他爹在一旁冷冷地看着他，手抄在袖筒里，连打呃都忘了。

在男女授受不亲的年代里，一次眉目传情便足以孕育一场惊天动地的爱情。载着麻脸黄的马车渐行渐远，女孩那凄迷慌张的眼神，就这么留在了麻脸黄的记忆里，连做梦，都让他有一种电石火花般的灼痛。

七

但麻脸黄在心里发下的毒誓，终于还是没有兑现。也许他的良心真的被狗吃了。

回镇后，腿一能走路，麻脸黄就爬起来，慌慌张张地跑出去找人到梅家寨老林中的石屋去提亲。回家时，见他爹坐在太师椅上，吱啦着水烟袋，说："甭想！你尾巴一翘俺就知道你想往哪儿飞，你爹俺早就替你瞅过了，那闺女是个大脚，况且，他爹还是个痨病，会传染的！你想娶亲，成！可就是不能是她；你想娶她，也成，先用酒坛子把俺敲死！只要俺黄老三活着，你就甭想再做辱没祖宗的事儿！"

麻脸黄气疯了！他突然嗅到了这个家散发出来的阴里阴气的霉味儿，甚至即将腐烂的霉味儿，他从没有像现在这样感到这个家这么可恶可怕过！他茫然无助地团团转了几圈，就撒开腿往木匠房奔去。

木匠房里，老东西的那口楠木棺材已经打好了，正张着嘴等着人进去呢！麻脸黄火冒三丈，从旁边摸起把大斧就要砍，被木匠和他的徒弟们哭哭啼啼地拽住了。麻脸黄无从宣泄，就提了那把大斧，快步朝门外的银杏树奔了去。后面，大呼小叫地跟着一大群伙计下人。

银杏树的叶子已经在秋风中变黄了，满树的红布条如满树女人的裤腰带子，又像长短不一的上吊绳子，不伦不类地随风摇摆着。麻脸黄看见它们更加红了眼，举斧就砍。"嘭、嘭、嘭……"所有的愤怒都运到斧头上，每一下都血屑四溅，淋漓尽致。黄家的根基仿佛在这砍伐声中动摇了，再也无法承担后世子孙们的命运。满树的鸟儿尖叫着，惊慌失措地飞起，去寻找它们稳妥牢固的新巢去了。

树前跪倒了一大片，连过路的人也加入了跪拜的行列。他们不一定是黄家人，却都是镇上的人，一辈一辈，他们都已经潜移默化地接受了这棵银杏是树神树宗的说法。他们坚信这棵银杏荫护的不止黄家一家，还有整个小镇乃至方圆几十里的人家，所以他们不能眼睁睁地看麻脸黄毁了他们的信仰，破了上好的风水，哪怕这棵树不在自家门前，仅属于他黄家所有。从精神上来说，这棵树已经是大家的了，他麻脸黄无权冒犯它。但他们都对麻脸黄深怀惧意，知道他横行霸道天不怕地不怕，啥事都做得出来，所以没人敢去阻拦他的斧头，更没人敢替树去挨砍，只好一个接一个地跪下，一跪树宗，二跪麻脸黄这个活祖宗。

麻脸黄不管不顾，继续咬牙切齿地砍下去，直砍得树也冒火星子，人也冒火星子，树的上空几乎要冒出青烟来了。跪在树前的人，眼看着树身上的斧印子越来越多，鼻涕眼泪流了一地。这时从一道斧印子里，突然流出了红红的液体，像血，有人失声叫着:“不好了，树宗显灵了，大祸临头了!”众人立即磕头如捣蒜，有人“咕咚”一声就晕倒在了地上。

伙计们跑来跑去地报告着消息，跑得裤子都几乎掉到了腚下。麻脸黄他爹又气又急，仰坐在祖宗牌位前不停地打着呃，直打得白眼珠子多黑眼珠子少，气都快换不上来了，脸憋成了猪肝的颜色。又一个伙计来激动万分地报告银杏流血的消息，老汉闻听呆了呆，突然脖子一梗，眼睛一直，直通通地歪倒了，“咕咚”一声，如半截被锯倒的木头，震得香炉前供着的

祖宗画像不满地瞪了下眼睛。

黄家大院里顿时哭声四起，老汉养的几只八哥鸟儿在笼子里上蹿下跳着，尖叫着："不好了，不好了！"银杏树下的人们忙爬起来，一股脑儿往院里涌去。剩下独自抡着斧头的麻脸黄，如同失去了观众的演员。

黄家大院里，人们乱作一团，有的跑去找郎中，有的忙着准备后事，有的去抬黄家仍然健在的老祖宗，木匠铺里的师傅没想到老爷这么急着要死，忙带着徒弟慌慌张张地刷最后一遍油漆。下人们这才有了胆量，一起跑过来跪在麻脸黄的脚下，抱腿的抱腿，搂腰的搂腰，痛哭流涕地哭喊着"少爷少爷"，叫得嗓子都哑了，麻脸黄这才"咣"的一声撂了斧头，震得几粒大麻子差点掉下来。

郎中被人用一顶小轿子抬到了树下，有个伙计赶紧蹲下身，背起他往台阶上窜去。郎中一手搂着伙计的脖子，一手敲打着伙计的头，说："快点快点，老掌柜的这条命，都在你这两条腿上呢，别让阎王爷抢到前头去啰！"伙计意识到自己责任重大，心一慌，腿一软，差点将郎中摔到石阶下的银杏树丫子上去。

郎中赶到黄家的祖宗牌位前，摸出根三棱银针，朝着麻脸黄他爹的人中就扎过去，老汉突然一激灵，缓上一口气来，随后便如被砍了一刀的鸡，浑身痉挛着在地上打起旋儿来，鼻涕涎水淌了一地，那症状跟鬼魂附体差不多。下人忙拿过一卷草纸来要烧，却听郎中如释重负地说："好啦，老掌柜的，算你命大，愣让我从阎王手里抢过来啦！准备好银钱答谢我吧！”

麻脸黄他爹在病榻上爬起来的时候，呃不打了，但面相全毁了。嘴也歪了，一边嘴角挂到了耳朵上；手指也伸不开了，蜷缩着像鸡爪，又像偷了人家的东西不肯交出来。这下，他这个孽子可算是把他毁彻底了。好在他虽然变得面目狰狞，头脑却和从前一样清醒，主意也和从前一样坚定，甚至更加锲而不舍。他一下榻，就命人将家里的镜子全砸了，水缸也要盖上锅盖，以免自己看见这副耻辱的形象烦恼。诸事办完之后，他让人给他将乱成鸡窝的头发理了理，用木梳梳平展了，抹上桂花油。然后他双手按在膝盖上，歪着嘴清理了一下嗓子。

下人们一见老掌柜的这副架势，都知道有大事要办了，纷纷聚到他跟前来，低眉顺眼地等着他吩咐。

就这样，死里逃生的老爷子抖擞着精神，张罗着敲锣打鼓地为儿子娶进了第一个小脚妖精。

此后，闹仍是惊天动地地闹过的，甚至还砸碎了一件家传的瓷器，甚至还掀翻了祖宗牌位，差点把老东西气成呆子。可是没用，老东西一缓活过来，还是锲而不舍地和儿子作对，让麻脸黄不得不彻底死了那条迎娶女孩的心。

从此，麻脸黄便再也没有见过那个女孩子。他猜想她该是等过他的，可是等待的结果，不过是伙计送去的几丈绸缎几坛老酒，几句不凉不热的感谢话，一段救命恩缘便这么不了了之了。

黄昏的时候，麻脸黄常常站在野外，向记忆中梅家寨老林

子中的那间石屋眺望。眼前的黄土地上，成片成片熟透的红高粱，在飒飒秋风中炽烈烈地燃烧，沉沉的穗子，如粒粒饱满的相思，缀弯了翘首眺望的脖颈。轮回更替的自然啊，也有爱情，也有宿命。

欲，只是一瞬间的事；情，却如陈年的老酒，愈久愈醇。当麻脸黄躺在自己那几个搔首弄姿的女人怀里时，眼前常常闪现出林间夕照里那间斑驳的石屋，它像一个不祥的寓言，像一叶孤舟漂泊在似水流年里，不知将触到怎样的暗礁，不知最终漂向了何方？而女孩那张黑红的脸儿，常如云中的满月，映照他的灵魂，映照出他身处的是非黑白。因了这种映照，麻脸黄才在混沌中渐渐活得明白起来。到了他爹死时，他已经能独当一面，活得人模狗样了。

八

多年后，麻脸黄成了这镇上最有头有脸的主儿：有酒酿，有铺子开，有租子放，有女人攀，一跺脚，镇上那 13 座明清时候的牌坊都摇晃。只可惜老婆有仨，却都是光吃粮食不下蛋的鸡婆。眼见着过了不惑之年，也就死了这份心，不指望什么传宗接代坟头香火了。麻脸黄的眉心有道刀砍斧劈般的竖纹，相面的先生说那是斩子剑，命中注定无子的。老东西若在世，一定不甘心，可惜他不能从黄家老林里爬出来，再敲锣打鼓地为儿子迎娶一个小脚妖精了。

又是几年过去，麻脸黄的那3个涂脂抹粉的婆娘，渐渐都已经人老珠黄，却仍然人老心不老，个个你刚我强，暗地里掐得你死我活，见了麻脸黄却都畏畏缩缩地抖成一团，哪个都是这副德行，令麻脸黄十分鄙夷，十分沮丧。每当喝醉了酒，他就摔盆子砸碗地骂娘。他手指着跪满一地的仆人婆子和小脚妖精跺着脚骂，骂完了就哭。他说他只想听几句人话，哪怕有谁能拃着腰指着他的鼻子破口大骂也成。他想在那种淋漓尽致的骂声中找个平衡，图个痛快，可是他永远找不到一个敢于与他平等地站在一起的人，他看见满院子都是只会摇头摆尾的狗！

宣泄过之后，他也便呼呼睡了，鼾声震得雕梁画栋的黄家大屋嗡嗡作响，尘土从黑乎乎的房梁上沸沸扬扬地落下来，如一场前世的梦。这一生，或许用不了几场这样的梦就到头了，醒也罢醉也罢，都无从把握，无可奈何。麻脸黄已经挣扎得累了，倦了。

这一天，麻脸黄正在银杏树下摆张小方桌恣悠悠地喝着酽茶，旁边摆着的花瓷碟子里也盛着茶水，两只飞累的鸟儿正大大方方地享受这天赐的待遇。这么冷的天儿，茶水不等冒完热气就凉了，也只有麻脸黄有坐在街上迎着寒风喝茶的嗜好。树叶落尽，树枝上的红布条愈发显得多了，新的新，旧的旧，累累赘赘，依旧长短不一地垂下来，在麻脸黄脸上投下摇摆不定的阴影。枝丫间漏下的冬日阳光，将他那满脸的大麻子照得愈发粗粝坑凹。

远处传来豆腐梆子的敲响，又干脆又寒冷，仿佛檐头下的

冰凌子，一敲就掉到地上跌碎了。而炸香油果子的香气，永远是小镇繁华富足的象征，一年四季飘散在小镇灰蒙蒙的上空。冬天这种气味更加浓烈，让周边的乡下人边闻着边向往着，让那些夜里宿在草垛里的乞丐垂涎欲滴。他们从草垛里钻出来，拍打几下头顶的草屑，就抄着手缩在墙根晒太阳，远处老银杏树下穿着草鞋喝茶的麻脸黄，永远是他们憧憬的对象。这个怪人，事事与众不同，甚至事事与人作对。“冬天热，夏天凉，碰见老头叫大娘。”镇上有人私下议论说麻脸黄之所以这样特立独行，我行我素，有示威的意思，甚至就是为了坐在这银杏树下辱没祖宗的。你看，这大冷天的，他坐的不是铺了棉垫的木椅而是冰凉的竹椅，穿的不是棉布鞋而是草鞋。这人，莫非好东西吃多了心火大？别人冻得要死，他却好像在消夏。

但麻脸黄这些违背常规的举动，却让乞丐们十分崇敬，他们认为有钱人就该和麻脸黄这样才正常。有时，麻脸黄也会招招手，让他们过来陪他喝茶。乞丐们哭着脸趁热喝了几杯，就捂着肚子跑到草垛后方便去了。俗话说：狗肚子服不得人参，他们本来就腹中无粮，如何受得了这刷肠子的玩意儿？麻脸黄大笑一番，也就招呼伙计端些点心来，让他们饱餐一顿，补偿他的过失和对他们善意的捉弄。

这天，后街的老汉王啰啰肩搭着烟包子烟袋过来了。这个老东西是个老光棍，生得小巧玲珑，驴脸两边安着一对招风大耳，下嘴唇长上嘴唇短，是这镇上的消息灵通人士，常在三教九流聚集的银杏树下召开他的新闻发布会。他在方桌旁实落落地坐下，从油渍麻花的肩上解下长烟袋，往脚底下磕了磕，又从脏兮兮的烟袋包子里捏一簇烟丝小心地装上，用火石打着了，“嗞嗞”地吸溜着，神神秘秘地对麻脸黄说:“大掌柜的，有个从蓬莱来的驼子要卖闺女。那个孩子我见过，十二三岁模样，很是乖巧，你何不买了来做闺女？孩子小，不会生异心，跟了谁家就是谁家的孩子了，好养活，又踏实。日后召个养老女婿，生养的孩子都跟着你姓黄，也算保全了黄家门户，何乐不为？到老爷子坟上烧把纸说一声，他怕是也会乐得哼哼笑的，大掌柜的，您信不信?”

头顶的银杏树上，几只麻雀蹲在高低不同的树枝上，缩着脖子说长道短，它们就像乡间那些长舌妇一样讨厌，花瓷碟子里的茶水，它们是喝不上半口的，不等落下来就让麻脸黄给轰走了。但这时有只麻雀落下来朝着花瓷碟子窥视，麻脸黄却懒得和它计较了。他半闭着眼睛，在竹椅上前仰后合地摇晃着，想着买闺女这事。倒也不赖，能有个闺女给他捶捶胳膊敲敲腿儿的，早上给他请请安，睡前给他掖掖被，闷了给他唱唱曲，安慰一下这荒宅余生，他麻脸黄也算当了一回老子，不枉活这红尘一世。

王啰啰抻着麻雀似的瘦脖子等着麻脸黄回话，他心里没底，却做出一副不在意的样子，用力咂着烟袋，咂得只剩下一层老皮的双腮一凹一凸的，像蛇在吞食鸡蛋。他用小眼睛的余光瞟着麻脸黄，心里既紧张又迷惘，他王啰啰帮人家卖儿卖女已经不是第一次了。他既怜惜那乖巧的小女孩儿，又想赚壶酒

钱，只是担心麻脸黄不愿收养。麻脸黄的重男轻女在这个商镇上是有名的，尽管他沾过不少女人，可是没听说他爱过哪个女人，甚至可以说他压根儿就拿女人不当人，女人不过是他内急时的尿壶而已。可是令王啰啰没想到的是，麻脸黄沉思片刻，竟摘下毡帽摩挲着禅意颇浓的光头哈哈大笑，说："成，你就先领来给我瞅瞅吧！只要孩子乖，我就收下，男女无所谓，反正一样都不是咱的种！哈哈哈！"

麻脸黄在那个年代里，也算是够潇洒的了。

——就这么简单，这事儿就算说通了？王啰啰眨巴着小眼睛，半天才反应过来，龇着仅剩的几颗黑牙，笑得老脸开成了菊花。

九

一头衰老不堪的毛驴在那棵千年银杏树下落蹄了。

银杏的叶子已经被寒风摘得光光的，枝枝杈杈如扭曲的手指，痉挛地伸向天空，仿佛有冤要伸。树身布满了麻脸黄年轻时候砍出的斧印，如在流年里翻出的嘴唇，诉说着已经被忘却的故事。在树身底部，还有许多被岁月穿凿出的丑陋不堪的大洞，里面住过不少小生灵——老鼠也有蛤蟆也有，蝴蝶和蜻蜓也曾在那空隙里穿越过。阳光里有灰尘在那空茫中飞舞，仿佛是时光的出口，水滴石穿的证明。

驴背上的女孩透过这些树洞，瞅见了那挂着铜铃的朱漆大门。她的眼神凄迷慌张，她不知自己以后的命运，将在这门内呢还是门外呢？没娘的孩子，开始忧虑自己的结局。

牵驴人艰难地把女孩抱下来。他驼背，跛足，眼珠子被酒精烧得发绿，似乎从身上随便割一块老肉，便足以醉倒一条肥狗。阴差阳错啊，这样的人，老天爷竟然安排他做了女孩的爹！

驼子今生头一回将女儿细细打量：新换的绿裤红褂，翘翘的嘴唇用对子纸染过，脸黑里透红，像只新鲜的红薯；头发用红绳扎成两根朝天辫儿，像风中的茅草英英儿，少是少了点，黄是黄了点，可还是好看，嗨，好看！穷人家的孩子，没有好的脂粉，却生就一份丽质，健康红润，任谁见了都不由得心生怜爱。驼子自豪自己这副千奇百怪的形态，竟也能造出这么好的女儿……

最后，他不得不正视女儿那双该缠未缠的大脚了：这年头，脚便是女人的命。驼子这辈子一醉接一醉地就没醒过，恍惚间闺女已经十多岁了，他这才想起她竟还未裹脚呢，不由得为自己的失职而捶胸顿足起来。但这会儿他既然连酒都喝不上了，闺女的脚就成了次要的事儿。驼子担心的并非是这闺女的未来，而是现在。现在这朱门里的人，是否肯出钱买一个大脚闺女。

驼子越琢磨越觉得这机会不可多得，用钩子也得将它钩住，闺女是爹的小酒壶嘛，这句老话说得一点没错。驼子不禁风，他扎着裹腿的脚脖子细得像芦苇秆儿，被风一吹，眼看就

要折断了，所以他急着要进到朱漆大门里去。他拍拍闺女瘦瘦的肩膀，对她千叮万嘱，说尽了今生该说的那几句人话，而后便牵了她的手，一瘸一拐地攀上了高高的石阶。

女孩噙了满眶的泪，始终无语。

进了麻脸黄那间古色古香的客厅，看到那些来回穿梭忙碌的仆人，驼子就心虚了，眼花了，腿开始发软，泛着酒味儿的汗珠排满了凸起的额头，他慌忙用破袖子擦拭，擦干了又冒出来，一会儿就将一条破袖子洇湿了，客厅里弥漫着难闻的酒气。麻脸黄莫名其妙，他用鼻子嗅了嗅，忍不住打了个喷嚏，驼子闻声吓了一跳，差点尿湿了大裆裤子。一旁的王啰啰慌忙用他小巧玲珑的脚踢了驼子一下，驼子一震，忙将那弯弯的脊背直了一直。

驼子做梦也想不到，大名鼎鼎的麻脸黄竟然是个大大咧咧的傻帽儿。他见了这个石榴花一般的闺女，立时眉开眼笑，从红木椅上站起一把将她拉过去，上上下下打量着，大麻子在酱紫色的脸膛上粒粒开花，丝毫不理会闺女那双令驼子心惊汗颜的大脚。驼子不由得暗喜，窃笑。王啰啰也暗暗舒一口长气，不知自己这是在帮人作孽，还是成全了一桩好事。唯一确定的是，今晚驴肠子巷的烧酒又喝上了。在嗜好上，他和驼子堪称生死知己。

说好了诸多事宜，双方都当着保人王啰啰的面按了手印儿。看到自己的手印儿跟麻脸黄的排在一起，驼子不由心生卑贱：看人家财大气粗，连手印儿都比自己的大。但这并不妨碍驼子对麻脸黄的窃笑：为这么个大脚女娃儿，这傻瓜竟甩出那样的大价钱，丝毫不知道讨价还价，嘿嘿，傻得真他娘的叫人目瞪口呆，也不知道他那么大的家业是如何把持的，如此折腾法，还不得将祖宗基业都败光了？要是他驼子是麻脸黄的爹，一定会蹦个高扇他一耳刮子，骂他个不过日子糟蹋钱的混账东西！

麻脸黄看上去大大咧咧，做事却干净利落，一言九鼎。他最苛刻的要求，也不过是让驼子不要再在这个小镇上露面而已。这还不好说吗？驼子将他的驼背弯了又弯，忙不迭地答应，生怕答应慢了麻脸黄反悔。

麻脸黄十分满意，他将大巴掌一挥，仆人就托着个罩着红布的盘子过来了。驼子的醉眼顿时亮了，他哆哆嗦嗦，从佣人手里接过沉甸甸的大洋钱，千恩万谢，如梦似幻，走时竟忘了跟闺女道一声别，挤两滴泪，仿佛银两一到手，他们的血缘就断了。这丫头落到他驼子手里，不过是她人生的一个过程。

驼子来时腰包是空的，走时腰包是鼓的。他得意扬扬，骑着毛驴走在小镇古老悠长的小巷里，背也直了不少，响亮的蹄声踩遍了古镇的大街小巷，引来众人的指指戳戳。王啰啰抄着手肩搭着烟袋包子儿不紧不慢地随在后面，腰里揣着他做保人赚得的酒钱，走一步就当啷作响。两人到驴肠子巷美美地灌了一肚子烧酒，直灌得眼珠子都蓝了，瘪瘪的肚子在破棉袄下圆了起来，一指头戳过去能“啪”地炸了。

三更声敲响时，店主来撵他们，亲眼看着这两个小老头在

月影里勾肩搭背地走远，摇了摇头。

驼子和王啰啰走了不多远就都倒下呼呼地睡了，心满意足的鼾声震得檐头下的冰凌“啪啪”掉下来，在寒夜里异样地清脆。路边光着身子的老树不堪寒冷，老鼠似的吱吱叫着。北风吹着尖利的口哨，畅通无阻地从驴肠子巷经过，遇到拐弯的地方就潦草地扭一下腰身。

第二天清早，阳光还趴在人家的瓦屋后面时，驼子醒来了，他发现自己的头枕在王啰啰的肚子上，棉衣已经和地上谁家泼出的脏水冻为一体，竟然也没觉着冷。驼子挣扎着爬起来，棉衣挣脱薄冰时拽出白白的冰碴子。他僵着手推了王啰啰一把，发现他已经冻得比石头还硬了，身子蜷缩着像只虾，又像个还没长大的小孩子，那德行比他驼子也强不了多少，驼子甚至自信自己死时还能比他死得好看些。

街上黑乎乎的，小镇上的人们还没有醒来，只有狗在远处偶尔叫两声，有一搭无一搭的。草垛里的乞丐窸窸窣窣地翻了个身，又没声了，也不知道是睡了，还是死了，这年头，街上死一个人和死一条狗还是有区别的：狗死了会有人拖走，人死了基本就没人理睬。因为狗死了肉还是可以吃的，而人是文明动物，不能吃自己的同类。死在街上的人，不是乞丐就是鳏寡孤独，连个摔盆子指路的人都没有，谁愿意出力气将他拖到郊外的血林里去喂狗？

驼子嘿嘿笑了两声，为难地挠了两下头，就拍打拍打棉衣上的冰碴子爬了起来。他试探着往前迈了一步，头低着，眼瞪着，像被斗得下破了胆的牛，那腰弯得愈发叫人担心了。迈第二步的时候，他差点滑倒。这时他想起了什么，忙小心翼翼地收回前腿，回到王啰啰身边蹲下。他从王啰啰冻得硬邦邦的裤腰里掏出那两枚大洋，塞进自己的褡裢里。又将他上上下下地拍打了一遍，确信再无啥值钱的物件了才站起身来。

驼子走了。因为双腿仍然没有知觉，一步一步迈得像个机器人，看上去十分滑稽。在他身后，王啰啰的嘴巴大张着，还保持着打鼾时的姿势，这下他的下嘴唇和上嘴唇终于一样长了，看上去有了点人样，少了点夸张。他的鼻涕都冻成了冰，像从鼻子里长出的两条黄虫子。他的烟包子、烟袋躺在一边，如一段被遗弃的岁月，这么点身价死时都没有带走，不知王啰啰见了阎王爷，那张嘴巴是否还能像活着时那么巧舌如簧？

此后，驼子的身影便从小镇上彻底消失了，不知所终。

十

麻脸黄收养了一个大脚闺女的事儿，在小镇上掀起了不大不小的波澜。谁家有个闺女不裹脚是要被人家笑话一辈子的，麻脸黄竟然主动去捡这个累赘，他这是中了邪了，还是自找麻烦？

一提起这件事，人们就变得正气凛然起来。就连那些平日被作践的人，也好像有了说长道短的资本，对麻脸黄的作为嗤之以鼻。长舌妇们凑到一起，皱着眉撇着嘴啧啧个不停。这样

的新鲜事儿，人人都在议论，这下没人怪她们编筐结篓瞎说一气了。每当有了可以咬耳朵的事儿，她们就像发情的猫一样兴奋。镇上的长辈们边闻着鼻烟搓着麻将边感叹世风日下，唾骂麻脸黄大逆不道逆水行舟，不能传宗接代延续香火也就罢了，竟然引个大脚女孩进家门，让这小镇又多了一道奇观，让黄家又多了一件耻辱。

黄家的长辈们商议了一下，觉得不能任由麻脸黄这样折腾下去了。他爹死了，他们应该替他爹管教一下他才是。如今他岁数也不小了，也该有个正形了。既然他是这镇上最富有最有脸面的人，就该树个好典范，为黄家争个光，露个脸，而不是这样反复地辱没祖宗。

于是老老少少们又浩浩荡荡地聚集到了老银杏树下，他们叽叽喳喳、愤愤不平，就像野鹊窝里被捣了一棍。每个家族中都有这样的孝子贤孙，为了维护祖宗的尊严前赴后继，并不是麻脸黄的老爹死了就万事大吉了。

黄家的伙计从门缝里往外瞅了一下，就慌忙跑回去向麻脸黄报信。

不一会儿，大门“咿呀”敞开，麻脸黄手牵着打扮得焕然一新的女孩走了出来，众人不由得退后几步，鸦雀无声了。麻脸黄的嘴角挂着嘲弄的笑容，看上去十分得意。他的身后，左右两个伙计各用竹竿挑着挂长鞭，看上去沉甸甸的，众人面面相觑，不知何意，半天才你推我搡地推出一个代表来说话。

那人是麻脸黄未出五服的兄弟，排行老大，口舌伶俐，就是眼皮眨巴得过于频繁，外号“鸡眼黄”，谁若盯着他的眼睛看，能让他给眨巴晕了。他先总结了一下人们对麻脸黄的愤怒，接着便入了正题：“老四（麻脸黄的排行），我黄家是名门大户，事事讲究个诗书礼仪，闺女自小就要裹脚，这是祖宗的规矩。在我黄家门里，绝对不许看到一个大脚女人。老四，如今你却逆风而上，收养一个大脚闺女，你这不是跟祖宗过不去吗？祖训上说：有伤风败俗者，可由族中长辈主持，清理门户。老四，你财大气粗，没人敢开口得罪你，但我们黄家，实在丢不起这个人啊！老四，你要这个丫头到底图啥？她那样一双大脚，将来是嫁不出去的，更甭说招个上门女婿了，那都是王啰啰为哄你的钱瞎扯的！那个该打雷轰的老东西不是遭报应了吗？”

鸡眼黄说得声情并茂，唾沫星子四溅。依偎在麻脸黄身边的女孩无疑被这阵势吓坏了，她温热的小手在他的大手中抖着，脸紧紧贴在他的腿上，隔着棉袍，麻脸黄也能感觉她急促的鼻息。她对他是那么的依赖，叫他有种想哭的感觉。那一刻起，她就是他的亲闺女了，他们的命运已经连在一起，不可分割。哪怕因为她，他要和所有的黄家人对立，和小镇上的所有人对立，他也值得。甚至，他会更加的亢奋。终于有一个人跟他的命运连在一起了，终于有一个人和他站在同一个阵营里迎敌了！

他安慰地用手摩挲着女孩的小脑袋，笑嘻嘻地对鸡眼黄说：“谁说我闺女嫁不出去？皇帝女儿不愁嫁，将来若真的有

人嫌弃她的大脚，我有的是钱，不愁嫁不到一个好女婿！”

一提钱，鸡眼黄就软了下来，有钱能使鬼推磨的真理，他是最相信的。而且，他在他这辈里虽然岁数最大，却最没出息，家里穷得刮风都刮不出根草棒，人家吃馍他家只能吸溜吸溜地喝粥，很是被同族的人瞧不起，也只有这一刻在麻脸黄的门前，他才直起腰杆，理直气壮起来。

鸡眼黄知道自己无论财富还是口才都不是麻脸黄的对手，却又不肯败下阵来。他眨巴着眼睛，苦口婆心地说：“老四，你这是何苦呢？你这不是驴屎蛋子上坟——故意惹老的生气吗？你没出五服的侄儿一抓一大把，见了你都像耗子见了猫似的，将来还愁没人养你的老吗？你就看在大哥我的面子上，再将这个小丫头转手卖出去吧！”

麻脸黄哈哈一笑，轻蔑地说：“老大，我为何给你面子？你让你老婆的鸡毛拂子吓得钻床底，将黄家人的脸面都丢尽了，连要饭的都脱下裤子拍着屁股笑话你孬种，你哪来的面子？”

众人哄堂大笑。看热闹的乞丐们听麻脸黄提起他们，觉得很有面儿，笑得格外响，算是对他的声援。

鸡眼黄被麻脸黄一顿奚落，气得一句话也说不出了，只有眼睛还在以闪电的速度不停地眨着，气不死也累死了。麻脸黄回头将大手一摆，亮开嗓门大喊道：“伙计，给我点上鞭炮，我麻脸黄今儿要庆贺闺女进门，我要让方圆百里都听到鞭炮声，知道我麻脸黄有闺女了！我还要镇一镇那些邪毛鬼祟，那些老腔老调老不死的，装神弄鬼的，听见了鞭炮声该躲的躲，该窜的窜。若是被鞭炮声震死，我麻脸黄不负责收尸！”

伙计忙将竹竿上的鞭炮点燃了，一时间噼啪作响，惊天动地。张牙舞爪的银杏树也好像被震得抖了起来，这时候莫说鸡眼黄，就是黄鸡眼也没法再和麻脸黄讲道理了。人们起先还捂着耳朵忍受，耐心地等着鞭炮声化为青烟远去，后来看伙计又抬过来一筐挂鞭，知道麻脸黄又犯了人来疯，不将它们全部放完是不肯罢休了，只好捂着耳朵抱头鼠窜。唯有几个乞丐依旧嘻嘻哈哈地在地上捡那些掉下来没响的爆竹。

麻脸黄望着逃之夭夭的敌人们，哈哈大笑。斗来斗去，他麻脸黄这下又胜了，可以安闲两天了。

十一

女孩既然更换了家，更换了爹娘，自然也得更换名字（她的原名现已无从查考）。粗手大脚的麻脸黄对这事很是讲究，找了几个识文断字的老先生查经论典，起了几个文绉绉的酸名儿，都不称心，扔几枚大洋挥挥手就将人家撵走了。他自己摩挲着光头东查西找的，不知怎么就给女孩起了这么个名字：云儿，黄云儿。女孩那时端坐在麻脸黄精雕细琢的账桌前，乖巧温顺地点了头。谁知这个高远动荡的名字，却不幸言中了她的一生，注定了她的一生。此为后话。

麻脸黄待云儿不薄。他专门请了私塾先生来教云儿识字作

画，一心把她调教成大家闺秀。他麻脸黄一辈子横行霸道，连走路都像螃蟹一样横着，从没学会看人家的眼目行事，可是云儿让他学会了。云儿的一言一笑都让他心花怒放，云儿的一颦一嗔都让他忧心如焚。他觉得云儿天生就是他的亲闺女，他梦中都想的亲闺女，她的鼻子眼睛嘴巴都是他梦中早给做好了的。唉唉，老天爷怎么忍心让这么好的孩子跟着驼子活活遭了这么些年的罪呀！麻脸黄真想把云儿搂在怀里，对她痛哭一场，对她诉一诉那些不堪的前尘往事。他相信云儿那双清澈如水、善解人意的黑眼睛，能化解所有的是是非非、恩恩怨怨。但毕竟不是自己的亲骨肉啊，总得有所顾忌，不能太过亲热，所以麻脸黄每每就犯了思忖。

麻脸黄与云儿有一个默契，就是都不提她的爹爹驼子。有一次一个伙计无意中提了一句，正笑盈盈的云儿就沉默了。麻脸黄将那个伙计臭骂一顿，从此就没人再敢吭声了。人们都知道黄家大院里有了一个闺女，却没有人再提她的身世来历。云儿也好像早就将她的亲生父亲忘光了。但麻脸黄知道她怎么会忘呢，那是她的来处啊，谁会忘记自己的来处呢？血缘永远是一个人内心最深的痛。也许，她只是不愿惹麻脸黄不快而已，别看这孩子话不多，精着呢！

每次吃饭时，麻脸黄那 3 个老婆个个沉着脸。云儿坐在他一边，躲躲缩缩的，一副被吓坏了的模样。那么大的一张八仙桌，她却占据了那么小的一点儿位置，这和云儿在他心中的分量很不相称。他想尽量地多给予她，她却分明在尽量地少欠他一点。他从这闺女温顺乖巧的神情中，看出了拘谨和隔膜，看出了无奈和哀愁。多少年前那种疼痛怜惜的感觉重又出现了，听着她尽量压抑着小声嚼饭的声音，麻脸黄不由暗暗长叹一口气，如多年前的看林人那样，为着自己的闺女，仿佛胸腔里有多少深沉的幽怨愁苦，蚕吐丝丝般地绵长不尽。

有时他悲哀地想：也许真如他的婆娘们私下里嘁喳的那样，谁家的孩子就是谁家的，任凭他怎样爱她待她，都是养了她的人，养不了她的心。他麻脸黄这一生何等的富有又何等的穷困，富有得连陈年的粮囤里都长出了榆树，穷困得连个亲生的子女都没有，只能捡了人家的骨肉来哄骗自己。但他麻脸黄无怨无悔，如老爷子活着时唾骂的那样，他这个傻儿子就是一根筋。一根筋就挑着一生的命啊！

夜深人静时扪心自问，他麻脸黄是真心实意喜欢这个孩子的，可是他真的没有借这个孩子来报复自己父亲的意思吗？尽管那个老东西已成死鬼，可他到现在还忍不住恨他。老东西当初阻止他娶看林人的女儿，只不过因为她是个大脚。对大脚的忌讳其实是整个社会的通病，岂止老东西一人？那么他麻脸黄恨的就不只他父亲一个，而是整个世道了。他分明是在借云儿这个大脚闺女向小镇上的人们挑衅示威：你们不是瞧不上大脚吗？我麻脸黄就偏爱这个，从我爱的女人，到我爱的闺女，都是撒着大脚丫子自由自在无拘无束的。这一想将他自己吓了一跳，才知道心里原来还存着这样的恶念。他不知自己生命里还有多少遗恨不满，导致他这样逆风而上，处处与这个世道抗

衡；不知自己灵魂深处，还有多少污垢隐晦，要由这个无辜的女孩来照亮，并帮助他清洗，剔除。

留声机里，有一个凄切的女声在唱：“……究竟是哪世的因，要由今世来承受果；无辜的你，为何要来承受罪孽的我？”

十二

云儿来黄家后，沉默依然，但她渐渐胖了些，到了第二年夏天，尖尖的下巴就圆了起来，配上大眼睛小嘴巴翘鼻子，怎么看怎么像个洋娃娃。

云儿喜欢在院中的木槿花下飞针走线。粉紫的木槿花一大朵一大朵毫不吝啬地开着，从春开到秋，一天开满一树，前赴后继。云儿有时将落花拾到篮子里，提到厨房里去让厨娘撒上盐和白面蒸了吃。蒸熟的花朵黏黏的，鲜鲜的，像春天的榆钱儿，有一种芬芳馥郁的味道。生身穷人家的孩子，不但懂事，还能将枯燥的日子过得有滋有味儿，麻脸黄庆幸自己捡了个宝儿。

有时云儿边做针线，边伸手拽树上的木槿花吃。硕大的花朵往小嘴里填的时候，就像从她嘴里开出来的。麻脸黄相信在这样美好的生命身上，任何奇迹都会发生。这闺女的手巧着哩，一方绿绸子，眨眼工夫就开满了粉嘟嘟的梅花，小手飞动间，花枝上就落上了三两只鹅黄的雀子。风将绸子一吹，花枝拂摇，小鸟儿蹦跳，旺活。

云儿喜欢绣花，书却读得心不在焉，谁也不知她的心飞到了何处。私塾先生站在桌前讲，她就趴在竖起的四书五经后面打盹儿。老先生恼了，推推滑落鼻梁的老花镜，举起戒尺就要打她的手心，被正巧路过的麻脸黄喝住了。他说:“老先生您要是生气，就拿戒尺打几下桌子，实在不成您就打我，但不能打我闺女。我让她读书识字，是为哄她高兴的，不是惹她伤心的。她识不识字不要紧，但她若是不开心了，老先生您就收拾收拾铺盖走人吧!”

哪有做爹的这样纵容孩子的，这不是故意让他做先生的误人子弟吗?老先生瞠目结舌，老花镜几乎滑到下巴上，喉咙一动一动发出“呃、呃”的声音，像吃什么被噎着了，像多年前麻脸黄的爹。

麻脸黄此后对云儿更加放纵。他有他的道理，而且他的道理是任何人都推翻不了的:云儿尽管有时像个野孩子，大多时候却出奇的乖巧懂事，这样的好孩子还用管吗?还怕她学坏吗?他不约束她，由着她的性子去，上墙也罢爬屋也罢像小猴子一样攀树也罢，所有大户人家不能容忍的行为，只要云儿喜欢，就任凭她做去!

麻脸黄发现，云儿的天性在他的娇宠下，渐渐活泼泼地露了出来，她的笑声天天像铃铛一样，从大院的这头响到那头，让这沉寂多年的大院活了起来。一听到她的笑声，所有的人都开心，厨娘边揉着面团边抿着嘴笑，正修剪花枝的花匠直起腰来憨憨地笑，再也不用担心看到麻脸黄那挂着秤砣似的麻脸

了。连麻脸黄那三个整日阴云密布的婆娘，也挤出了僵硬的笑容。每当云儿蹦蹦跳跳地经过，她们都会撩开窗纸偷偷地看她，三个没有子女的女人，也不知是羡慕呢还是嫉妒？

但麻烦终于还是不可避免地来了！

这年春天的一天，云儿在花园里看到一只老鼠，就拿着竹竿和园丁一起追打。老鼠跑得快，从地沟那里哧溜窜到街上去了。云儿怎肯罢休，结果就打开大门，赤着大脚丫子追到街上去，园丁的呼喊她也听而不见，疯疯癫癫的全忘了世间冷暖，耳目闲话。老鼠逃到银杏树洞里，她就捏根竹竿捣；逃到砖缝里，她就用手拽，用脚丫子踩，野丫头本性暴露无遗，让街坊邻居看足了热闹。就这样一直追到了黄家祠堂里，一竹竿没打着老鼠，却将祖宗牌位打倒了，稀里哗啦歪在香炉里，同那些供奉的瓜果糕点一起纷纷扬扬地溅落了尘埃。

看祠堂的老汉吓得一屁股坐到蒲团上。祠堂是肃穆庄重的地方，千百年来何曾见过这样的肆意？这样的不敬，这样的不忠不孝，大逆不道？即使一个孩子，也是不允许的，哪怕她不懂事，也说明她的骨子里藏着恶。看祠堂的不敢去找麻脸黄告状，就贴着墙根颠颠地跑到同族的老杇们那里诉苦，老杇们个个气得吹胡子瞪眼睛，拄着烟袋合伙来找麻脸黄算账。到了麻脸黄的书屋，却都变得缩手缩脚起来，咳嗽的咳嗽，吐痰的吐痰，擤鼻涕的擤鼻涕，抠耳朵的抠耳朵，没有人能在麻脸黄面前说出句像样的话，只得偷偷打发人去将族里年岁最大的七爷爷请来了。

七爷爷老得已经没有人样儿了，他额头凸得像个老猢狲，眼睛花得连自己的手都看不清了，牙齿掉光又长出新牙，耳朵眼里都长出白毛来（麻脸黄私下里骂他“老白毛”），可是他对祖宗的忠诚却愈老弥坚。他由 4 个孝子贤孙前后架扶着坐到太师椅上，将核桃般的小脑袋往后一仰，尊严就出来了。尽管已经弯曲变形的老骨头受不了这强迫的直立，发出“嘎吧”一声响，让人担心会折断，可是老爷子依旧屹立不动，为了替祖宗教训不肖子孙，他就是腰断了也值。七爷的白眉白须被从木窗刮来的小风吹得飒飒作响，他张大嘴巴将喉咙里的老痰清理一下，然后义正词严地开了金口:“小四，看来你七爷爷我不出面不行了！不怕你耻笑：自你买了这个大脚丫头后，七爷我是夜夜无眠哪!”

麻脸黄的嘴角挂起冷笑，示意下人给七爷倒茶。然后慢条斯理地用小指甲抠抠脸上的麻子，抠抠耳朵眼儿，明知故问:“为何?”一举一动都透着蔑视。

茶在杯里还没泡开，七爷就急急忙忙端起一口气喝干了，将下人吓了一跳，不知他那舌头如何那么顶烫？其实七爷的舌头已经老得不知冷热酸甜了。

七爷喝了茶，便充足了底气，灰纸色的脸也有了点颜色。他依旧正气凛然，声音却抑扬顿挫起来，如唱歌一般，一听就是老私塾的底子:“为何你都知道，七爷爷我也就不用多啰嗦了。既然你认了那野妮子做闺女，那她就是正经八百的黄家人了，让她这么撒着大脚丫在大街小巷跑来跑去，成何体统？打

老鼠打到祠堂里，成何体统？惊动了祖宗，罪不可恕啊！咱黄家就数你混得好，数你有钱也数你胆大妄为，你冬天赤着脚丫穿着草鞋坐在街上喝茶，下雨时在门口撒一层高粱米踩着走路，这些事都没人敢跟你计较，谁叫你有钱哪是不是？那些年你到处作孽，差点搭上了性命，也没人再去追究。如今你头上都见白霜了，总该消停了吧？甭怪七爷爷我说你呀小四，你千不该万不该，不该领进一个大脚丫头啊！”七爷痛心疾首地拍着巴掌:“你看看她惹出多少事来呀！”

七爷来了情绪，调动起全身的气力慷慨激昂着。此时，伙计气喘吁吁地跑过来，伏在麻脸黄身边耳语了几句。麻脸黄的脸登时变了颜色，他毫不客气地打断七爷的话，拱拱手说：“您请回吧，七爷，改日有空了您再来教训我。我闺女在后院里上树摘槐花，被蜜蜂蜇了，我得看看去，恕不奉陪了！”

袖子一甩，就走人了。抛下满屋子老少面面相觑。七爷呆了半天，摇摇头叹了口气，强撑着的身子就像一件空皮囊那样瘫软了下来。

麻脸黄快步走到后院里，见黑压压的蜜蜂们嗡嗡唱着大戏，正不依不饶地追着云儿不放呢！下人们往云儿头上蒙了件衣服，边护着她走，边用扫把驱赶着蜜蜂。麻脸黄一把拽过她，快步将她领到书房里，发现她细细的小脖子已被蜇得血迹斑斑，连娇嫩的脸也被蜇了几下。云儿惊魂未定，伏在他宽厚的胸脯上大哭。麻脸黄搂着她，紧搂着她，下巴搁在她小小的脑袋上，从没有过的感动和温暖，那一瞬间他们仿佛接通了血缘。

他终于体会到亲情的滋味儿了！今生今世，他麻脸黄还缺什么，就是立时倒地死了，他也无悔无憾了！一滴混浊的泪，从麻脸黄的眼睛里滚出来，落在云儿已经变得乌黑茂密的头发里。

那一滴泪很沉，仿佛他颠簸一生的心落地的声音。

他觉得那一滴泪，彻底将他的灵魂清洗了！在他混沌甚至罪孽的生命里，他遇见了两个女孩。她们在他生命的不同阶段，以不同的角色出现，却都好像是为了拯救他，感化他，用清澈的泪水洗涤他，让他在爱与恨中抉择，在伤与痛中完善，在悲与欢中成长！

孩子啊，你不是我麻脸黄的孩子，不是你父母亲的孩子，你是老天派下来拯救我的活菩萨！

堂屋里的留声机依旧在唱着："前世的因，为何要由今世来承受果？无辜的你，为何要来承受罪孽的我？"麻脸黄觉得他这一生，已经注定与云儿连在一起，任谁也无法分割了。他们这对父女一定会相依度过以后的日子，直到沧海变成桑田。

如果，如果……如果没有此后的那个晴天霹雳……

十三

那是这年秋天的事儿了，粉紫的木槿花依旧一大朵一大朵毫不吝啬地开着，一天开满一树，每天都是新的。不厌其烦，

前赴后继。如一代代的人生，尽管生着相似的面孔，却已经不是同一个人，同一场戏，同一个内容。在循环往复、日月更替中，不知不觉地就是一个轮回。可是前世的余音，仍在今世的房梁上袅袅着，不肯散去，不肯了结，只为等待一个结果。

那天，云儿说要为爹爹绣个烟袋包子儿。麻脸黄肩搭条闺女绣的牡丹汗巾，喝着闺女泡的菊花茶，心满意足地仰坐在躺椅上哼唱着当地的土戏，任由闺女折腾。云儿从屋里拿来个盛针头线脑的小包袱，放在膝盖上解开。这时，从布头布角中“当啷”滚出个晶莹剔透的玉孩儿，那玉孩儿只有一个花生果大小，双目有神，憨态可掬，光头中间留着个小抓辫儿，怀抱一棵象征富贵吉祥的大白菜，手上脚上的镯子雕刻得丝丝分明。

麻脸黄捡起那块玉，恍若隔世。他的心，又像多年前那样脚不沾地地跳起来了，跳得他几乎失去了力气。那玉上似乎还留有他的体温，但时光分明从上面走过并且留下了痕迹：他看见一道裂纹从白菜的根直到白菜的心。裂纹已经陈旧发黄，像一道鸿沟，填满了岁月的风尘污垢。想来这玉孩儿跟着它后来的女主人，不知经历过怎样的颠簸动荡。

麻脸黄的脸色转瞬间阴晴圆缺，千变万化。他好歹压住自己的心跳，一把拽过云儿，颤声问:“这玉，是谁给你的?”

天知道为什么，他的声音竟显得有些凶狠，仿佛是云儿偷了他的东西。云儿吓坏了，她红润的小脸儿在瞬间变得苍白。她的大眼睛凄迷慌张地瞅着他，怯生生地回答:“我娘。”

“你娘是不是个大脚？你姥爷，过去是不是梅家寨那个看林子的？”

“嗯。”

“你姥爷呢？”

“死啦。”

“咋死的？”

“他和我娘救了一个人，后来被那个人的仇家知道啦，就来把我姥爷家的锅也砸啦，屋顶也掀啦，娘和姥爷不敢再在梅家寨待下去，就逃难逃到蓬莱岛去啦！听说那时候，娘还是个大姑娘哩！”

“后来呢？”

“后来姥爷就在蓬莱岛帮大户人家喂马，娘就给这家做针线活儿。冬天的时候，姥爷犯了哮喘，夜里起来给马添料，死在马棚里啦。”

“你娘呢？她可怎么办？”

“姥爷生病的时候，花过那家的钱。姥爷死后，我娘又白给这家做了老长一阵子的活儿还债，可是人家说还不够，差得远哩，要我娘嫁给他的瘫巴儿子。我娘夜里逃到东海边，又被他们抓住啦，他们打折了她的一条胳膊，又把她卖给了家里的马夫——就是我驼子爹爹。”

“后来呢？”

“后来……后来就有了我。”

麻脸黄的眼珠子几乎要掉下来了：“那你娘呢？她在

哪儿？”

“也死啦。”

“死啦？怎么死的？”麻脸黄痛心疾首地跺着脚，几乎要吃人了！

“我6岁那年，我驼子爹爹又赌输了钱，就从我娘怀里抢了这个玉孩儿去卖，我娘不肯，被我爹爹一巴掌拍到锅台上，头上的血淌了一地，玉孩儿也跌坏了，我爹就一边骂着，一边出去喝酒去了……夜里我睁开眼睛，就看见我娘吊死在房梁上啦。”

麻脸黄抖抖地捧着那个玉孩儿，双目圆瞪，嘴巴大张，在那一瞬间里直挺挺地倒了下去……

一片金黄的草地呈现在眼前。好像心有灵犀，他停下了，她跳了下来。他将车子放倒在草丛中，独自向草地深处走去。他没有回头，也知道她跟上来了——

飘　萍

一

20岁那年的一个秋日，她乘火车去看一位家在海边的朋友。那位朋友曾经答应陪她去蓬莱——那个传说中八仙过海的神秘岛，说那里是世界上最适合做梦的仙境。她也相信神仙眷顾的地方，一定是值得走一趟的，何况她这种喜新厌旧的人。

她坐的是那种老式的绿皮火车，跑起来慢腾腾的，喘息得像个哮喘病人，让人担心爬坡时会累得停下来。她穿着洗得发白的牛仔上衣，从斑驳的车窗玻璃上注视着自己：瘦，苍白，手指修长，像天天生活在月光下面，显得冷漠而弱不禁风。长发编成印第安女人那样的辫子，有点儿古怪的异域味道。她的个头在北方人中显得小巧玲珑，脸也显得稚嫩，常常被人误以为是十几岁的小姑娘，而她的心比她的脸沧桑。她的文弱与书卷气与她的身份很不符，常常让人误以为她是某个院校的高才生，或者某位领导的千金。现在，旅途将她打造成了另外的样子，虽然仍时常被误认为是小姑娘，但她身上的流浪气质，在灰头土脸的旅客中间已经彰显无遗。

正是黎明时分，火车像条长虫爬行在广袤无际的大地上，景色一幕幕掠过，渐渐明朗，平稳得像流淌的时光。几乎所有人都还歪着头昏昏欲睡，她全身的每一个细胞却都张开了眼睛。她跟别人不一样，旅途对她来说，每分钟都弥足珍贵，她不能错过了扑面而来的风景。

火车在一个小站停留几分钟，车门一开，市井的喧闹声就扑面而来，夹杂着流行歌曲不屈不挠的弹唱："外面的世界很精彩，外面的世界很无奈……"几乎所有年轻人都喜欢齐秦的这首《外面的世界》，因为大家都在渴盼远方，而它唱出了一代人的渴望和无处皈依的迷惘。

一批旅客提着大包小包下去，又一批旅客提着大包小包上来。其中一位戴着眼镜、文质彬彬的中年男人挤过几排位子来到她身边，打量了她几眼，然后坐下笑眯眯地说："谢谢你为我占下的位子啊！"那种熟溜的口气让她疑惑，但这人她确定并不认识。她忙坐直身子，冲他礼貌地笑笑，心里暗暗紧张起来。对于一位心怀梦想的女孩来说，世界有时就像一个陷阱。跳不跳？是睁着眼睛跳还是闭着眼睛跳？能不能逃得出来？都是个疑问。

眼镜男将手提的方便袋放到脚下，那里面装满了书，散发着亲切的油墨清香。他看上去像个文化人，一坐下就打开了话匣子，天南海北无所不知，好像她身边坐着一本会说话的百科全书，引得周围几个刚醒的人也参与了话题。这么能说的人，在她老家被称为“话皮子”（传说中的一种小动物）。她猜不透他的身份，也过了那种对谁都好奇的时期。曾经有一本书告诉她：西方有个谚语，传说猫有 9 条命，怎么都不会死，最后却死于自己的好奇心，可见好奇心是多么可怕！从第一次出门

那天起，她就抱定了一个原则：在旅途中遇见的人，无论是什么人，都是与自己无关的人；无论身边发生什么，都只管昂首挺胸目不斜视地走自己的路。

眼镜男拍拍她的手背，问她的名字，她回答："外星人。"中年人有些诧异，说这不是名字，是个外号吧？人家咋给你起这么个外号呢？她轻描淡写地回答："因为都觉得我有点儿怪，跟周围的人融不到一起去。"中年人伸出大拇指，说："好，有个性！"也不知是褒还是贬。

行进中，天已近中午。旅客的呼噜声又开始此起彼伏，连周围那些侃爷也渐渐没了动静，将舞台留给那位眼镜男，让他独对着一个看上去满脸稚气的女孩眉飞色舞，魅力四射。他的话题随着唾液不停往外涌，从下海潮、打工潮、霹雳舞、迈克尔·杰克逊，到少林寺、海灯法师、刘晓庆……她心不在焉地做着沉默的听众，心想这人叽叽呱呱说些没用的奇闻逸事干吗？难道就为显示自己的经多见广？人说得越多，暴露的无知就越多，他提着这么多书，难道不知道书中的世界有多大吗？这人到底干吗的呀？她知道好奇害死猫，不能主动去探询，但外面的世界到处是谜，如果不是因为好奇，她跑出来干吗？她克服着睡意听他在那儿口若悬河，就是想获得一个答案。

眼镜男也被这小姑娘的沉默弄得疑惑起来，趁着火车过地下隧道，他突然伸过手来握住了她的手，斜着眼镜下的吊梢眼，问她要不要跟他一起到南方赚大钱去。笑意中流露出暧昧不明的暗示。他这一握，等于给她心里那个本来模糊的面目定了位。隧道里灯光明灭，她甩掉那只手，从自己的双肩包里摸出一个东西，说:“我要去洗手间!”

眼镜男眼看着这个小巧玲珑的女孩离开。她的不动声色让人诧异，看上去，她不像个有啥阅历的女孩啊！男人尴尬地挠挠后脑勺：难道这次，他这个老手竟选错了对象？他见多识广，又一副文雅相，在这条火车线上“钓鱼”时很少失手。但今天这个猎物，却让他无从判断身份。这下，他反倒好奇起来，他想弄清：这丫头到底是个啥厉害角色？猎手一旦对猎物好奇，就跟西方谚语中的那只猫一样愚蠢了。他看旁边的座位上，放着她的那个双肩包，拉链没拉好，露出一个蓝色硬皮本的一角。他用吊梢眼迅速扫了一下四周，确定没人在意，便将笔记本悄悄拽了出来。

硬皮本中间夹着一支笔，本子上女孩有草就的文字：

“这是 1991 年。一个轰轰烈烈向往流浪的年代。流行琼瑶、席慕蓉、齐秦、童安格、潘美辰……这年 1 月 2 日，一名浪迹天涯的台湾女子在将万水千山走遍后，以一双丝袜，自缢于台北荣民总医院的病房内。她的香消玉殒，令多少人痛不欲生。她与一位大胡子的异国男人在撒哈拉沙漠中的浪漫，虽然已经随风而逝，却依然定格在一代人的记忆中，让他们波澜丛生的心无法平息。而有关流浪的故事，还在轰轰烈烈地继续。

“当然，当流浪成为一种时尚，并非全因为那个曾经赤脚行走在沙漠中的名叫三毛的女子，她只是被贴上标签，成为了一个精神的象征和符号而已。

“不知从何时起，我也背起行囊开始了行走，虽然对我来说，这是件奢侈的事情，我并不具备这种资本，也没有做大律师的爸爸提供物质支持，但我总是想将自己的青春，活出另外的意义……”有些话眼镜男似懂非懂，他又翻开本子的扉页，见上面写着:“脚步到达的地方，就是故乡!”

眼镜男看得冷汗直流，下意识地嘟哝着:“这到底是个啥人物啊……看来还真不是个简单角色，不是那种涉世未深的小丫头!”他忙将硬皮本合上，悄悄塞回那个双肩包里，故意让它露出一角，就像女孩离开座位时的样子。还原好现场后，他突然又想起什么，稍做犹豫，从包里抽出那个硬皮本，摸起笔小心地写起来：丫头，我相信像你这样含蓄的人，将来一定会找到自己的幸福的!

眼镜男写完，左右端详一番，自觉还算满意，对得起自己曾经的民办教师水平，就又小心地将本子放进包里，拉上了拉链。这时，他才发现自己头上、手心里全是汗，忙掏出条整洁的手帕擦了擦，然后提着那袋在路边摊买来的盗版书，悄悄往另一节车厢走去。不知下一节车厢，有没有一条傻乎乎的鱼在等着他；也不知手中那袋书，能否作为一个成功的诱饵。

火车已经驶出地下隧道，阳光亮得刺眼，眼镜男只好用手遮住眼睛。他想赶快逃离这节车厢，以免被那个捉摸不透的女孩看到他的背影。从在这条火车线上“出道”至今，他第一次有了种莫名其妙的挫败感，也不知该抱怨自己运气不济，还是该庆幸遇上了一个难对付的对手……他沮丧地想：实在不行的话，下一站下车算了，权当买一张车票上来浪费唾沫的。

等女孩从洗手间回来，那个眼镜男已经无影无踪了。她想：这是个聪明人，他一定听说过那个好奇害死猫的西方谚语。

二

她从双肩包里掏出那个蓝硬皮本，知道那个男人已经看过了。她就是故意让他看的，要不他怎会半道逃之夭夭呢？想骗人的人都是聪明人，知道对方不好骗，一定会知难而退，不会再白费心思与时间的。但她没想到，眼镜男竟还在她的本子上留了两句话，两句没头没脑、不着边际又好像别有深意的话，甚至还带着那么点钦佩和祝福的意思。

这事儿倒真是蹊跷啊！真是世界之大，无奇不有。在故乡，人家说她怪，是外星人，可是今天，怪人也碰上怪人了。她拧开笔帽，在男人的留言下面，记下了当天的日期：1991年10月10日。

然后，她就开始坐在窗边托着腮犯愁了：昨天由于延误了火车，她只好改签了时间，原定于今天中午到的火车，成了傍晚。但那位女友石榴家没有电话，没法通知她。看来，她要错过石榴接应的时间了，人家就是再有耐心，也不会傻乎乎地从中午等到傍晚。听说石榴家在海边，离城里很远，要想在黄昏赶往她家，说不定又将是一场冒险。想到此，她有些慌张，也

莫名地有些兴奋。尽管她有时会把遇见的每一个人都当作假想敌，却又暗暗期盼着发生点什么。也许这个年龄，就是一个没事找事的年龄，不该风平浪静。

从 17 岁第一次出走至今，已经 3 年了。3 年断断续续的漂泊，足以让一个安静的人也染上一种落拓不羁的气息，变得有点儿神秘了。出门在外，常常有人猜不透她的身份，甚至连她自己有时也会忘了自己的来龙去脉。

其实，她没有什么身世背景，她不过是一个通过自考才拿到大学文凭的文学青年，来自连一朵野花都几乎养不活的贫瘠山区。在那个被大山重重囚禁的小镇上，她我行我素，少言寡语，眼睛里写满对这个世界的疑问。那些问号像钩子悬挂在她的脑中。可惜小镇上的人只知道干活，只关心吃喝拉撒睡，他们裤腿子上沾满泥巴，从早忙到晚，没有思想家能回答她的问题，连她当小学老师的爸爸也不能。爸爸望女成凤，他喜欢研究历史，肯接受新事物，崇尚文化名人，希望他特立独行的女儿将来也能青史留名。她高考落榜后，爸爸用两个月的工资给她买书，坚信书本能给女儿带来一个新世界。这样，书成了她的粮食。她没日没夜地抱着书在看，连走路也在看外国小说，撞到树上了还连说对不起，任镇上的人指指点点，全与她无关。

她的心里有个远方。而他们没有。

这几年，镇上有了一些企业，才渐渐繁华起来，她也开始到镇印刷厂打工，晚上就在灯下写些莫名其妙的文字。开明的爸爸支持女儿的任何想法，他搜集了很多报纸杂志的地址，将女儿写的小文章投寄出去，这样，她收到的稿费渐渐多起来，有时一笔稿费的收入就抵得上爸爸一个月的工资，她成了县里有名的才女，甚至在省里也有了名气。前两次背起行囊走进外面的世界，她用的是打工赚的钱；第三次和后面所有的行走，用的都是自己的稿费。从此，一支笔带她走进了广大的世界。

她一次次走出小镇，不知是逃离，还是自救。每当她背着行囊越过喧闹的主街和一座座工厂的大门，越过成群结队在墙根下晒太阳、打扑克的人们，跟着弯弯曲曲的山路走向远方，她就会在心里哼起那首歌："外面的世界很精彩，外面的世界很无奈……"她知道在背后，有很多目光盯着：羡慕、妒忌、疑惑、鄙视……它们来自一扇扇半掩的门扉，一棵棵斑驳的树后，一双双混浊或者清澈的眸子。她知道有很多人也想像她那样行走，可是走不了，他们没有通往广大世界的钥匙。

其实，在那个年代，无数的心灵都在躁动、漂荡，无处皈依，只好在行走中，完成某种自己也不清楚的宿命。焦灼中，有个诗人非常直白地道出了他们的心声："到远方去，到远方去，熟悉的地方没有景色！"

用一个简单的行囊代替了家乡，这样的旅行，无疑是一场单枪匹马的冒险，可是她乐此不疲。尽管，那个好奇害死猫的故事一直在提醒着她，旅途随时都会有的危险。

黄昏时候，火车终于慢吞吞地驶进那个海边小城，将一车人投入闹哄哄的人海。

一下火车，潮湿的海腥气息就扑面而来。海滨小城，与她那干燥葱郁的小镇迥然不同，只吸一口空气就区别开了。她抱着一丝幻想东张西望一番，知道没指望了，就背着包出了站。因为联络工具不方便，这种阴差阳错的事情时常发生，她不能指望大嗓门的石榴从哪里冒出来接应她。怎么办呢？答案在火车上就想好了，不能更改，按计划进行。

县城很小但很有古意，尽管是在火车站附近，一些古老的雕花建筑也依旧随处可见。路边有包着花头巾的渔家女在叫卖海鲜，声音又尖厉又高亢，与内地人的腔调也不太一样。这里，离她想去的蓬莱不足二百公里，八仙曾经经过这里，神仙们此刻正坐在哪个酒肆里饮酒唱曲儿也说不准。她发现那些半掩着脸的渔家女都很好看，那是一种被湿润的空气滋养出来的水灵：肌肤红润细致，吹弹可破，鼻梁高挺，眼睛也和内地人不太一样，有点儿蓝，是那种盛满了海水的蓝。遒劲的海风拍打着她的牛仔上衣，好凉！她仿佛听见波涛拍打着海岸，将人间烟火的味道越吹越远。若有人说八仙此时将从半空降临，她一定会信——韩湘子吹着箫，何仙姑踩着莲，吕洞宾背着剑，汉钟离抱着酒葫芦……就这么一个个飘飘摇摇降落她面前！到了这儿，再没有想象力的人也会想入非非。

那还等啥呢？她恨不得马上就到石榴家，和她一起躺在土炕上听涛声。春天时候，两人在杭州的火车上萍水相逢时，这个大她几岁的海滨女孩就描绘过将来重逢的场景。

她站在路边拦出租车，但一听她要去的地名——我乐村，司机都摇头摆手说:“那地方兔子都不拉屎，遍地是石头，哪是人走的路啊，山羊走还得踮着脚呢，不去！不去!”摩的和三轮车看见她背着包在路边拦车，一看就是外地人，也不时凑上来，但一听去我乐村，掉头就走，连句话都懒得说。她没想到石榴的家乡竟然如此偏僻，咋办呢？找个旅店住一夜？这不是她的性格，尽管她知道“好奇害死猫”，但她又是个知难而上的人，不会这样风平浪静地让这个黄昏过去。

这时，旁边一个摆水果摊的老人说话了:“丫头，我乐村离城里 20 多里路呢，又是山又是海的，难走着呢。如果你现在非要去，大爷我就不能不提醒你，人生地不熟的，危险哪！日头快落了，看看这些出租车，三轮车啥的，让你坐你敢坐吗?”

当她告诉老人她决定步行前去时，老人瘪着的嘴巴张得足以塞进一个苹果去。

三

正是秋风肆虐时节，天气变幻无常。风卷着沙土和草叶儿，将天地搅得混沌如宇宙的初始，连那轮昏黄的夕阳也被刮得左摇右晃。她知道这儿的渔家女为何常年包着头巾了。因为时间紧张，她无暇细细打量这个海滨小城的风貌，向老人问好了路，就背着包往城外走。想要赶在日落前到达石榴家，显然不太现实，可是，她不想停留，她想赌一把。她要和夕阳赛

跑，终点就是目的，这时候，过程已不重要。

出了城举目四望，一片荒凉。她背着包，沿着曲折得不像话的小路踽踽独行，把自己假想成一副天真无邪的模样，硕大的夕阳在背后毫不留情地渐沉渐落，四周空旷得仿佛只剩下她单薄的身影。越走她就越后怕起来，设想着日落后可能遭遇的种种。人，兽，传说中的鬼怪，张牙舞爪全涌到脑中来了。这时，她才意识到自己这一意孤行的后果是何等悲壮，何等不负责任了。返回还来得及，可是，她又是个好马不吃回头草的脾气，自己和自己较着劲呢，只好硬着头皮走下去。

人越胡思乱想，越容易招事儿。她有一种莫名其妙的感觉：后面有条“尾巴”跟着她了！这么一想，身上立马起了一层鸡皮疙瘩。她干脆一不做二不休，迅速回头去看，却见一辆自行车贴着她飞似的骑到前面去了。骑车的是个穿夹克的男人，边骑边犹犹豫豫地回头张望，她冷眼还击，那人干脆就停下了，用两条长腿撑着地，半坐在车上等着她。她脑中一片空白，连最基本的判断都没了，只好继续往前闯，全当啥都没看见。

当她目空一切地走到骑车人身边时，那人问她：去哪儿？试探性的口气，带着轻微的鼻音，明显的底气不足。“拦路虎”竟然是个胆小鬼，她不禁哑然失笑，冷眼斜睨了一下，发现这人二十五六岁的样子，又高又瘦，倘若势必有场搏斗的话，说不定可以和他打个平手。

见她没回答，大个子又小心地问了一句：“去哪儿？”她的嘴角浮起怪怪的笑意，毫不迟疑地回答:“我乐村!”那人那双单眼皮的眼睛一亮，说:“咱们同路哦！我家是乐洼村，和我乐村邻村，上来吧，我载着你!”边说边用白手套将后车座擦了又擦。

她对他的回答一点也不感到意外，她料到他会这么说的，并且她相信无论她说去哪儿，他都会这么说，这种把戏，她在小说里见多了。一个黄昏里独行的女孩，对一个心怀叵测的男人来说，是有诱惑力的，哪怕本来无心的人都可能随时生出想法来。没有人会无缘无故地对别人热情，看来又是一个和火车上的眼镜男一样自作聪明的人。今天，她要是能让两个男人都前功尽弃，也会很有成就感的。她本来就是一只刺猬，只不过很少有谁值得她把刺亮出来而已。

她冷眼瞅着他将后车座擦完了，就真的毫不客气地跳上去了。他好像有些受宠若惊，说:“坐稳喽，咱这就出发。”长腿一迈就上了车。

她手搭凉棚看了看将落的夕阳，心想：两只轮子总比两条腿跑得快，反正天黑前到不了石榴家，也是个吉凶未卜，不如破釜沉舟一次！若中途真出了变故，正好考验一下自己有没有起死回生的本事——对自己，她就有这么股子狠劲儿！稳稳地坐在一副陌生的脊背后面，她若无其事地荡着双腿，吹着口哨。前面的他自然不知道她的心事，两条长腿卖力地蹬着车轮，像只积极的蚂蚱。他问她从哪里来的，她就唱三毛的《橄榄树》:“不要问我从哪里来，我的故乡在远方，为什么流

浪，流浪远方？为了天空飞翔的小鸟，为了山涧轻流的小溪，为了宽阔的草原……”他说不明白她的意思，她就又唱了几句算作回答：“为了梦中的橄榄树，橄榄树……”

大概知道后座上的女孩是个难缠的角色，大个子放弃了问询，闷声蹬起车来。

很快他就载着她拐上了一条小路，路上净是龇牙咧嘴的石头，那样子见了什么都恨不得咬上一口。看来，这就是那些出租车司机说的山羊也要中踮脚走的鬼地方了。车轮在石尖上战战兢兢地跳跃，每跳一下都让人心里一哆嗦。风很大，逆风而行的大个子显得力不从心，似乎他还不具备载动一个女孩的力量。车轮在石尖上打战，又被秋风刮得东倒西歪，如两片大菠萝叶子。他骑得吃力，她坐得也吃力。看着那副瘦巴巴的脊背，她捂着嘴巴幸灾乐祸：活该！累死你，看你还敢不敢动别的心思！

路上的石头越来越多，颠得也越来越厉害，将她的屁股差点颠成蒜瓣儿。这样下去，被颠成残疾人也不敢说。这真是自作自受！她实在受不了了，只好硬着头皮请求他停下，他不肯，喘息着说：“没事儿，我能行的！”不知是怕停下来丢面子，还是怕停下来她逃掉。听他说话已经喘息得很难掩饰了，她心里突然有点儿不忍：这哥们就算另有企图吧，也够不容易的！为了不伤他的自尊，她只好继续像个老太太似的别别扭扭坐在上面，自觉都有点儿厚颜无耻。

颠来簸去，渐渐地竟把原有的担忧疑虑给颠忘了。她与大个子之间，好像有了一种默契，齐心协力地对付起这条糟糕的道路来，车轮每转一圈，她就在心里数一个数。最后，她终于受不了这个折磨了，麻利地从后座上跳了下来，想迫使他停止与风尴尬的博斗，结果，没跳准，一屁股坐在石头上，痛得站也站不起来了。大个子着了慌，扔了车把去拉她，手刚接触到她的手，一串静电就“啪”地响了一下，将两人都吓了一跳。结果，他也坐在地上了！

瞧瞧这算是什么胆儿，够拦路抢劫的级别吗？一秒钟前她还将他当作假想敌，一秒钟后，她的戒备彻底解除了。

四

两人就这么坐在秋风浩荡的小路上喘息着，屁股底下是龇牙咧嘴的小石子，咬得人很不自在。尴尬地相对半天后，不知出于一种什么心理，她让大个子去路对面的小屋打听一下，是不是去我乐村的路走错了？大个子面红耳赤地争辩说：“我乐村与我们是邻村，我在城里读书时就走这个路，咋会走错？你是怕我把你带到不该去的地方吧？”

被他戳破了心思，她的脸热辣辣地烧起来。为了证实她是真的怀疑路线走错了，她扶着路边的树站起来，一瘸一拐地往路对面的屋子走去，脚火烧火燎的痛，跳的时候扭了一下。

大个子紧张地望着她远去的背影，不知所措。

一会儿她一瘸一拐地回来了，很不情愿地说：“我问了那

家的老头，他连话都懒得跟我说，只是用拐棍往前指了指。抱歉，你没走错，是我错了！"

大个子笑了，单眼皮白牙齿，笑得很灿烂。他说："你腿扭了不方便，其实我应该代你去问的！"她有些不好意思："你明明知道走得对，何必再去问？"大个子讷讷地说："可是你不信啊！为了你的不信我就该去证明啊！"不知为啥她赌起气来："那你去问啊，为啥你不去问啊？"他望着她认真地说："你想听实话吗？"

"想啊！"她说，心不觉忐忑起来。

他将手挡在额头上，避免跟她的目光相遇："那我就告诉你实话吧，我怕万一在那屋里碰到个熟人，看见你，会以为我谈恋爱了。"

这个奇怪的回答惹得她笑起来，他也跟着傻笑，说："其实我这人从小就腼腆，怕跟生人搭茬！"

她问："你也想听实话吧？"

他答："当然。"

她说："那我也告诉你吧——其实我让你去问路，也不是真怀疑你走错了，而是你离得那么近，让我尴尬，想支走你而已！"

他憨憨地应了一声："原来如此！"

她靠到旁边的树上揉着扭伤的左脚，说："既然你这么羞涩，怎么有胆儿喊住我，还用车带着我赶路呢？"

他答："我是用了十二分的勇气的。因为我妈妈说过，女孩子不能一个人走夜路。看你背着包独自走在荒郊野外，要是不闻不问就走开的话，我的良心会不安的。”

沉默了半天，他小心地提议说：“走吧？”

她说：“好！”

“那用不用我给你揉揉脚，还疼不是吗？”

她慌忙摇手拒绝：“你会揉？你学过推拿按摩吗？”

他脸又开始红：“没学过，也不懂，我是看别人崴了脚都要揉两下的！”

她想：连个谎都不会撒，还差点将你当坏人，真是高看你了！

两个人又开始往前走。风送来忽远忽近的海涛声。她不肯再上车，说脚扭了要活动一下，要不的话血就瘀住了。他由衷地赞叹说你懂得真多，我就不懂得这些起码的知识。她暗暗吐一下舌头，庆幸自己遇到了傻瓜，识不破她这点小伎俩：她是不想再别别扭扭地坐在车上受罪呢！即使天黑了也无所谓了，反正身边有了个傻乎乎的伴儿了，反而安全了，自己一瘸一拐的样子也不怕他看见。

一旦并肩同行了，大个子反而显得更不自在，像做了什么亏心事似的。他迎风推着那个单车，弓着腰，被刮得东倒西歪，始终没敢转头看她一眼，也找不出一句稳妥的话来打破僵局。唯有风吹着潇洒的口哨，从他们中间若无其事地穿过。

夜色降临，月亮升起，风渐渐没了脾气。再也看不清对方的脸，却仿佛听见了对方的心跳声。有时看不清人的脸，反而

更容易看清人的心。路边，弥漫了月色的树林变得深不可测，仿佛潜藏着万千甲兵。她暗想：要是一个人走在这样恐怖的夜路上，明天这世上说不定又会多一个披头散发的精神病！这样一想，身边的大个子就生出了亲切感，哪怕他是个歹徒，也比她势单力薄地对付这无边无际的夜色好。她的脚忘了痛，那刺猬一样扎人的性格棱角在月光里也变得绵软了，像被棉花包了起来。夜色潜移默化地融合了他们间的距离，反而使气氛变得自由舒展了。

这时她才知道他叫罗月亮，家里只有他和老母亲相依为命。正说着，远处树林里有什么鸟“哇”地怪叫一声，把他吓了一跳，本能地向她身边靠。他孩子气的紧张让她觉得好笑，本来想安慰他几句，却忍不住笑出声来。他有些尴尬，说:“我从小胆小，同龄的孩子都会爬树，会捉蛇，会潜到浅海里捉最狡猾的鱼，我都不会，我见了老鼠和壁虎都害怕。不过怕归怕，我还是喜欢它们。”

她问为什么，他答:“因为动物和人有时其实一样胆怯!”

她的心像被什么触碰了一下，暗想胆小的男人一定是纯真的，旅途中，她很少碰到这样的人。

这时，她听见他叹了口气，忙问怎么了？他答:“你要去的我乐村快要到了，路不好走，又是逆风，没想到竟然走得这么快……”听口气好像有些不甘，又似乎在期待着她发表同样的感慨，好像只要她一同意，路就能再延长一些。她努力想表达点什么，却实在找不到妥当的话，只好把沉默交给愈来愈短的道路。

最宝贵的一点时间，就这么变成了说不清道不明的惆怅。

旷远的星空下，这个陌路相逢的大个子把她送达了女友家的门前，安然无恙，没有任何的故事发生。她伸出手，同略显慌乱的他握手道别。她发现他的手奇大无比，手心里有硬硬的茧。这真是奇怪的一种感觉，这个年纪的男人，很少有这样操劳的痕迹了，即使在她大山里的小镇上，小年轻们也差不多个个变成小白脸了，他们争先恐后地到外面打工，不肯再像祖辈们那样对着土地下力气了。

他将她的手用力握了一下，握得她有些痛，走了这么远的路，他好像就为了这最后的一握。她在月光下望着他，笑着说:“差点我就把你当成坏蛋呢!”他也笑了，黑黑的人儿融入黑黑的夜，只有牙齿闪亮地白，他说:“我知道。其实我也害怕。”她问为什么，他说:“怕你把我当坏人呗！因为这年头，往往越好人越显得可疑。”她问:“那你算是好人还是坏人?”他答:“我只是个高考落榜的渔民，扯不到‘好’与‘坏’的高度上去的。”

五

那晚，她在月光下“啷啷”地敲女友家的门。她深更半夜从天而降，让睡眼惺忪的石榴目瞪口呆。

这儿是个小渔村，地处偏僻，民风淳朴，户与户之间住得

分散疏远，各过各自安详的日子，这和她家乡那些胸无大志、一得空就凑堆儿闲拉呱下大棍的人们又有所不同。这里的人看陌生人时，天真而无遮拦，目光里只有好奇，没有戒备。这儿与蓬莱岛在同一条海岸线上，或许是受神仙影响太大，人们个个都有些仙气，与世无争，悠然自得。不管外面发生什么，每天该种地种地，该撒网撒网，好像外面世界的一切与他们无关，很有点世外桃源的意思。

她来后第二天，石榴就用自行车载着她去看海。海离村子其实还很远，涛声隐约可闻，忽远忽近。跑了好远，海才出现在面前，白色的浪头像一条条龙横着滚向前方，阵势撼人魂魄。见到海，人就会明白地球的确是圆的。它像一个巨大的乒乓球内壳，将大海和高山拢在怀中，天蓝得透明，海蓝得深邃。

她和石榴赤着脚，“咯咯”笑着在海滩上追那些比蜘蛛大不了多少的小螃蟹，这些小东西狡猾得很，一个个横着身子跑得飞快，你想抓它，它就迅速用钳子钳你一下，麻溜地滚到地上逃之夭夭，逃到石缝或者礁石下面的浅水中去。这时你要捉它就更难了，它们身体的颜色与礁石接近，伪装的本事也很高超。她和石榴只好放弃追逐。石榴去捡退潮后遗落沙滩的海白菜和海带，她则挎着篮子摘礁石上那些累累坠坠的海虹和海蛎子，不一会儿就捡了半篮子。

回家路上途径一片高粱地，她惊讶地发现遍地都是螃蟹，以为看花了眼：螃蟹咋能跑到陆地上来呢？石榴告诉她：这是旱螃蟹，海边遍地是宝呢。于是她俩又开始弓着腰追螃蟹，这些螃蟹比海滩上的大，跑得比风还快，很难对付，一旦被捉住了就拼死抵抗，两只大钳子抱住了人的指头就不撒开，直到人疼得“嗷嗷”叫着缴械投降。石榴从小生活在海边，了解这小东西的脾性，指头没让螃蟹夹得那么惨，但也没多少收获，两人总共抓了十几只，装进方便袋里，塞到盛着海带海白菜的篮子里去。可惜，回到家撩开篮子一看，那些狡猾的螃蟹全跑光了，只剩下一个满是洞眼的破方便袋，两人你看看我，我看看你，啼笑皆非。然后一屁股坐到地上，喘着粗气一个劲地遗憾煮熟的鸭子飞走了。

晚上，她们就坐在石榴家院中的平屋顶上吃饭，头顶是开得正香的桂花树，芬芳馥郁。海风习习，月光下能看到远方大海的粼粼波光，像只大鱼的脊背，令人心旷神怡。十月，是海鲜丰富又肥美的时节：海蛎子、梭子蟹、海虹、海胆、蛏子、虾爬子、扇贝、海螺……能把人的胃都吃花了眼。还有被当地人称为嘎拉的蛤蜊，放一点香菜末做成汤，鲜美无比。闻着海的腥咸气息，似乎又是一道调料。吃完饭，桌子一收拾，摆上当地的绿茶，香气浓烈袭人。这儿，是中国能栽种绿茶的最北端了。再往北，气温太低，已经不适合茶的生长。北方特有的气息、温度和海风的侵沁，使这儿的绿茶有种特别的味道，这种味道只有在这儿，用当地的水才能喝出来。

石榴说，这儿气候宜人，冬天时比内地暖和，夏天最热的时候也不用扇扇子，有海风吹着呢！正说着呢，一只蛐蛐儿跳

到石榴的肩上，又趾高气扬地跳到她的头上，她笑嘻嘻地替石榴赶跑了它。石榴说：“嗨，甭管它，平常蚂蚱和野鸽子都跳到人头上拉屎呢！看我们这儿，人和动物和平共处，没有距离，甚至有时候还得受它们欺负。一头水牛要是看你不顺眼，一样用角将你拱到路边的地里去，蛮不讲理。秋收的时候，田鼠成群结队地将粮食往它们自家的洞里盗，你用棍子往它们洞里掏掏看，花生、红薯、黄豆、玉米、红果，要啥有啥，存量多着呢，够它们老婆孩子吃一冬了。”

她由衷地赞叹说：“你们这个小渔村，倒真像个童话世界啊！我们山里人与自然也近，但他们好像只知道闷头干活，没什么闲情逸致，扛着把锄头走在山路上，碰见松鼠在头顶的树上跳来跳去，他们就烦了，捡起石头就朝它们扔。野兔见了人，撒开腿就没命地跑，一刻也不敢停留！”

石榴也听得津津有味，边听边忍不住“咯咯”笑。她跟石榴说：在她家乡的小镇上，人们的生存目标清晰而简单——因为活着，所以活着。能够吃饱已经很满足，能够活好则是终极的目标。他们的双足很少走出小镇，而他们的大脑永远和双足同步，压根就不知道外面的世界有多大。在体验了祖辈们“日出而作，日落而息”的生活方式之后，她才真正后怕了：如此循环往复，人就像蒙着眼睛推磨的驴子一样，不成傻子才怪呢！她庆幸自己醒得不太迟。她要用脚去走自己的人生，走跟山里人不一样的道路。

石榴点点头：“嗯，你活得比他们精彩。你们家乡人，是活得闷了些。我倒是越来越喜欢我们家乡了，如果不是因为对外面的世界还有幻想，我们这儿倒是一个不错的养生地，如果这世界上还有世外桃源的话，我们这儿大概就是了！不过我知道这样的桃源，对你不会有太久的吸引力。”

她问石榴为啥这样说，石榴回答：“凭着我对你的了解。你这种喜新厌旧的性格，只适合当过客。”

六

石榴在镇上的绣花厂做财务，有时忙得一整天不回家。她闲着没事就在村里、海边逛荡，了解风俗民情，去野外草丛中寻找传说中古人烧制的陶片，或者坐在石凳上听那些满脸皱纹的老人讲神仙故事：从秦始皇的炼丹炉到徐福东渡时带的五千童男女，从东海龙王的虾兵蟹将到民国年间从云层中探出的龙头……每天都听得她痴痴迷迷的。

这天，天蓝得耀眼，几朵白云闲散地飘着，将天空擦拭得更加明澈。她想起了罗月亮，他住在和我乐村相邻的乐洼村里，她想去看看他。

她按石榴说的路线先上了一个高高的坡崖，站在上面，能看到远处碧波荡漾的大海。她又顺着野草拂摇的小径往下走，越走越感到窒息。这时她才知道，罗家离石榴家七八里地，那天为了送她，他多走了一段冤枉路。乐洼村地处低洼，小得像只斗笠，连头顶的天空都看不全，令人联想起那个“井底之

蛙”的成语。她猜想在这种闭塞环境中长大的罗月亮，遇到她这个浪迹天涯的野女孩，也该是生命中难得的奇遇了吧？

她向一群在湾边放鸭巴子（方言，指鸭子）的小孩儿打听罗家。这些小家伙们赤着小脚丫，忙不迭地将鸭子赶到湾里，就你争我抢地簇拥她往前走，走过的地上留下了一串串和鸭掌毫无二致的脚印儿。他们全都长得皮肤黑牙齿白，脖子上或挂串贝壳，或挂个鱼牙齿化石，笑起来时，牙齿是脸上最耀眼的部分。他们将她领到一座低矮的泥屋前，就扬扬小黑手跑开了。

眼前的泥屋十分简陋，屋前的地面扫得干干净净，晾晒着渔网，网上沾着已经晒干的海藻和小贝壳、海蛎子，还有一个用来捣谷物的古老石臼，一磨石盘。她推开窄小的门进去，见屋内清凉干爽，一位慈眉善目的老人正在明净的窗前纳鞋垫，她该就是罗妈妈了。窗上是大红的剪纸，喜气洋洋；鞋垫上正“开”着朵红梅，朴拙鲜艳。她惊奇这样粗糙的手，竟能绣出如此美的画；在这样清贫的小屋里，竟有如此安详自得的人生。

罗妈妈看见她，丝毫没表现出吃惊，看来就是一位公主突然降临，她也一样平静。老人家拉住她的手，将她拉到铺着草席的炕上来，奇怪的是：老人家的手背粗粗的，手心却很温软，像传说中那种吐气若兰的大家闺秀。有这样一双手的人，怎能如此心安理得地坐在小泥屋里呢？她有些遗憾，又暗想：是否有一天我走不动了，也会这样坐在窗前老去？这个念头把她自己吓了一跳。

小孩们把罗月亮喊回来了！他站在门外，显得惊喜又不安，手忙脚乱地拍打着球衣上的沙子，将脖领上斜插的那支钢笔也拍掉了。那支笔又粗又笨拙。他慌忙捡起来，告诉她：这是他高中时，参加市里的作文大赛时获得的奖品，是二等奖呢，他也曾经是文学青年，梦想将来当一名记者；也曾是海潮中的一朵浪花，只是现在已经沦落为一个渔民了。

罗月亮将她让至自己的小书房，搓着手羞赧地说："你别嫌弃啊，一个渔民的书屋就是这样简陋！"因她的到来小屋满目生辉，她浏览着四壁图书，如同进入了另一个世界。她说："比我还奢侈呢，我都没有一个独立的书房，就趴在卧室的小桌子上写字，还幻想那张桌子能培养出一个惊世的作家来呢！"他看着她，认真地说："会的，我相信那张桌子会培养出一位三毛的！"她突然感觉到：罗月亮的心其实跟她一样，在很远很远的地方，不在这里。他们，其实是同一类人。她问他将来有什么打算，他轻声说："还能打算什么呢？生在哪里，就活在哪里呗！"

说着他回头悄悄瞥了一眼那老人家，似乎有什么难言之隐。

他的回答令她失望，心想：真没出息！心里连个远方都没有的人，看来只能和家乡同归于尽了。

不知为何她变得闷闷不乐起来。她的样子让罗月亮莫名其妙，几次看着她，欲言又止。

午饭时，罗妈妈倾其所有做了桌丰盛的午餐，还有一种晒干的海鲜，是她在石榴家没吃到的。罗月亮也动手拌了碟当地人爱吃的姜丝，看她被辣得咝溜着小舌头，母子俩笑得满足又开心。

饭后的气氛一下舒展开了，她跟罗妈妈学剪纸，学针线活儿，这些，都是她原本很少干的，在家时当老师的爸爸护着她，只让她看书写文章，梦想将女儿培养成一位小名人。看罗月亮的球衣有道开缝，她要小试牛刀。罗月亮慌忙摆手，还是没躲过她的银针长线。缝的时候，他的脖子拧着，她每拽一下线，他就紧张地一缩，这下他不但脸红了，连耳朵都红了，如两只煮熟的水饺。她忍不住“哧哧”地笑，说你干吗呀，我又不是图财害命！他用手抹一把额头的汗，憨憨地说:“穿在身上缝，可不是闹着玩的，我担心你连我的肉也给缝进去呢!”

这下她更是笑得厉害，手中的针都捏不住了，差点朝他胸口扎下去，吓得他赶紧用手去捂。刚缝了几针，看到他斜插在脖领子上的那支笨重的钢笔，她又开始笑，他也讪讪地跟着笑起来。一不小心，针扎到她自己的食指上，一个血珠凸了出来。他吓坏了，想也没想就拿起她的手指，放进嘴里吮吸起来……

告别时，罗月亮坚持要送她回家。他们沿路摘着熟透的红浆果和野酸枣儿，吃得牙齿也倒了，嘴唇也染红了。到了石榴家门口，他停下来，再次地握了她的手，说:“长这么大，我从来没有像今天这么开心过!”

她微笑着点点头，看着他瘦长的身影摇摇晃晃地远去，有句话她没有告诉他：其实，她也一样，长这么大，她从来没有像今天这么开心过!

七

在小渔村又待了几天，她渐渐地有些不自在起来。她知道，该告别了。世外桃源再好，也终究要离开的。大家都在忙，就是玩也是人家自己生活的一部分，而她呢，则是个闲人、外人——一个来自远方、身份莫名的外人，在目睹着别人生活。她对这里来说，不过是个蜻蜓点水的过客。而且住久了，再好的地方也变得平常，失去了诱惑力。偏远的渔村，本来就难得有更多的新鲜事物出现。尽管她的心总是憧憬着远方，但当“远方”固定下来，便会成为新的禁锢。也许，世上每个村庄都是大同小异的，只有“外面的世界”变化万千，诱惑无穷。

这天，石榴不在家，她坐在石榴家高高的平屋顶上，远望着大海。一只花翅膀的飞虫绕着她“嗡嗡”地飞来飞去，像是有话要说。一簇桂花落到桌上的蓝皮本上，她翻开扉页，在那句“脚步到达的地方，就是故乡”下面，又写上了一句：“故乡就是不停的告别。青春，永远在路上。1991 年 10 月 21 日。”

月光下，她和石榴用脚踩着一辆废弃的老水车，发出“咿呀咿呀”的歌吟声。海在远方沉睡，间或发出鼾声。脚下，各种秋虫儿唱唱歇歇，好像也在偷听她们的私密话儿。她将要离开的消息告诉石榴，石榴一点儿也没有表示惊讶。石榴也是个爱到处走的人，她俩就是在旅途中相识的。但最终，石榴还是被赖以生存的绣花厂给拴住了，动弹不得。对自己的现状，石榴感叹说：“哥们儿，你知道什么是生活？生活就是一张网，网住所有想飞的鸟儿！你翅膀再硬，也有被网住的那天。你想挣扎，不是鱼死就是网破！当然，希望你是个例外！”

石榴的话让她感到一种莫名的悲壮。平俗的日子其实是最能杀人的，温水煮青蛙，浑然不觉。她又迷惘起来：既然所有的鸟儿都有被网住的那天，那她这样不停地行走，从一个远方向着另一个远方，还有意义吗？

石榴嗔怪说：“咋没意义呢？兴许你还能走出另一番天地呢，你是一个与众不同的人，不要试图向世俗妥协，即使你想变成他们都不可能，既然如此，还不如活出你自己来！”

石榴的话，让她第一次对这个陌路相逢的“旅友”刮目相看。两人都兴奋起来。她说：“石榴，你知道我们镇上的人背后咋说我吗？他们说我犯了走马星呢！在他们看来，我这个年龄就应该开始攒钱，置办自己的嫁妆了。可是我这个败家子，却把所有积攒的钱都抛在路上了，嘻嘻！”

石榴煞有介事地拍着脑袋想了半天，郑重地说：“我在心里给你下了个定义——关于你的行走，我不知是不是准确：我觉得你是为了那颗年轻的、躁动不安的心在走，你的行走不是逃避，不是漫无目标，更不是游手好闲。至于意义何在，我现在也说不清楚。”说着，石榴仰头向着头顶的朗朗月光，大声朗诵起了席慕蓉的诗：“我柔弱的心啊/始终在盼望/始终找不到栖息的地方……”

她看着石榴陶醉的样子，想起她的那句话：“你这种喜新厌旧的性格，只适合当过客。”她不得不承认，石榴说得对，这胖乎乎的家伙是个洞悉人内心的预言家，偏远渔村的哲学家。

她问石榴：“你知道旅途中最浪漫的事是什么吗？”

石榴忙侧耳恭听，她闭上眼睛说：“旅途中最浪漫的事，就是坐在靠窗的位置，看着不停变化的风景。”

石榴补充说：“身边，还要坐着个心心相印的人，紧握着对方的手。”看她笑，石榴认真地说：“笑啥，在你这个年龄，该遇见的就要遇见了，该出现的就要出现了。像以往那种单纯的旅途，可能要结束了。即使是没心没肺的人，也不可能永远自由自在，无牵无挂！”

她知道石榴说的是什么，她们伏在古老的水车上笑成一团，脚下的水淙淙地流向远方，带着野花的香气和细碎如银的月光……

八

决定要走了，她心里有种淡淡的失落，这次旅程，好像与

以往不太一样，多了些什么，又少了些什么。她也说不清，到底还有什么放不下的？

这次旅程，还有最后也是最重要的一个项目：去蓬莱。这本来是石榴在第一次相遇时承诺她的，但现在如此短的旅途，石榴却脱不开身，难以兑现当时的诺言了：绣花厂刚刚接了一批外贸的活，工人们日夜加班，任何人不准请假，石榴这个财务也没有任何特权。这天晚上，石榴很晚才回，沮丧地拍着她的肩膀说：“哥们儿，你现在明白我说的了吗？网中的鸟想飞，就是这么难！”

那么罗月亮呢，尽管她也想像石榴说的那样，在旅途中身边有个心心相印的人，互握着手。可是，她不知道那个人是不是罗月亮。除了石榴，她也不会向任何人发出邀请。

决定离开的前一天，罗月亮骑着那辆单车赶来了，她发现他也穿了一套洗得发白的牛仔服，凭空多了些野性和不羁。罗月亮告诉她他这几天没来的原因，是因为他母亲心口疼的老毛病又犯了，今天刚从县医院回家，但依旧需要每天挂吊瓶。她说：“你辛苦了，我没有怪你！”然后告诉她自己即将离开的消息，他沉默半天说：“幸亏我今天来了，要不你走了我都不知道，甚至这辈子都再也见不到你。我虽然不能陪你走很远，但一定要带你去看看我们土生土长的海。这是野海，跟那些旅游风景区的海不一样。”

她说：“石榴已经带我看过了！”

他执拗地说：“我的海跟她的海也不一样。”

于是，她又坐上了那辆旧单车。

海风从远方吹来，吹着两个即将告别的人。依旧是那辆旧单车，车轮下却不再是石头遍地，而是绵绵缠缠的沙子，好像随时都会将人陷下去一样。坐在这副已经熟悉了的脊背后面，她有种说不清道不明的伤感。这时，他才告诉她一个秘密，原来那个老妈妈，并非他的亲生母亲，为了她，他只能留守故土，不能远行——她明白他说的“远行”的意思，并非指这一时。至于背后的故事，他没再讲，她也没再问。

她坐在后座上，听他下意识地一声叹息。他有些伤感地说:“我知道你心里有个好远方，那是你心里呼唤的地方，也是呼唤你的地方。我真想陪你远走高飞，可是我只能把这一生交付给脚下的黄土!”

“不要绝望，哪里的黄土也湮没不了发芽的种子!”她说。

她感觉到了他对她深深的眷恋。在这孤掌难鸣的不毛之地，这个寂寞羞涩的男儿，无疑已视她为难得的知音。而她的心不在此处，她的眼睛里，除了远方一无所有。这连神仙都眷顾的地方，依然阻止不了她对于下一个远方的渴望。

他们终于到达了海边。这里的海，果真与石榴的海又有所不同。海滩上，有一艘搁浅的破木船，裂缝在风中发出疼痛的声音，仿佛沧桑岁月留下的伤口。经过时，她拍了拍被风雨洗得发白的木板，发出“砰砰”的声音，依旧音韵铿锵，仿佛等待着一声召唤，继续出海。

他们坐在礁石上，眺望着海天相接的远方，鸥鸟在头顶盘

旋又远去。前方，有渔民用来拦截鱼群的网。她将脚放进热热的海水里荡着，想着：世界这么大，却只属于有远方的人，而罗月亮、石榴，这些留守的人，只能站在这里眺望，将目光尽可能投向更远的地方。在故乡时，她就这样常常凝望着重重叠叠的山峦发呆，眼神忧郁又茫然。她的心是那样大，而她所处的世界是那样小。做一尾鱼，有水的埋葬；做一只鸟，有天空的阻挡，她不知道哪儿可以安放自己的灵魂。幸好，她还有远方，还有一支笔，带她走向任何想去的地方。

晴天丽日下，海深处的几座岛屿清晰可见，罗月亮说，这些岛是轻易不露面的，即便住在海边的人，见到的也多是它们云山雾罩的模样。这样也好，可以让人产生无穷无尽的幻想。他说："虽然我不能陪你去蓬莱，但我希望你能把这里当作蓬莱。我自己就常常这样面对着它们遐想的，脚到达不了的地方，就让心去到达。蓬莱就在我心里……"

"不！"她轻轻地反驳说，"世界不是一场想象，更不是一场梦境，有些地方你必须亲自去，才能有最真切的感受。只要你亲自去过了，感受过了，回来的你就不一样了。"

罗月亮不和她争辩，继续说："你看，那三座山，我就把它们当作传说中最著名的三仙山：蓬莱、方丈、瀛洲，当年秦始皇、汉武帝东巡访仙求药、祈求长生不老的仙岛。那里常年云雾缭绕，上面有琼楼玉宇，仙乐飘飘。它们世世代代在云里雾里，世人很难看到它们的庐山真面目……"

她闭上眼睛，仿佛真的看到了梦中的蓬莱。罗月亮还在继续讲述他的故事:“与蓬莱阁遥遥相对的，有一座不起眼的小岛，叫庙岛，一位渔家姑娘在出嫁前，乘小船到庙岛上香，祈求神仙保佑，却不幸被海盗掳去……几十年后，她的未婚夫已经白发苍苍，他步履蹒跚地登上蓬莱阁，遥望庙岛，凭吊往事，只见对面烟波浩渺的大海上，海市蜃楼突然出现了！一位女子撑着伞款款走来，而这位女子，正是他失散数十年的恋人!”

这个神奇的故事几乎把她听呆了，一个劲地追问是真的吗？真的吗？她天真起来的时候，智商是个婴儿，令人哭笑不得。罗月亮眯起他那双单眼皮的眼睛，微笑着说:“你就是那个消失又出现在海市蜃楼中的姑娘，只在云雾里看得见，却留不住!”

她沮丧地叹了口气:“我倒是真想看一看真正的海市蜃楼，可是，百年不遇的事情，哪能有那样的好运气呢？只能听着你的故事，饱饱耳福了!”

罗月亮说:“那就别空想了，既然你想去看真的蓬莱，就脚踏实地地去吧，别像我这样，只能靠想象来弥补缺憾，成全完美。说不定去了，还真能遇上呢!”说着，他就离开她身边，跑到海滩那艘木船上，摇起橹模拟划船的样子，冲她喊着:“看到了吗？我做渔民的时候就是这个样子。你要不要来试试，我打鱼撒网，你来收获战果……嗨，可惜，没有水，船跑不起来!”他说着又跳下船，跑过来将她拉下了礁石。

他们张开手往海里冲去，像两只单翅膀的海鸥。一个浪头

打过来，将他们打湿了，罗月亮还要拉着她往前冲，她已经笑得腰都直不起来了。半天才跑回海滩，拧干了衣服，让海风吹着，说不出的惬意。罗月亮还在远处跟海浪赛跑，像个孩子似的尽情撒着欢，嗷嗷叫着，只有在这时候，他的羞涩才荡然无存，估计这一生他都很少有这样抛开一切不管不顾的时刻，有太多牵挂的鸟儿是飞不起来的。

这时，她看见罗月亮跑过来，手里举着一个东西，近前了让她闭上眼睛，等她睁开眼睛时，手心里有了一只海星，身体还是软的。她惊叹说太美了，罗月亮说你知道海星在海里吃啥吗？它吃鲍鱼、扇贝，食量惊人，一个海星一天能吃掉十几只扇贝呢。它还有绝招：分身术。要是把活的海星撕成几块抛入海中，每一碎块都会重新长出失去的部分，又有几个完整的海星诞生了！海星的任何一个部位都可以重新生成一个新的海星！

"太神奇了，要是人也能像海星那样可以分身就好了！"她惊叹着，神往着。罗月亮说："是啊，那样就可以有一个我陪你走遍天涯海角，去任何你想去的地方了！"

回返时，他们尴尬地沉默着，仿佛又回到了相识之初，他们逆风颠簸在小路上的情景。

一片金黄的草地呈现在眼前。好像心有灵犀，他停下了，她跳了下来。他将车子放倒在草丛中，独自向草地深处走去。他没有回头，也知道她跟上来了。秋天的景色，都熟透了。在一棵白杨树下，他们坐下来，默默无言地眺望着远方。头顶的白杨一树金黄，落日将无边无际的茅草英英儿映照得薄如蝉翼，飘然欲飞，这如梦似幻的景象一如她无数次梦过的草原——也许，那将是她人生的下一个驿站。为何她的心总是这么不安分？对她来说，唯有手中的笔是永恒的。这么深情的土地，她却只能做它的过客。

一片黄叶儿从树上飘下来，好像有一根线牵着，落得缓慢而抒情。白杨树青翠的枝干上，有死去的蝉紧抱着树身，凝滞的眼睛静映着无边的草木。她伸手接住那片脉络分明的黄叶，又眼睁睁地放它飞走。她听到罗月亮用耳语般的声音问她：我只能将梦想建在这片海滩之上，你愿意与我一同做垦荒者吗？

她在怦怦的心跳声中摇了摇头。采一茎茅英英儿在手，如同捏着自己飘忽不定的命运。在满目荒草的包围中，她的心迷失、不安，又如此坚定不移。她说："我给你讲个故事吧，不知道你想不想听？"

他说："想！"

于是，她就开始讲起来：原野上，有一粒被上帝遗弃的种子。它脚下的土地很贫瘠，没有养分，于是它就只好拼力往泥土深处钻去，直到连蚯蚓都去不了的地方。在某个春天，种子突然发芽了，长成了一棵小树。在风吹雨打中，小树趁机将根向四面八方伸展。周围的树都被人用铁锹挖走，而这棵树由于根深叶茂，却怎么也挖不出来，人们怕将它的根铲断挪走也植不活，只好放弃了努力。此后，无论环境怎样恶劣，这棵树都不肯放弃脚下的泥土，直到长成荒野中最大的一棵树，并用蓬

勃的绿叶，染绿了荒野。年深日久，由于沙土流失，这棵树站立的地方越来越矮，几乎连盘结的根也露出来了，但肆虐的风仍拿它没办法，因为它还有数不清的根系在更深处紧抓住土地，风只能在发脾气时将它摇晃两下。在一场暴雨过后，洪水从远方带来了一撮飘萍，飘萍急着赶路，不小心撞到了树身上。树希望飘萍能留下来，在他的树荫里做梦，但飘萍知道，行走是它的宿命，一旦离了水，它将和阳光下那些干瘪的苔藓毫无二致……飘萍与树的相逢，只有分别是最终的宿命。

故事讲完了，罗月亮沉默半天，说："其实，我早就知道将会得到怎样的回答，但我还是要说，因为我知道再不留你，就没有机会了。这是唯一的一次，也是最后一次……"看他头顶一缕头发被海风吹得飘飘摇摇，她很想用手将它理顺，把他的头拢在怀里。就在她伸手的瞬间，罗月亮却一把握住了她的手，她抬起头，看到了罗月亮被风吹得干裂的嘴唇，和那双饱含着痛楚的眼睛。

两人就这样相互凝视着，谁也无法从谁的眼睛里挪开，直到她艰难地抽回自己的手。她将那只海星从牛仔上衣里掏出，托在手心里，说："这个，我会好好珍存的。每当我走在路上的时候，它都会陪着我。"

罗月亮从上衣口袋里掏出那支粗而笨拙的钢笔，递给她，说："还有这个。"

她不要，用手推开，她知道这是他最珍重的东西，尽管它那么笨拙落伍。他说："我知道你爱写，你每走过一个地方，都会留下一些文字。那也曾经是我的梦想。我相信那些文字，将超越我们柴米油盐锅碗瓢盆的生活，比我们的生命更长久。我相信总有一天，你会觉得所有的行走与付出都值得。”

他将那支钢笔放在她空着的那只右手里，说：“只希望旅行不会使你变得苍凉。以后你写的每个字，也都是我想说的话了！”

九

第二天，她准时告别了我乐村，独自去了蓬莱岛。

这时她才知道，可惜她去迟了一天，因为就在昨天，在罗月亮向她讲述海市蜃楼的时候，在蓬莱岛波光粼粼的大海上，真的出现了海市蜃楼，很多人目睹了这一奇观，报纸、电视也做了报道，众口相传，真实不虚！

在鸥鸟翻飞的蓬莱阁，低头，是汹涌的波涛；抬头，是白云漫卷的蓝天。都近在咫尺，又远隔天涯。一切，是如此缥缈又如此清晰，分不清是梦是真。她解开自己的印第安发辫，让长发在腥咸的海风中尽情飞扬。她盘上丹崖山巅的最高处，脚下是破损千年的青砖，头顶是来自远方的呼唤，海天相接处，她仿佛真的看到了传说中的海市蜃楼。那一瞬间，她热泪盈眶！哪怕所有的奔波，只为了这亦真亦幻的一刻也值得！生命在此时真的比海鸥还要自由，比云彩还要轻盈！她闭上眼睛，张开手臂，在鸥鸟们此起彼伏的呼唤声中，尽情体验着飞翔的感觉……

熙攘的人群中，有位女游客突然发现了这个站在丹崖山巅上的女子，远远望去，她在海风中飘飘欲飞，仿佛要张着双臂拥抱大海，前几天，一位活得腻味了的广东游客就是这样投海自尽的。联想丰富的女游客不由得尖叫一声，惊慌失措地捂住了眼睛……

20 多年后，这有惊无险的一幕出现在一位女作家的游记里，她在新华书店签名售书的时候，用了一支奇怪的钢笔，在网络时代，那支笨拙的钢笔可以进文物展览馆了。她熟练地在书的扉页上签上了自己的名字，那本书的名字叫《飘萍》，封面是阳光普照的海滩，上面沉睡着一只美丽的海星……

暖暖背着米粒儿走在小道上，天飘起了小雪，几朵雪花落上，暖暖的头发就白了。米粒儿像只蜗牛贴在她脊背上，好像与她的生命融为了一体，这一生，不管走到哪里，暖暖都得背着她了，不是负担，不是累赘，是她无法割舍的一部分……

泪　伞

一

老人们常说：盼啥得到啥，这就是幸运的人；怕啥摊上啥，这就是不幸的人。

石楠分明就是后一种人，但她依旧每天一脸傲然地出现在众人面前，任何人都甭想从她脸上窥出一点不幸的痕迹。她对谁都彬彬有礼却又冷若冰霜，这样可以将一些疑问的话题拒之门外，最大程度地保护自己。外表看上去越强硬的人其实内心越脆弱，在一层伪装的壳下面，她这颗心明明白白，倘若让她剥下这层壳，将伤痕展现在世人面前，她压根就没法活下去。

她就靠这点“面子”活着呢！如果有一天人们知道了她的全部真相，一定会有两种反应：要么说她坚强，要么说她虚荣。

石楠讨厌医院这个地方，却又不得不成为这里的常客，或许这就是她今生的命。走出心理科的门，她暗暗吐一口长气，将心中的压抑像蚕吐丝丝那样缓缓吐出。她牵着儿子在医院走廊里逃也似的走着，恨不得一步就跨出这个倒霉地方，再也不要回来。儿子的小手在她手中，潮湿而柔软，他的一生，注定就这么无助地交给她了。

所有见过儿子的人，都会不由自主地发出赞叹声，凡是落到他那张小脸上的目光，便很难挪开。只要他不说话，谁也看不出他是个异常的孩子。他有一张女孩样清秀优美的脸，花瓣一样鲜润的嘴唇，头发也像妈妈那样微微蜷曲，有点异族的味道。他那双哑默的大眼睛，让所有看过的人心颤，它无声诉说着什么，像湖泊一样静谧，又像羊羔一样哀怨，让人忍不住想蹲下来爱抚他，安慰他，探询他心里的秘密。

他是一个自闭症（孤独症）患儿，人们称他们为“星星的孩子”“雨人”“不慎落入凡间的天使”，一厢情愿地认为他们来自遥远的星球。他们的心门生来就紧闭，或许终生都无法打开。他们大脑发育异常但智力正常，甚至是某方面的天才或者具有特异功能。他们听不懂人类的语言，不会与人交往，行为怪异可笑，永远像一滴油，无法融入海洋……或许因为内心的静谧纯净，他们大多生得优美脱俗。

一个女护士哼着歌从对面走来，她留着曾轶可那样的短发，手里漫不经心地摇着根扎针用的橡皮筋。一个小动作就足以泄露人内心的冷漠，在医院这样压抑的环境中，她这个动作显得有点儿轻薄。石楠自己不快乐，也反感那些活得若无其事的人，而她目不斜视的傲慢神态，不也泄露了内心的脆弱吗？孩子有问题，她心理好像也不正常了，看见穿白大褂的就本能地紧张。

看着护士一步步逼近，她的“白大褂”带着整个社会的压抑感向石楠飘来，石楠怕她认出自己就是那个经常在各种活动中露面的名人，呼吸不由得急促起来。

这时，一个背孩子的乡下女人突然慌慌张张跑过来，一把抓住了女护士。石楠暗暗松了一口气，意识到不是所有穿白大褂的都与她有关，还有许多比她更无奈的人，与她们关系密切。乡下女人——之所以认定那是个乡下女人，是她那件可以用来拍老电影的花褂子告诉她的。当年石楠若留在乡下，会不会也这副糟糕样？

乡下女人抓住护士的手，像抓住上帝那样，声声叫着："大夫，大夫！"，护士像躲瘟神一样厌弃地闪躲着："干吗干吗？你们乡下人不洗手就随便抓人吗？"乡下女人忙把手拿开，怯生生地说："对……对不起，大夫，俺孩子已经办了出院手续，可是外面下雨，俺回不了家，又没钱了，就让俺娘俩在这走廊里睡一晚行吗？"

几个病人家属围过来看热闹，都为乡下女人的要求感到好笑，中国人就这样，哪儿人多往哪儿凑。护士瞥一眼女人背上的孩子，刻薄地说："没地儿住到宾馆住啊，住我们医院走廊硌碜谁啊！你孩子啥病你心里没数吗？真是的！"

护士摇着橡皮筋扬长而去，乡下女人脸红着，仿佛干了见不得人的事。一位陪床的大叔动了恻隐之心，好心地拍拍她肩头："我说，别碰到穿白大褂的就叫大夫，那不过是个护士！"

乡下女人感激地冲他笑笑，看得出她是那种"自来笑"，可是笑得有点焦虑。这神情，应该是老电影中的标准镜头。她满脸雀斑，脸色黑红，左眼角下有个小黑点，这叫"滴泪痣"，预示人一生苦命，泪流不尽。石楠看着她，心突然一颤：是她！

石楠的脚步慌乱起来，手下意识地攥紧儿子，他被攥疼了，轻轻“哼”了一声，眼睛茫然四顾。可怜的孩子，他能感觉到痛，却不知那痛来自何处，连喊疼的声音，也渺茫得像只蚊子。石楠下意识地将他挡在身后。在老家，她是一个高贵幸福的传说，惹人艳羡，她不想把这个传说打破，为谁也不行！那一刻她的表情瞬息万变，但她旋即就调整好了，不动声色地继续朝前走。作为蜚声省城的名记者，她见惯了大风大雨，只有跟儿子一起时才会失态。

与女人擦肩而过时，石楠闻到了她身上那熟悉的艾草味道，这么多年过去，即使在散发着来苏水味的医院里，那味道还是如此固执地往鼻孔里钻，让她心酸得想痛哭一场。交错而过的刹那，她偷偷瞥一眼，惊讶地看见伏在女人背上的女孩，正与她儿子对望着！女孩大概十多岁模样，显得很怪异，芦苇一样纤细的胳膊从袖管里露出，无力地晃荡着，皮松得打皱，像60岁的老人。她的眼睛出奇的大，从脸上凸出来，令人想到金鱼或好莱坞大片中的异形。两个孩子好奇地相望着，出奇的专注和友好，虽然他们并不相识。

在儿子的小脸上，石楠从未见过如此专注的神情。这一幕令她惊心动魄！她赶紧拽着儿子急走，几乎失态了。

直到走廊尽头，石楠才心有余悸地回身，望着女人背着孩子蹒跚远去的背影。这时她才发现，女人手里握着一把花雨伞。那雨伞和她的衣服一样旧，不知历经了多少风雨。难道，

这还是小白送她的那把吗？但怎么可能，已经快 20 年过去了呀！

保姆小桃从外面跑过来，边拍打着淋湿的头发边叫着小祖宗，将从外面超市买的拼图塞到石楠儿子手里。乡下人都有说话旁若无人的毛病，不知在公共场合嗷嗷叫多么不文明。但石楠连说她的力气也没了，生怕她发现那个背孩子的身影，她却偏偏看见了，用手戳戳石楠，显得兴奋异常，问她知道不知道是谁？

石楠冷漠地摇头，希望躲过她的回答，她却越发激动起来："你咋认不出她了？她是咱村的暖暖，你的发小啊！"她将那张阔嘴凑到石楠耳边，神秘兮兮地说："看到她背上那个孩子了吗？你猜她得了啥病？"

石楠故作漠然，心跳却骤然快了起来。

"艾滋病！才 12 岁啊…… 12 岁的孩子咋会得这个病？啧啧啧，你就想想吧……"她很会卖关子，给人留下了广阔的想象空间。石楠暗暗吃惊，问她那是暖暖的女儿吗？她却更加神秘兮兮："不是，是她那'仇家'的女儿！"

仇家的女儿怎么会伏在她背上？石楠糊涂了。走廊尽头，背孩子的暖暖已经无影无踪。她忙将目光投向窗外，发现细雨中，暖暖一手撑着那柄长把的老式花伞，一手背着孩子，正蹒跚走出医院大门，雨水顺着碎花的雨伞流下来，如连绵不断的泪水……没钱了，她能去哪儿住呢？如果那伞真是以前小白送的那把，那是对小白旧情难忘，还是她真穷得买不起一把新伞？听说乡下现在很富裕，不至于啊！

多少年渺无音信，石楠做梦也想不到会在医院这种地方，与暖暖这样相见！但相见却不相认，是不是冷酷了点？她背上那个女孩，到底是谁的？为何这样小竟得了那个病？石楠预感到这其中，一定有难以启齿的秘密和遭遇。

二

少女时代的暖暖爱笑，心里总好像藏着啥美事儿，从早乐到晚，笑也笑不够，村里人叫她“心里美儿”，私下却嘀咕说:“这闺女有些傻，哪有这样天天乐得将嘴巴挂到耳朵上的？该笑的事笑，该哭的事她还笑！”一笑，那对本来就小的眼睛便找不到了，只剩下一条缝，像用苇叶儿割出来的。暖暖对苦和痛的感觉很迟钝，石楠对她冷嘲热讽也依旧笑嘻嘻的不恼，不离不弃。可这个傻暖暖也有惊世骇俗的时候，譬如她谈的那场莫名其妙的恋爱，成了全村的新鲜事儿。那把花伞，就是那个姓白的男孩送的。

小白石楠见过，是镇砖瓦厂的工人，生着一张乡下少见的小白脸，眉清目秀，齿白唇红，给人的印象就像他的姓氏一样干净，很像那时放的一部港剧《魔域桃源》中的慕容白。美中不足的是太瘦小，在一堆黑大汉中显得分外文弱秀气。暖暖那时也在砖瓦厂干活，下了班总是一起回家。暖暖天天傻乐呵，小白的脸却常常是阴郁的，他有“家丑”——父亲原是

砖瓦厂的会计，因为贪了点公款，被判了刑，还在监狱里，这使他显得格外自尊和敏感，谁不经意的一句话或许就伤了他，使他心生忌恨。他从不对人说知心话，只偶尔对暖暖流露出些悲观情绪。小白的疾恶如仇使暖暖害怕，她觉得小白应该姓黑，深不见底的黑，让人琢磨不透。

这天，他们又一起骑车回家。路边青翠的玉米已经一人多高，飒飒作响，无边无际。两人的车轮随意流淌，车把不时吻到一起又分开。暖暖没心没肺的笑声让小白的脸也有了笑模样，他说："真想就这样走下去，你别回家，我也别回家了！"暖暖掩嘴笑起来："你们这些文化人，就像在醋罐子里泡过——酸掉牙了！"小白不悦了："怪不得人家说你愚，真是愚，一点情趣没有！跟你谈恋爱，就像跟块木头谈恋爱差不多！"暖暖好歹止住笑，嗔怪说："谁跟你谈恋爱了！俺爹还没同意呢！"

"说一千遍你也不觉悟！你的婚姻大事，你爹凭啥做主？"小白的口气已经有了恨意。暖暖却无知无觉，理直气壮："因为他是俺爹！"小白说："没法跟你讲道理，愚昧！年纪轻轻，比小脚老太太还愚昧！"

暖暖怕小白生气，在他瘦瘦的肩头很哥们地拍了一把。小白叹口气说："算了，一辈子长着呢，今天就被你气死，明天怎么娶你？"暖暖急了："谁说要嫁给你了？"小白漫不经心地说："嫁不嫁你说了不算，你爹说了也不算，我说了才算。"小白的自信令暖暖满心欢喜，但她还是嗔怪了一句："你就是霸道!”

在十字路口，小白抽出车后座上的一把新伞郑重地递给暖暖，说:“记着，日头毒的时候要打伞，脸晒黑了我就不要你了!”暖暖又笑起来，好像不知道多可笑似的:“咱们砖瓦厂的人还打伞，不让人家笑掉大牙？下雨才打伞呢!”

看小白又要生气了，暖暖犹豫起来。精明的小白看穿了她的心思，说:“放心，这又不是定亲礼，收下就成我的人了!”暖暖这才将伞接过来撑开，那伞满是黄黄绿绿的小花，像孔雀开屏，很好看。暖暖就说:“那咱们说好了，俺爹要是同意了，俺就收下；要是不同意，俺就还你!”小白说:“他要是不同意，你就将它扔到茅厕里去!”

说着，小白顺手从路边掰下几个玉米，扔到暖暖的车筐里，说:“现在的棒子正嫩，过两天就老了，拿回家去煮着吃吧!”看小白掰人家的玉米像掰自己家的，暖暖有些吃惊。小白却不以为然，说:“什么自家人家的，拿到手里就是自家的!”说着，他轻松地跳上自行车，吹着口哨朝自家的方向驶去，抛下暖暖呆呆地站在十字路口……

暖暖这场在当时算是前卫的初恋，自然不会有好结果。她被她爹毒打一顿，大半个村的人都涌到她家门口，扒着门缝看热闹。石楠站在墙外的夕阳里，听着暖暖的哭声，心里阵阵发慌。她戴着塑料框的近视镜，在村里显得很另类。有一道无形的屏障，将她与周围的人区别开来。尽管她也生在乡下，但她瞧不上乡下人，无法与他们融到一起。她不隐瞒自己的清高和

虚荣，她的梦想就是到城里生活，可以穿高跟鞋、抹口红，手养得白白嫩嫩，指头细得可以弹钢琴。

石楠在村里唯一能说上话的就是暖暖了，谁都看着奇怪，因为暖暖那么傻，石楠又那么傲。暖暖没文化，石楠却是方圆少有的女才子。不知道她俩为何能凑到一起，或许老天自有安排。小时候，她俩经常互拍着手掌，说些信誓旦旦的话，希望对方将来创好了别忘了自己。但随着年岁渐长，尤其是暖暖小学没上完就辍学后，石楠有些嫌弃她了。石楠漂亮，学习又好，走到哪里都骄傲得像公主，暖暖却永远是个拾草剜菜的角色，手粗糙得像老太太，掌心的茧子硬得用针都挑不破。她也不感到委屈，一天到晚笑嘻嘻的，小眼睛在那张满是雀斑的脸上闪闪发光。

令人沮丧的是，石楠没考上大学，梦想像风中的肥皂泡，经风一吹就炸了。不管她多瞧不上暖暖，暖暖仍然是她唯一忠实的听众。她心不在焉地对暖暖诉说梦想，说她将来绝不嫁农民，她要到灯红酒绿的大城市生活。暖暖听得欢欣雀跃，仿佛石楠真成了高贵的城里人，关键时刻可以拉她一把，让她跟着沾光享福去……

那天，听说暖暖被打，爱看热闹的小桃显得十分兴奋。有这么一种人，心地不坏，可是看到人家倒霉就高兴。她将石楠拽到暖暖家门口，挤扁了鼻子往门缝里瞧，只见小白送的那把花雨伞被谁从里屋内抛出来，吓得几只正在觅食的母鸡拽着大屁股一哄而散。暖暖娘以手拍地号啕大哭，暖暖哥大傻——这个笨头笨脑的家伙正试图将她拉起。大傻快 30 岁了，还没娶上媳妇，他爹将暖暖看管得紧，村里人都知道他的意思：若大傻真的娶不上，就用暖暖给他“换亲”。所以知道女儿与人闹恋爱，尤其是与一个贪污犯的儿子闹恋爱，做爹的自然不让。结果他拳脚棍棒地将暖暖打了一顿，女儿愣是没告饶，他反倒蹲在地上抱着头呜呜哭起来……

谁也想不到的是，那天晚上，一贯喜眉笑眼的暖暖有了一个惊天动地的举动：她带着满身的伤痕出走了！

当时，暖暖娘正边为女儿擦洗伤口，边眼泪鼻涕地数落她。暖暖突然爆发了，她抓起小白送的那几个玉米恨恨地朝窗户砸去，玻璃稀里哗啦碎了一窗台。她赤脚跳下炕，从衣橱里翻出几件衣服，就用小白送的伞钩起包袱，头也不回地往外闯。她娘惊慌失措地问她要去哪里？她回答走到哪里算哪里！她娘慌了说你不能走，你哥还没个媳妇呢！暖暖回答：“没钱我去给他挣，没媳妇我把自己卖了给他娶，但就是不能拿自己的身子去给他换！”

说完，暖暖就一头扎进了夜幕。

大概暖暖自己也想不到，她这次一怒之下并无目标的出走，彻底改变了她的人生轨道，现在想来，不知该喜该悲……

暖暖顶着一头火稀里糊涂走了一夜，天亮时就后悔不该赌这口气了。因为她没有去处，回家又丢面子。她在霞光里用伞钩着包袱一瘸一拐走着，蓬头垢面，狼狈不堪，跟个小要饭的差不多了。一位小伙子推辆小推车从后面撵过来，车这边是一

袋化肥，那边是块用来维持平衡的石头。他看见暖暖，就把石头扔下去，用脖子上的毛巾拍打几下小车，让暖暖坐上去。暖暖被他吓了一跳，警觉地用眼斜睨着他，发现他一脸憨厚，结实得像头黑熊。

小伙子说他认识暖暖，他和暖暖的表姨是一个村的，暖暖以前去表姨家走亲戚时，两人见过。暖暖以为他是个骗子，而小伙子则凭着暖暖满脸的雀斑和腮边的酒窝认出了她，说你脸上的雀斑还是像鸟蛋！暖暖恼怒不得，忍不住扑哧一笑，抬腿坐了上去。

小伙子推着暖暖，就像推着新媳妇似的，边走边聊。他说他叫棒槌。暖暖以手捂嘴窃笑起来：咋起这么个倒霉名儿，像个二百五似的。暖暖问他家里几口人，棒槌老老实实回答说："俺，俺娘，俺弟弟。一家三口俩光棍，还有一头老牛，一头猪，四只奶羊，一条看家狗！"

暖暖揶揄说："哟，你家人口够多的呀！"

棒槌不恼，说："对了，俺家那老牛是母的，快下崽了。俺家穷，总共就 3 间草屋，俺和俺娘住一间，俺弟弟自己住一间，还有一间是灶房。俺要是娶媳妇，怕要到院里和猪狗住一块了，所以没人肯嫁俺。"见他介绍得这样仔细，暖暖红了脸低头无语，好像棒槌说的事与她有关似的。

棒槌没将暖暖推到她表姨家，而是将她推到了自家门前。棒槌家大门敞着，可以直接看到院里：鸡飞狗跳牛羊叫，一片缭乱。一个瞎眼老太坐在阳光里摸索着剥玉米，她的脸上有一道斜疤，使她那本来慈祥的脸显得狰狞，腰上系着一根绳子，将她和一个正在地上爬的孩子拴在一起，显然是怕他爬远了。

这景象让暖暖倒吸一口凉气。棒槌告诉她：这是他娘，她脸上的疤，是被她以前的男人——棒槌的亲爹打的，他喝了酒手就痒。后来爹死了，娘就嫁给了这村里的一个铁匠，生了一个妹妹，一个弟弟。他们至今还欺负棒槌是拖油瓶呢，一个娘不一个爹，就是不一心。正在爬的那个孩子，就是他妹妹的。这年头女人好嫁，男人不好娶，他和弟弟至今还打光棍呢！

暖暖听了鼻子一酸，半天才安慰说："你哪儿不好，不就是穷点吗？俺奶奶说过，只要肯吃苦，穷也能过富，苦也能变甜……"她发现棒槌的神情有些激动，莫名地慌起来，转身就跑，说要去表姨家。慌乱中，小白送的那把伞掉到了地上。棒槌捡起来追上去，暖暖越发慌张，腿一软，就摔倒了，棒槌想扶起她，却怎么也扶不起来，两人就这么脸儿红红地对视着，听着彼此的心跳声。半晌，棒槌突然背过身，不由分说地背起了暖暖……

后来，暖暖就成了这个大字不识的男人的妻子。

暖暖结婚那天，石楠和小桃做伴娘。暖暖的哥哥忙得不亦乐乎，因为暖暖问棒槌家要的彩礼，足以给他说个媳妇了！鞭炮声中，石楠扶着身着大红花袄的暖暖跨出门槛，突然觉得浑身发冷：走出这个门槛，暖暖就不属于这个村这个家了，她从此要开始另一种命运。如果石楠逃不出这片黄土地去，用不了几年也会重蹈覆辙。那一刻她对命运的忧虑比任何时候都强烈，看到她与喜庆气氛极不协调的不屑和漠然，村里人一定会意识到：这个一扇瓢就扣过来的小村子，是留不住石楠了。

暖暖结婚的那晚，看上去毫无心机的棒槌郑重其事地问了一个根本性的问题："你为何不嫁给那个高中生小白，却嫁给俺这个大字不识的光棍？"暖暖沉默半天，老实地回答："你虽然不大识字，却不会将人家地里的玉米当自家的！"棒槌很感动，说："暖暖，你高看俺一眼，俺一辈子待你好！"

暖暖嫁人后，石楠也背着行囊离开了小村，去投奔城里的一个远房亲戚，她发誓要走出这蒙昧混沌的命运，哪怕飞蛾扑火，鱼死网破。在亲戚帮助下，她边打工边复习，终于考上了大学，然后顺理成章地到报社做记者，结婚，生子，过上了她想要的生活。她得到的，比想要的还多。美中不足的是她的婚姻和这个婚姻的结果：一个只认钱的老公，一个患自闭症的儿子。儿子不会表达需要，甚至连你、我 、他都分不明白。小桃在医院见过更严重的孩子，连自己的鼻子眼睛长在哪儿都指不出来，惊得大张着嘴巴伏在石楠耳边说："是不是他脑子是一摊糨糊？"

小桃的夸张令石楠反感。这些孩子其实并不傻，甚至特别聪明，只是他们活在一个封闭的世界里，不懂人情世故，不闻鸟语花香。他们活在尘世，却与世隔绝，永远无法与人群融为一体，所以他们个个神态静谧，恬美安详。

三

此刻，儿子正独自在阳台的阳光里摆拼图，这是他最痴爱的游戏，再复杂的拼图到了他手下，也会变戏法般迅速拼好，令人目瞪口呆。儿子的手指纤长灵巧，神态优美，那种痴迷和忘我，仿佛身外的世界对他来说，并不存在。那天从医院回来的路上，有个人追上石楠自我介绍说："我是个星探，倘若你儿子去演电影的话，准保比秀兰·邓波儿还火。"但当他从小桃嘴里听说"自闭症"这个词后，却跑得比兔子还快。

小桃在客厅里边绣十字绣，边向石楠讲暖暖。在医院遇到暖暖之前，她刚从老家探亲回来，听说了一些事。石楠讨厌人家飞短流长，尽管她表面冷若冰霜，但对暖暖这些年的遭遇不能不关心。小桃和暖暖在她心里不可同日而语，她与小桃不可能成为朋友，尽管她忠心耿耿，对儿子也尽心尽责。

在小桃的描述中，石楠看到了暖暖婚后的生活：瞎眼的棒槌娘在院里剥着玉米，一根绳子将她和一个正在地上爬的女孩拴在一起，周围鸡飞狗跳牛羊叫，那情景和暖暖第一次来棒槌家见的一模一样，只不过这个孩子是暖暖的女儿红果。这是预料中的结果。但此后暖暖的遭遇就有些离谱：棒槌的弟弟娶了一个名叫薄荷的女人。薄荷很精，她来棒槌家一看，就看见了自己的未来，她刻薄地说："我可不愿日后我的孩子也像猪似的拴着养，由一个瞎子照看着！要想娶我，必须给我个单门独

院，我们两口子自己过，生了孩子，让我奶奶来照看！”薄荷自小没娘，是奶奶带大的，不知道为何这么毒。

到哪里找个单门独院呢？除非盖新房？可是哪有这么多钱？暖暖和棒槌只好搬到野外的瓜棚里住，将房子腾出来让弟弟娶了薄荷。棒槌嘟嘟哝哝十二分的不愿，无奈这房子是弟弟父亲留下的，说他有份就有份，说他没份就没份。为了能挣钱盖房子，暖暖和棒槌去砖瓦厂干活。那砖瓦厂已经被小白承包，小白当上老板了！他在办公室和人打扑克时，不时叼着烟朝外面正忙活的暖暖和棒槌瞟一眼，嘴角含着怨恨嘲弄的笑意。

那几年，暖暖过得真苦啊！春天里，暖暖娘挎着篼子去看闺女，看见瓜棚外，棒槌正在用石块垒鸡屋，一个盖垫骨碌碌从屋里滚出来，又大了肚子的暖暖握着根擀面杖出来追，盖垫却被一阵风刮着骨碌碌滚到远处的河里去了。透过草屋的窗户暖暖娘看见：棒槌娘正摸索着纳鞋底，长长的麻线一拽一拽的，险些就刺着孙女儿的眼睛了，红果用布条拴在窗棂上爬来爬去，摸过一面镜子，朝着镜中的自己扮着鬼脸……暖暖发现了站在风中的娘，攥着擀面杖笑呵呵地迎过来，她娘却不禁老泪纵横……

那几年，暖暖还挨了不少莫名其妙的打。这个家本来就成分复杂，添了一个薄荷，就更无宁日。有理讲不出的暖暖，成了全家人的出气筒。常常是小叔、薄荷、最后连棒槌都一起下手打她，将她按在地上往死里捶。暖暖的两个孩子：红果和大屋只有抱着她的腿哭的份儿，等薄荷的孩子米粒儿和富康长大，暖暖又添了两个小对手……两家人，成了全村皆知的“仇家”。

小桃滔滔不绝，石楠却越发沉默，烟蒂摁了一烟缸。暖暖从跨进那个成分复杂的家门起，就注定了不幸。这或许是她这个层次的女人该承受的，就如同石楠在城里也经历着她的一样。

儿子还在玩他的拼图和迷宫，窗外，一架飞机正飞过高楼大厦的丛林，消失在都市的喧嚣声中。

小桃说：“倒霉事儿还在后头呢！你知道暖暖背上那个患病的孩子，是谁的吧？就是那个刻薄的薄荷的！”

石楠吐一口烟，脱口而出：“为何要替他们拉扯孩子？他们对她那么糟。再说，自己的孩子为何自己不管，暖暖又不是他家的保姆！”

小桃：“他们倒是想自己照看，看不了了，都不在啦！”

石楠呆住了：怎么可能？都年纪轻轻的，怎么会……

小桃说不知道，据说都走得很突然，很蹊跷！

这时，儿子从阳台上走过来，对着茶几上的水发呆。石楠知道他渴了，可是他不会表达。石楠将他揽到怀里，教他表达自己的需要，半天，儿子才舌头僵硬、口齿不清地吐出一句：“我——要——喝——肥（水）。”小桃将纯净水递给儿子，叹息说：“唉，这都是些啥怪病啊！为何这样稀奇古怪的孩子都让你和暖暖摊上，你俩的命，咋都这么糙呢！”

当小桃听说石楠要去看暖暖时，嘴巴张得足以塞进一个鸡蛋去。她急急劝阻说:“她们没钱住院早回老家了，石楠你别心血来潮啊，那孩子生那样的病，人家躲都躲不及呢，再说，病已经得了，你去跑这趟又有啥意义?”小桃又搬出孩子的爸爸来警告石楠，说聪聪他爸若知道你去那里，就更不回家了!

石楠哑然失笑：他哪有工夫搭理我？新来的女秘书还没被他哄上床呢!

小桃只得起身去准备礼物，不情愿地嘟哝着:“自己的孩子有病，自顾不暇了，还去管别人！再说，那天在医院里不认，现在又跑到乡下去看，你们文化人脑子是不是安错弦了?”小桃有小桃的道理，石楠有石楠的原则，她决定了的事情没人能阻止，但她不知这次去是以暖暖发小的身份，还是以救世主的身份。她也不知这算是良心发现还是什么，但她知道自己必须得去，否则睡不安宁。

那天走到楼下时，石楠回望着自家的窗口，发现儿子正擎腮望着她，那双大眼睛孤独而又无辜，石楠的眼泪瞬间就迸出来了。

四

从省城到旮旯村的路上，石楠眼前不断闪现儿时和暖暖互拍着手掌，希望对方将来不要忘了自己的画面。当客车将她抛在旮旯村村口时，她还恍惚在从前的记忆里，以为自己还是那个戴着眼镜自恃清高的乡下女孩，差点忘了自己已有了令人仰视的身份。

村子与从前比已是天差地别，草屋大都换成了红瓦房，很多人家门前停着农用车、轿车。令石楠意外的是，她的到来并没有引起注意，显然人们已经见多识广了。她拽住一个孩子问棒槌家在哪儿？他响亮地回答："就是那个得病的小破鞋家吧？不知道！"然后一大群孩子哄笑着跑远了。石楠替暖暖感到屈辱，也为自己竟在这里遭此际遇而暗自愠怒。她向小超市前打扑克的人打听，他们疑疑惑惑地打量着她，其中一个小伙子叼着烟指了指："顺着这街一直往后走，看哪个房子最小最破，就是了！"然后他把扑克一甩，低声说："嘿，还真有不怕死的呢！"

石楠的心沉下来，明白情况的严重性，也知道此行的重要性了。

背着包走在村街上，人们对石楠指指戳戳，窃窃私语，因为去暖暖家，她成了一个可疑的人。她感受到了暖暖因为那个得病的孩子而遭受的压抑和歧视。乡人们现在有钱了，意识却照旧愚昧落后，无法与时代同步，这是花钱也提不上去的。在这个视某些病如虎狼的山村，暖暖带着这么个病儿，咋活？而且，孩子的病，到底咋得的？

拐过街角，一个脸老得像核桃的老太太坐在高大气派的门楼前，把石楠吓了一跳。她穿戴得很整齐，耳朵上戴着金耳环，脸却陷在阴影里，蒙着一层翳的眼睛幽深如洞。石楠不认

识她，而她，好像早知道她会来，所以坐在这里等她。老太太顾自说着："别去她家，别不听老人言！天上的鸟儿，如今都越着她家的屋顶飞呢！我若走得动，也搬走，不挨着她家住，丢人啊！"大概哪个村也有这么一个老太太，顽固地守着记忆过活，满腹都是牢骚，过去的都是好的，现在的啥也看不惯。

出现在前面的土屋还是从前那个土屋，石楠当伴娘时走进的土屋。暖暖不是让弟媳妇撵走了吗？怎么又搬回来了？石楠问老太太，她像没听见一般，继续絮叨着："她家那个妮子，就是她弟媳妇薄荷生的那个妮子，得了"爱死病"，听说是和她大伯棒槌胡搞得的，谁沾边传染谁……啧啧啧，才12岁的小妮子，伤风败俗啊……我只恨自己，咋还不死呢？活着，净看些辱没祖宗的事儿了……别去她家，不听老人言，吃亏在眼前……"

石楠不再搭理她，在弄清事实之前，她不会轻易相信谁，更何况一个愤世嫉俗的老太太。做了这么多年媒体人，她知道"理智"二字怎么写。眼前的土屋，尴尬地夹在高大的红瓦房之间，加上旁边老太太的絮叨旁白，像一个远去的时代。门环上，挂着一把铁锁。一瞬间石楠有些恍惚起来，好像时光从来就没有从这里经过……

有个热心的胖嫂从门缝里探出头，听说要找暖暖，带上门就领石楠走了。她将石楠带到一片刨得七零八落的玉米地前，远远地喊一声："红果她妈，你家来客了！"就颠着一身肥肉逃一般跑远了。

暖暖正在用镢头刨玉米秸子，在她身后，大片刨倒的玉米秸躺在地上，如玉体横陈的女人。石楠向她走去，看见她脖子上、胳膊上全是被玉米叶子割出的血道道。听到石楠的喊声，她笑眯眯地抬起头，听见喊她的外号“心里美儿”，才惶惑起来。她分明认出石楠了，从口袋里掏出一个口罩，边慌手乱脚地往嘴上戴，边喊着：“你先别过来！俺——俺有传染病！”

石楠跨向前去，将她的口罩一把撕下来！口罩随风飘去，落在一棵枯玉米秸上。

暖暖呆立着。石楠也不知哪来那么大的火气，恨铁不成钢地骂起来：“谁告诉你那个病不戴口罩就传染了？况且，得病的是你吗？你怎么还是这么愚昧，这么逆来顺受！‘哀其不幸，怒其不争’，你听过这个词吗？都什么年代了，这世上怎么还有祥林嫂！”

暖暖嗫嚅着说：“大家都嫌弃我们家的人，怕你也嫌弃……”石楠恨恨地转身走去，身后响起暖暖的喊声：“石楠——石头南！”

石头南是石楠的外号，她这一喊，石楠的眼泪就下来了。

五

暖暖在锅台边用铲子翻炒土豆，石楠笨拙地拉着风箱，柴火的烟尘呛得她不时咳嗽着。城里都用上燃气管道了，暖暖还用这古老的风箱，这不由得让人怀疑：这是哪朝哪代的事情，

莫不是这里被时间遗忘了？

这情景跟童年时代何其相似：每当母亲回姥姥家时，她和暖暖就这样搭伙做饭，搞得满屋子乌烟瘴气。近 20 年未见，她们却毫无陌生的感觉，也没有时空的跨度感，仿佛用一天时间赶了个集，第二天又见面了。

对石楠衣着打扮和身份地位的变化，暖暖也未表现出丝毫惊叹，石楠有些失落。其实每个人在外奋斗，无非是为了得到故乡的一声承认。一个人如果混了半生仍未令人另眼相看，那就太失败了。但随即她就明白了：也许暖暖早认定她将来会这样的，无论石楠好到什么程度，她都觉得理所当然。

对自己的现状，暖暖却心满意足，不怨不怒。她说乡下早用上煤气了，就俺家落后，这些年净攒着钱想盖大屋了，连俺儿子的名字都叫大屋，谁承想米粒儿这一病，盖大屋的事儿又没影儿了！说着那么无奈的事儿，她还是笑眯眯的。没办法，她是个自来笑，一说话就露出俩酒窝儿。笑与哭，在她脸上难分难辨。这个傻乎乎的人儿对痛苦的感知很麻木，无论多苦的事儿，都被她化成了笑声。

石楠这才知道那个得病的孩子叫米粒儿。米粒儿，多么渺小的名字。石楠问暖暖，你们不是让弟媳妇给撵到瓜棚里住了吗？咋又搬回来了？暖暖说他们后来跑运输赚了钱，挑了个好地角盖了大房子，这破房子没用了，就又让我们搬回来了。石楠忍不住笑骂："看你这点出息！让人家呼之则来挥之则去，你还有点自尊没有？"

暖暖说，小叔两口子如今都不在了，曾有人劝她搬到他们的大屋去住，她一口拒绝了："那是人家的房子，不是俺的。俺替他们拉扯这俩孩子，不图别的，俺也不想给外人落下话柄！等孩子大了，那房子还是他们的。"

石楠觉得暖暖活得比做姑娘时明白多了，遭遇会使人成长。大屋和富康在门框边探头探脑，吃着石楠捎来的香蕉，石楠一抬头他们就忙缩回去，看样子有些怕她。大屋是暖暖的儿子，富康是米粒儿的弟弟。暖暖的大女儿红果在城里读中学，没回。一家 4 个孩子，够热闹，并不像石楠原先想的那么苦。

"米粒儿和富康的爹妈，到底咋没了的？"石楠终于小心地提出疑问，虽然有窥探别人隐私之嫌，但这并非出于职业习惯，而是真诚的关心。暖暖的回答淡定得出人意料，她说："都是蹊跷的急性病，先后隔了不到一年，钱花了不少，却都没查出是啥病。先是我弟媳，天天拉肚子，发低烧，吃啥拉啥，打针吃药都不管事，走时瘦得吓人……一年还没过，小叔也低烧不退，稀里糊涂从医院里走了；昨晚还梦见他了，像活着时那样，提着根棍子追着打我，把我吓醒了！"

"他们两口子那么对待你，你还替他们拉扯孩子，你就不恨他们吗？"

暖暖宽厚地说："嗨，恨活人，哪有恨故人的？再说啦，孩子有啥罪？"

"那你婆婆呢？她怎么不替你照管一下孩子？"

"唉，老太太偏心，心疼小儿子，她儿子一蹬腿，她也躺

倒了，不吃不喝的光是哭，没多久也走了。你说俺家都做了啥孽……”

不知是烟呛了眼，还是心里的苦水往外漾，暖暖终于落泪了。那些旧事，就随着烟雾生动地在石楠眼前浮动起来……

小叔两口子走后，撇下两个孩子。暖暖想将他们接到家里来，棒槌死活不同意。因为光自己的两个孩子，就已经累得眼里淌鼻涕了，况且棒槌很小心眼儿，他和弟弟不是一个爹，这点他一直分得很清楚。他骂暖暖没记性，忘了人家两口子是咋欺负你的了？薄荷把你头上薅下来的那绺子头发，你不是还留着吗？咋就好了疮疤忘了痛？暖暖被他骂得犹豫起来，但有天夜里下大雨，暖暖看到已经睡去的红果和大屋头相抵，手相握，那副手足情深的画面，让她记挂起那两个没爹没娘的孩子，就抓起那把破伞，在棒槌的骂声中不管不顾地冲进了门外的风雨中。

电闪雷鸣声中，小叔和薄荷留下的那几间空荡荡的大屋里，米粒儿和弟弟富康正相拥蜷缩在炕头上，吓得瑟瑟发抖。他们的胳膊上都戴着孝，一个六七岁，一个四五岁。墙上，爹妈的照片正望着他们。富康一个劲地问:“那霹雳不会钻进来将我俩劈了吧?”米粒儿说:“不会，咱又没干过坏事!”富康就嗫嚅着说：“我偷过大屋的一只瓷球!”

暖暖�€ 着那把被风雨折断了几根铁丝的伞闯进来，把富康吓得连连尖叫有鬼，暖暖听了心酸，用旧雨披将俩孩子一蒙，拉起就走，却遭到了米粒儿的强烈反抗，米粒儿又哭又叫，又撕又咬，说暖暖跟他爸妈有仇，是想带他俩回去虐待，完了再卖给人贩子，还要抢他爹妈留下的财产……芝麻大的孩子，也不知哪来的心眼儿，那刻薄劲跟她妈薄荷一模一样。暖暖气坏了，她不愿跟孩子费口舌，也不信那个邪，她想我扒出自己的心，还换不来你们的心吗？于是一手拉起一个，不由分说拽着就走！

令暖暖措手不及的是，她把俩孩子接回家，麻烦就接二连三来了。首先是她的小姑子穗子（棒槌同母异父的妹妹）来闹事。

那天，4个孩子正坐在桌前吃饭，门外突然响起一个女人的哭闹声，孩子们都放下饭碗，趴到窗台上往外瞅，见穗子正拃着腰叫骂："你们偷偷摸摸地将我侄儿侄女领来，是啥意思？啊，你俩跟谁商议了？你俩做哥嫂的给我说说，你们这么做，对得起良心吗？"好像她哥嫂做了见不得人的事似的。

暖暖和棒槌出来解释，穗子压根就不听，一个劲地吵："俩孩子就这么成了你家的人口了，啊？别忘了我可是他们亲姑，她们姓夏，不姓崔！你们有事不跟我商议，就是瞧不起我这个做姑姑的！"暖暖争辩说："就算俺错了，俺图个啥？还不是看孩子没人管可怜，还不是为你们夏家拉扯人口吗？"

越来越多的人围过来看热闹，棒槌妹越发亢奋："啧啧啧，嘴唇厚得跟棉裤腰似的，说得还真好听咪！吃了竹子拉筛子——你就编吧！不过谁信啊，说穿了，什么替我家拉扯人口，不就是想独吞我哥留下的财产吗？"

棒槌怕围观的人误会，急了："妹妹你可不能昧着良心说话，二弟除了那3间空荡荡的大屋，哪里还有啥财产？他们两口子治病时还拉下一屁股债，二弟办后事的钱还是我出的呢！"暖暖也说："是啊，你可不能蜷着舌头说话，不信你就去看看，你哥家我连个笤帚疙瘩都没拿！"

穗子撇着嘴冷笑："哼哼，今天没拿不等于明天不拿。"棒槌想解释又解释不清，不由气急败坏："怕俺贪了二弟的家产，你将俩孩子领你家去啊！"人群中有人附和："是啊，你是他们亲姑，领去养也是理所应当！"穗子有点下不来台，显然她并不想真领养这俩孩子。这时，米粒儿拉着弟弟从家里跑出来，哭着扑向穗子："姑姑，亲姑姑，你领我们走吧！我们现在是孤儿了，没人管了。大妈记恨我爸妈，想害我们，她今天到街上买耗子药了，我看见的，她想药死我们！"大康看看姐姐的脸色，也胆怯地附和着："大妈还……还把菜都舀到哥哥姐姐碗里，只给我们猫食那么一点儿！"

棒槌妹搂过侄儿侄女，一屁股坐到地上用手捶着地号啕大哭起来："我那可怜的侄儿侄女，可怜的哥哥嫂子啊……"哭得鼻涕直拖到地上。棒槌满肚子气无处撒，回身抓过暖暖就打，嫌她多管闲事，招灾惹祸！

暖暖想不通，她一片好心，为何就不得好报呢？民政局的人也来了，说她已经有了俩孩子，无权再收养，但俩孩子的安置成了问题，这事儿就一直悬着。按下葫芦瓢起来，还有数不清的麻烦在等着呢！

这天，暖暖放羊回来，远远地听到门口一片吵闹声，心就按也按不住地狂跳起来。她看到一伙人吵吵嚷嚷地从她家里抬出一些家具，连那张破饭桌也不嫌，都装在一辆半新不旧的农用车上。一个一脸络腮胡子的汉子正大张旗鼓地张罗着，好像抬的是自家东西，喝喝吆吆底气十足："看看还有啥值钱的都抬出来，伙计们，不用客气啊，拉回去我请你们下馆子！"

几个人抬着暖暖家最值钱的大衣橱跨出了门槛，棒槌嗷嗷叫着阻止不成，情急之下就趴到了橱上。汉子们累得龇牙咧嘴，东张西歪，周围看热闹的人发出哄笑声。看见棒槌的熊样儿，暖暖气不打一处来，她丢下那几只脏兮兮的羊跑过来，将棒槌往下拽，棒槌死活不下来："他们想抬走咱家的衣橱，那就连我一块抬走！"

络腮胡子听了哈哈大笑："棒槌，看你这点出息，好歹你还是个爷们呢！"

暖暖转向汉子，愤怒地问他凭啥抬东西？汉子理直气壮："凭啥？凭你小叔子治病欠下我的钱！欠债还钱，天经地义。妹子，这你不懂吗？"

暖暖火了："谁欠你钱你问谁要去，来抬俺家的东西算啥事？"

汉子笑嘻嘻地说："妹子，这话你就说得差了！你小叔两口子人都没了，我总不能到阎王殿去讨要吧？俗话说人死账不能烂，他们人没了不还有孩子吗？孩子是爹妈的财产继承人，你们既然收养了他们，说明他们的财产已经由你们支配了，你

们有替他们还债的义务。大伙儿说说，是不是这个理儿？”

看热闹的人议论纷纷，有的认为没钱就抬东西，天经地义；有的认为既然孩子是财产继承人，那问孩子要去！汉子听了嗤之以鼻：“废话，孩子胎毛还没褪净，我能难为孩子吗？我大咋呼可是个仗义的人！”有人说：“那你就等孩子长大了再要呗！你现在来抬人家的东西，还叫人过日子不？”汉子说：“嗤！等这俩孩子长大成人，我恐怕老得饭也嚼不动了！我今日不掀他们的饭锅，已经给足他们面子啦！”

暖暖抓住汉子的衣裳，让他把东西放下，否则就跟他到县里打官司。汉子也不示弱，从口袋里摸出张纸条来抖着：“俺有你小叔夏二槐写的欠条，这就是证据，走到哪里都不怕！现在法院打官司讲究个证据，你不懂吧，妹子？”

棒槌从衣橱上滑下来，要和汉子拼命，人们有的拉，有的劝，有的煽风点火，乱成一锅粥。这时，胖嫂抱着米粒儿急匆匆跑过来，边跑边直着嗓子喊：“别打啦，米粒儿掉地瓜窖里摔断腿了！”米粒儿的腿在胖嫂的怀里悠荡着，像没有了骨头。红果、大屋、富康跟在后面哭哭啼啼。

棒槌一屁股坐到了地上：自打这俩孩子进门，事就没消停过，这不是要命吗？暖暖跑上前想问个究竟，胖嫂哭咧咧地说：“唉，你还顾得问啊，先送医院再说吧！”

暖暖将米粒儿接过来，她也不知哪来的勇气，对汉子厉声喝道：“赶紧把车上的东西卸下来，送俺孩子去医院！东西回头你全拉走，先救俺孩子！”

汉子张了张嘴巴，突然明白过来，回身对正装车的伙计们说：“快，赶紧地，卸车，卸车！”见他们在犹豫，汉子火了：“再啰唆我扇你个混账玩意儿！东西要紧还是孩子要紧？”

众人忙一哄而上，卸车！看热闹的人让出一条道来，让暖暖抱着孩子上车，汉子风风火火地将车发动，一溜烟开走了。撇下棒槌如获至宝地扑在卸下的东西上，呜呜哭起来。

一路上，暖暖将米粒儿紧搂在怀里，生怕她这条小命像鸟儿一样飞走了。这孩子也真够能忍的，疼得头发被汗湿得一缕一缕的，愣是没吭一声，到医院时掰开嘴才发现，她疼得咬掉了腮上一块肉，满嘴都是血呀……幸亏有那辆农用车在，救得及时，米粒儿的腿才没有落下残疾，只是走路时有点儿颠，不细看看不出来。事后才知道，米粒儿是到地窖里拿地瓜吃不小心摔着的，而拿地瓜吃的原因，是怕暖暖给他姐弟俩吃耗子药！

奇怪的是从医院回来后，米粒儿像换了个人，她变得少言寡语，温驯乖巧得像只猫。暖暖既欣慰，又隐隐的有些不安，她总觉得米粒儿这孩子非同寻常，她突然变化的后面，似乎埋伏着更大的不幸……

六

锅里的土豆已经飘出香味来了，暖暖盖上锅盖坐在石楠身边，依旧笑盈盈地讲着那些不可思议的往事，像讲别人的故事一样淡然。她的笑容，不知是乐观还是麻木。

转眼间4个孩子都上学了，米粒儿学习最好，在班上总是前三名。但是糟糕的事情终于来了。米粒儿上3年级这年，突然发低烧，拉肚子，断断续续拉了八九个月，从没出过远门的暖暖背着她走上了漫长的求医之路，哪个医院也查不出病因，只说是过激性肠道综合征，开了药回乡下诊所挂吊瓶。暖暖每天挎着篮子到河里去为米粒儿洗脏衣服，其他孩子也顾不得了。

这天，棒槌扛着木锨从打麦场回家，看见富康和大屋在墙角边用砖头架起一口小锅，咕噜噜倒进些豆油炒刚从鸡窝掏出的鸡蛋。听见棒槌的声音两人拔腿就跑，锅歪倒将院里的麦草点燃了，情急之下，棒槌用木锨扬了很多土才将火压死，乌烟瘴气像日本鬼子刚扫荡过。棒槌端着木锨将大屋和富康追得满院跑，追到后一人拍了一木锨。俩孩子异口同声控诉暖暖，说她偏心眼，为伺候米粒儿，饭也顾不得给他们做了。说着，大屋就撩开肚皮："不信你看，我都快饿成虾皮了！"富康也撩开肚皮："我也饿成虾皮了！"

这还得了？棒槌跑到屋里掀开锅盖，一只老鼠从里面蹿了出来，将他吓得坐到了地上。他呆坐半天，起身就朝门外跑。

暖暖正在河边捶洗着米粒儿弄脏的裤子，臭味儿熏得旁边的胖嫂受不了，只好掩住鼻子往上游挪了挪。草棵上、石头上到处都晾着米粒儿的衣裳。暖暖对胖嫂说起她娘家的爹，已经瘫痪了，可是她得照顾米粒儿，不能把自己劈成两半儿，回去尽孝心……正说着，棒槌从远处跑过来，脚踩到晾着的衣服上，气得顺手捡起来乱扔一气。暖暖忙站起来喊："棒槌，你这是干啥？那是米粒儿的衣裳。"

棒槌跑过来，用手采住暖暖就打："米粒儿、米粒儿，你为了米粒儿，连自己的孩子都不顾了！你这个撇了肚子向脊梁的娘儿们！"暖暖边躲避着棒槌没头没脸的追打，边辩解着："他们好歹没病没灾，米粒儿她是这刻不知道下刻的命啊！有啥法子，俺能扔了她不管吗？"棒槌的火更大了："你还敢跟我犟嘴，你就是属啄木鸟的——嘴硬，你爹的，看我不把你嘴巴打成兔子！我受够了，你还没受够吗？"暖暖听棒槌骂她爹，伤心得不能自己："你骂俺成，不能骂俺爹！他都瘫炕上了你还骂他，俺为了伺候米粒儿，没回家伺候俺爹一天啊……"

"棒槌，你除了扔鞋脱帽打老婆，还有别的本事吗？再说啦，暖暖照顾米粒儿，不是为了你们家吗？"胖嫂冲上来，将棒槌连敲带捶，好歹将他拉开了。暖暖嘴角流着血，一屁股坐到湿乎乎的石头上，伤心地大哭起来……

棒槌转身就跑，头也没回。

胖嫂边帮暖暖收拾着一地狼藉的衣服，边数落她："叫你躲着他点你还不信，棒槌这头猪，地瓜剥了皮——啥玩意儿也不是，就是打老婆有门道！"暖暖擦擦泪，有气无力地说："他也是心里苦，俺是他老婆，他不打俺打谁啊？"胖嫂仿佛吃东西被噎住了，半天才咬牙切齿地骂道："没见过你这么蠢的娘儿们！"将怀中的衣服往暖暖头上一扔，端起盆扭着大屁股走远了！

米粒儿的腹泻终于好转了，她惦记落下的课程，又背起书包上学去了。4个孩子一溜儿排开走在通往学校的小道上，招来多少羡慕嫉妒恨的目光，可是谁知道背后暖暖的担心？米粒儿走几步路就累得气喘吁吁，腿每抬一步，都像迈过一个槛那样难。果然，米粒儿又出事了。上学路上，她突然浑身抽搐着，像机器人那样慢慢歪倒在地上，嘴角淌出涎水……

米粒儿患了半身不遂！暖暖呆了：米粒儿才上3年级，咋会得半身不遂？这辈子不就废了吗？她爹是70岁上才瘫痪的！而且，一个孩子咋会得这个病？医院的老大夫从眼镜框上方瞅着暖暖，说：这位母亲，别激动，谁得病、得啥病也不是大夫说了算，我也没法回答你的问题！现在的蹊跷事多了去了，婴儿都有得高血压心脏病的，你说与年龄有啥关系？你要不想让你孩子成废人，就得配合我治疗。

怎么办？能不治吗？暖暖接过大夫开的单子，伸手去拽棒槌怀里的钱袋，棒槌将钱袋紧搂着，像搂着自己的命，不想交出来，那是他们积攒着盖大屋的钱。暖暖急了，她一急胆子就大了，愣是将钱袋一把夺了过来！

米粒儿这一病，岂止盖大屋没指望了，连借的钱也花光了，快过年了，只好先出院回家来。下了客车，暖暖背着米粒儿走在小道上，天飘起了小雪，几朵雪花落上，暖暖的头发就白了。米粒儿像个蜗牛壳儿贴在她脊背上，好像与她的生命融为了一体，这一生，走到哪里，暖暖都得背着她了，不是负担，不是累赘，而是她无法割舍的一部分，米粒儿的疼痛就是她的，米粒儿的命就是她的命。爱笑的暖暖很少哭，但这时，在风卷雪飘中，她的泪水无声无息地落下来。天很冷，冷得叫人几乎感觉不到冷，也感觉不到痛了。

一只枯瘦的小手伸过来，替她擦着泪。冻得像冰一样的小手，抚摸着她冰一样的脸，像火焰一样炽烈，它暖了她的泪，也暖了她的心。暖暖失声痛哭了……

腊月二十五，暖暖家的窗玻璃上已经贴上了大红的剪纸。她吩咐大屋和富康用铲子刮门上的旧春联，自己和红果在炕上用糨糊粘那种手工布花，粘一朵可以赚5分钱。她们这样忙活几天，也挣不了米粒儿一天的吊瓶钱。米粒儿盖着被子躺在炕头的阳光里，脸苍白得能看清淡蓝的毛细血管。治了两个月，她依然不能走路。从屋顶漏下些沙土残雪，迷了米粒儿的眼，暖暖忙替她扑打着。

红果抱怨说："妈，再这样下去咱这屋就要倒了，天天说盖大屋盖大屋，大屋都长这么大的人了，屋还没盖起来。"

暖暖乐呵呵地说："咱攒的钱，不是给米粒儿治病了嘛！屋破点没事，只要能住就成，你爸去城里回来就找人补。人若要平安，多受饥和寒嘛！"

棒槌正在往门口搬运白菜、萝卜，准备到城里去卖。红果朝他喊："爸，你卖了钱，给我买件大红的羽绒服。"大屋一听，跟着喊："我想要一个滑板车，轱辘会发光的那种。"富康也忙跟上："我也要那种。"富康啥事也要和大屋看齐。棒槌牢骚满腹："兔崽子们，要的还不少。我养不了你们了，我还不

如到乡养老院做五保户去！弓着腰缩着脖，光吃粮食不干活，多享福！”

暖暖剜了红果一指头：这妮子不带头要东西，大屋和富康是不敢开口要的。孩子多了，就会襻伴儿。红果赌气地噘起嘴巴，朝米粒儿斜了一眼。暖暖知道孩子们虽然嘴上不说，都对米粒儿有气呢！因为她的病，夺去了另外3个孩子本该有的多少乐趣！但是有啥法子呢？他们要的东西可有可无，米粒儿的病却迫在眉睫。

暖暖跟孩子们商议说，你们要的东西都太贵了，明年再买吧！大屋说：“不行！今日复明日，明日何其多！”富康接上：“我生待明日，万事成蹉跎！”屋内的暖暖和屋外的棒槌忍不住都发出了笑声，暖暖说：“你们真能！能合伙对付爸妈了！欺负俺们没文化……明年吧，明年一定买！”红果低声说：“你们说话不算话，光明年明年的说了几回了！”暖暖有些羞愧，觉得对不住孩子们：“钱不凑手，今年就先给米粒儿买点东西吧！米粒儿，你想要点啥，告诉大妈，别不好意思说。”

米粒儿懂事地摇了摇头。于是，善解人意的红果说她不要大红羽绒服了，给米粒儿吧！大屋说滑板车我也不要了，给富康吧！富康可怜兮兮地说：“我……我也不要了，大妈，就给我买一挂鞭炮，行吧？”

那天傍晚，暖暖和孩子们在村口等待进城的棒槌回来。大屋和富康兴奋地跳来蹦去，只有红果微笑不语。一辆奔驰在他们身边停下了，棒槌神气地从车上下来，身价百倍的样子。原来他碰上了在城里做建筑公司包工头的二能人拐拐，搭了个便车。一身名牌的拐拐从车上下来，向暖暖伸出手。他两条短腿撑着大肚子，像只怀孕了的麻雀。他打量着几个高低不同的孩子，赞叹说:“嗬！大嫂真能生啊，真好福气!”他的眼睛落到红果身上，顿时迸出了火星子:“这个怪俊的丫头是?”棒槌忙上前，殷勤地介绍一番。二能人抽着烟，夸赞不已:“嗯，长得真像只红苹果，水灵哪！没想到你个粗手笨脚的棒槌，还能造出这样的精华来。闺女多大啦?”

“虚岁 16 了!”

“在哪里上学啊?”

大屋抢答:“在镇上念中学呢!”

二能人连连表示遗憾，说咋让这么好的孩子在镇上上学，不到城里一中呢？去了那里，考大学就是手里攥着的事儿啦！棒槌讪讪地笑着说:“嗨嗨，咱哪有那个条件哩!”二能人一思忖，说:“这样吧，你们要是信得过我，我就把孩子安排到城里一中去上，咋样?”棒槌和暖暖面面相觑，不知该如何作答。二能人说:“我也是有条件的，如果你们愿意，我就将红果收了做个干女儿。我那儿子刚好和红果同岁，日后就让红果做我儿媳得了，你们看如何？哈哈……”棒槌对二能人有些戒备，并不想认这门亲，他狡谲地笑一下，支支吾吾地说:“你现在是大款，俺哪敢高攀哩!”

二能人把眼一瞪:“乡里乡亲的，你说这话就见外了！好歹我也是个老板，这点事对我来说，小菜一碟。况且我今日出

点力，既拾了个女儿，将来又得个儿媳，一举两得，哈哈，值！”说着，他掀开车后盖取出棒槌买的东西，鞭炮让眼明手快的大屋和富康抢去了，还有一个纸盒，一件大红羽绒服。二能人将羽绒服递给红果，红果摇了摇头：“这不是给我买的，是给米粒儿买的！”

二能人很奇怪：“为何不给你买呢？”

红果低下头：“俺家没那么多钱！”

二能人气得将脚一跺：“嗨，一件羽绒服值多少钱呢，赶明儿我给你买件送过去！”说着，他胡乱将手摆了两下就坐上车跑远了，撇下一家人面面相觑。

二能人说到做到，第二天傍晚他就冒雪抱着一件大红羽绒服进门了。暖暖和红果正用笤帚扫着灶台上的雪，屋顶已经千疮百孔，漏的雪足有一脸盆了。米粒儿已经从炕这头挪到炕那头，原先的地方铺着一张报纸，上面落满了雪花。一个雪团落进二能人脖子里，扎得他一激灵，龇牙咧嘴地用手扑打着。棒槌忙拿个笤帚给他打扫。二能人大张旗鼓地喊着：“都啥年代了，你们还住这样的狗屋子！看看，外面大下，屋里小下！红果，不用扫了，赶明儿我把这房子推倒，盖大的！咱就是干这行的，一挥手的事儿！过来，先把羽绒服穿穿看，好歹干爹的一点心意！”

红果征询地看了看暖暖，羞羞答答地走过来，二能人亲自用他那双粪耙似的大手给红果将羽绒服穿上，满面红光地打量着：“你看，人是打扮马是鞍，一点儿不差。红果穿上这个，明星大腕赶不上!”红果说声谢谢叔叔，二能人不乐意了:“事到如今，还叫叔叔吗?”把胸脯一拍:“我已经说了，只要红果做我干女儿，日后那也就是我儿媳妇啦！明年春天，我包你们把大屋给盖起来。棒槌呢，我先给买上辆农用车，拉个货做个小买卖啥的你们说，咋样?”

棒槌一听大屋、农用车，眼珠子像被一根火柴嗖地点亮了；暖暖却在盘算着，她不贪恋二能人的其他，只要他能帮着给米粒儿治好病就成了。棒槌压抑着心里的激动，说话有些磕巴起来:“兄……兄弟，买个农用车，盖个大屋，得好几万块呢!”

二能人将瓜子皮随便一吐，不屑地说:“嗨，几万块钱那也算钱？如今咱最不缺的就是这个了！干咱建筑这一行，钱就像树叶子似的往下刮，一边用耙搂，一边用麻袋装都来不及呢！对我拐拐来说，钱就是当柴火烧，也要烧上几天几夜哩!”说得棒槌激动得喘气都困难了。

二能人见无人答话，便擅自一锤定音:“那咱就说定了!自今日起，红果就是我闺女了，我包着把她弄到城里去上学，周末呢，顺便将她捎回家。这大屋，到明年春暖花开时定准给你们盖上！我若说话不算数，我就是南河里的王八!”

正在写作业的大屋和富康闻听了乐得蹦了起来:“噢，盖大屋喽，住大屋喽!”暖暖这时却坚决地说:“不！他叔，大屋不用你盖，让棒槌修补一下先住着就成了，你要是有心和俺成亲戚，就帮俺治好米粒儿的病!”棒槌恨得咬牙切齿，二能人

却应承不迭:“成，成！孩子不就是个半身不遂吗？我娘就是这个病，能花几个钱？咱拐拐如今最不缺的就是钱了！”

七

暖暖说到这里，脸突然红起来，她心虚地看了石楠一眼，好像在等待她的骂声。石楠隐约预料到了下面将要发生的事情，却不知说什么好，烧火棍烧到了锅台外面，她赶紧将它插到脸盆里浇灭，看着它化为潮湿的青烟在房间里弥漫。石楠回避着暖暖的眼神，压制着对这个糊涂母亲的愤怒，听她继续讲下去——

就这样，红果去城里上中学了。在二能人帮助下，米粒儿的病治得也有了起色，只是她的手指头伸不直，腿也有点儿瘸，看大屋和富康扶着她走得艰难，暖暖干脆用棒槌推过她的那个小推车推着米粒儿上学去，这种小推车现在已经快成文物了，所以暖暖推着米粒儿在路上走，引来了很多目光。

每到晚上，看到孩子们东倒西歪地睡着了，你枕着我的腿，我抱着你的腰，暖暖就美滋滋的有种说不出的满足。每天睡得最晚的都是米粒儿，不管上不上学她都要写作业，哪个孩子也没有她那么刻苦。她不时咳嗽着，长长的睫毛随之颤动。这时，暖暖就会去炖半只梨，逼着她吃下去。她也不知为何如此心疼米粒儿，大概做母亲的都偏向最弱的孩子吧。人世间的不幸，只有用爱能找平。

但米粒儿终于再次昏倒在校园里……

谁都知道暖暖自小爱笑，可是这次，她笑不出来了。医院的检测结果是：米粒儿患了艾滋病！暖暖站在年轻的眼镜大夫面前，一脸的错愕，甚至愤怒！

眼镜大夫抽出血液检查单，用笔指着给暖暖看：是艾滋病确凿无疑了！HIV 的抗体检测为阳性。另外，你孩子几个月内体重减轻 10% 以上，前期持续腹泻、低烧，这都是艾滋病的典型症状，她后来的半身不遂，运动神经功能障碍等都证明了她免疫功能的全线崩溃……暖暖不相信：既然这些都与艾滋病有关，那以前那些医院的大夫咋就没看出来呢？您是不是看错了？大夫说："他们不能确诊只能证明他们医术的平庸，不能证明我错了。我们这里可是省医院，不是小诊所！"

可是孩子才 12 岁，咋会得这种丢人的病？暖暖欲哭无泪。眼镜扳着指头数起来：这种病传播的途径很多——性、血液、母婴传播……不过日常的生活接触，如空气、饮水、食物等途径都是不传染的……暖暖机械地跌坐在椅子上，她已经被折磨得麻木了。她反复地说："俺家上下八辈，哪有得这病的……俺这是哪辈子造的孽？"

去找老乡借钱的棒槌突然闯进来，他提着一个破皮包，高绾着的裤腿上还沾着泥巴，情绪激动地大叫着说："大夫，你可不能胡说八道！你说俺孩子得这病，还让俺们活不？还让俺孩子日后嫁人不？"

眼镜大夫没想到还有这么不可理喻的人，也火了，将棒槌

往外推:“难道是我让孩子得的病吗？出去!”暖暖好像突然失去了支撑，膝盖一软跪倒在地上:“大夫，求求您了，再给俺孩子检查一下，没准是看错了呢?”眼镜大夫哭笑不得:“哎，你这是干啥？都什么年代了还有膝盖这么软的人？起来起来，现在不兴这个!”

嘴上这么说，他的口气明显地软了下来，他再次耐心解释：这种病传染的方式很多，染病的原因也有多种，并不都像人们想象的那么龌龊。暖暖不信，她执拗地寻求着答案:“不龌龊怎么得的？大夫，求您告诉俺，俺孩子到底为啥会得这个丑病?”眼镜大夫只好再次解释说:“目前，找不到确切的原因，可以确定的是孩子并非因为性接触才染上这病的，高度怀疑是从母体带来的病因，你……你没什么病吧?”

暖暖这才明白，原来大夫把她当成米粒儿的亲妈了！眼镜听了暖暖的解释，有些感动，他用笔敲着头，思索着，问暖暖:“孩子的母亲以前在医院输过血吗?”暖暖努力地想了一会，终于想起来了：薄荷怀着孩子时摔过一跤，大出血，的确到镇医院输过血。走的那年，薄荷老是发低烧，拉肚子，最后吃啥吐啥，走时瘦得吓人。后来，她丈夫也是这样死的，但医院一直没确诊是啥病……天哪！暖暖突然意识到什么，莫非米粒儿跟她爹妈是一样的病？薄荷输的血中，有病毒？

眼镜基本确定了她的判断。一旁的棒槌愤怒地跳起来，要回镇医院拼命。眼镜说:“算了吧，你怎么跟那堂吉诃德似的？都这么些年了，孩子都 12 岁了，你找谁拼去？先考虑怎么给孩子治病，其他的事慢慢再说吧！再说这也仅仅是猜测，死无对证。现在连大款都打不起官司了，你打得起吗？说不准病人都没了，你那官司还没打完呢！”

棒槌蔫了，暖暖绝望地哭起来，哭自己的命，哭别人造下的孽，却让她来背！哭得眼镜不耐烦起来，再次撵他们走：“要哭你出去哭去，大夫是给人治病的，不是听人诉苦的！”暖暖一把鼻涕一把泪地说：“大夫，你心咋这么硬啊！俺心里难过啊。”眼镜无可奈何地叹口气：“哭有什么用？要是医生心软，多少病人也死光了。做医生的和做家长的心情是一样的，咱齐心协力给孩子治吧！”棒槌下意识地搂紧了钱包：这病是无底洞，还不知得花多少钱呢，他棒槌到哪里讨去？

更糟糕的事还在后头。米粒儿住院不久，红果跑来了。那天中午，暖暖刚在医院的小花圃里晒完米粒儿的衣服，身着“一中”校服的红果就跑过来，一头扑到她怀里哭起来。暖暖吓得手足无措。她这才知道，自己犯了多大的错！二能人将红果弄到城里来上学，周末就用车把她接到家里去。这天晚上，他竟然穿着裤衩跑到了红果的房里，幸亏红果死命反抗才跑了出来。

暖暖恨自己一时糊涂鬼迷了心窍！她低垂着头，像个罪人似的对女儿说：“以为你拜了二能人干爹，就有了好前程，再不用和弟弟妹妹们一起受苦了。不过，妈也得承认，妈也是为了给米粒儿治病，才……”

“米粒儿米粒儿，你为了她，不管自己的女儿，你还是我亲妈吗?”红果边哭边朝着暖暖横眉怒目，从来没见她这么愤怒过。

暖暖思前想后，在医院待不住了：二能人虽说没给她家盖大屋，却给棒槌买了辆农用车，米粒儿治病，也花了他的钱，他怎肯罢休呢?而且医院又催着缴费了，她得回去讨钱啊!她担心棒槌那个犟脾气，万一与二能人闹僵了，人家一抽腿，米粒儿的病就没救了!于是，她让红果先在医院照看米粒儿，自己慌慌张张往家赶。

暖暖猜得没错。这天，棒槌正开着农用车给人拉砖，二能人的轿车从后面追过来挡在前面，让他归还农用车，棒槌不肯，二能人就撕破了脸皮，对围观的人说:“老少爷们你们可得小心啊，他家米粒儿那么小就得了那个病，红果就更不敢说啦，所以我也不要她做儿媳妇了，大家还是离这家远点为好!那病可不是闹着玩的，当心染上……”二能人的话，重新唤起了人们探究米粒儿病由的兴趣，娘儿们咬着耳朵窃窃私语:“棒槌家房子不够住，一家人都睡在一盘炕上，不出事才怪哩!”有人反对说:“人家是一家人，伯父侄女，怎会……”娘儿们将嘴一撇:“什么一家人?棒槌姓崔，米粒儿姓夏!”

棒槌急了:“二能人，你咋翻脸不认人呢?当初，可是你主动提出来要和俺成亲戚的!”

二能人说:“那你两口子也可以拒绝啊，为啥同意了?别怪我当着诸乡亲的面揭穿你们：还不是为了我的钱!”

棒槌欲辩无词，一拳砸在农用车的反光镜上，镜子碎了一地，棒槌甩着扎满碎玻璃的手，疼得龇牙咧嘴。大家都觉得是棒槌夫妻贪财，自作自受。这年头，人有钱胆儿就肥，没钱，再有志气也变贱了。二能人是啥人谁不知道，红果这么小名声就坏了，日后怕是嫁人也难了！有棒槌和暖暖这样的糊涂父母，红果这辈子算是毁定了！

二能人看棒槌砸了反光镜，不依了："棒槌，别忘了你砸的可是我的东西，要砸回家砸你老婆去！看在过去情分上就不让你赔了，但米粒儿花的钱限你年底还上！"说着，他就打发一个小伙子将车开到他家去。车上还装着一车红砖，是棒槌给人拉的，他就靠这个挣点运费呢！棒槌抓住车门想阻拦，二能人大手一挥说："你租用我的车，这砖就算是利息了！"棒槌气得像猩猩一样蹦起来："二能人你不守信用！你还答应春天帮俺盖大屋的，现在都秋天了……"

二能人哑然失笑："你他妈真是个棒槌！"

暖暖跨进家门的时候，棒槌正气急败坏地将自己的衣物鞋袜塞在一个破包里，铺盖卷也打好了。暖暖看见他那只缠着纱布的手，追问他咋的啦？棒槌说："俺要出走，这就走，这村没法待了！俺没脸见人了！"暖暖说："你的脸皮何时这么值钱过？到底咋的啦？"棒槌委屈地呜咽起来："二能人翻脸了，车也没了，你听听外面人家怎么说咱们，怎么说俺！嘿，亏他们想得出来，这不是埋汰人吗？"

暖暖说："嘴长在人家脸上，咱能给人家堵上吗？外人爱咋说咋说，俺不知你是啥人吗？你不能走啊，你走了俺咋拉扯

这么多孩子?”

“哪里跌倒哪里爬，你自己看着办吧!”

“那咋成呢?这么多孩子，你和俺一起拉扯都累得慌，你走了，俺咋养活他们?”

棒槌揶揄地说:“不多，不多，俺看你再捡两个都成!”

暖暖有苦难言:“米粒儿的药费又没了，医院催着缴费，你得和俺一起想法子讨钱啊!”

棒槌气鼓鼓地说:“我已经没啥法子了!米粒儿是你自己捡的包袱，自己背吧!”说着，他背起铺盖卷儿就要走人，暖暖扑过去，从后面抱住他的腰，卑贱地说:“事到如今你还抓着这事儿不放，何苦呢?俺不放你走，你生气了不是好打人吗?你咋不打啦，你打啊!打完了就没事了!”

棒槌有气无力地说:“打够了，俺也打累了，打烦了!俺棒槌要是忍不下去了，肯定是没法忍了!俺走了，眼不见为净。出去打工，要是饿不死，就按月寄点钱来。俺自己的孩子，有俺口吃的，就得有他们口吃的!其他的，也管不了那么多了!”

暖暖哭起来:“棒槌，那咋成呢?房子要是抽掉了房梁，不就塌了?”

棒槌挖苦说:“塌不了，不是有你撑着吗?你不是能吗?”

“你以为俺爱撑吗?这不是被命逼得吗?孩子的事总得有人管吧?你不管，你妹妹不管，亲的近的都不管，俺再不管，还有谁管?她是你们夏家的孩子啊!”暖暖终于愤怒了，她松开了揽着棒槌的手。

“俺再说一次，俺姓崔，不姓夏!”棒槌爆发了，梗着脖子吼起来。

暖暖也强硬起来，她一字一顿地说:“好，要走你就走吧，俺再拦你俺就不姓田！就算你不管，所有亲戚朋友都不管，俺也得管！俺不但要把自己的孩子养得好好的，还要继续给米粒儿治病，俺不能眼睁睁地看着一条命在那里挣扎，却袖手旁观!”说着，她就将棒槌往房门外推去。“滚吧！找地方过清闲日子去吧！就当俺孩子没你这个爹，米粒儿没你这个大伯!”

棒槌顽强地抓住门框，急急地说:“米粒儿要是出了院，就让她住到盛农具的那间小仓库去，免得传染了红果和大屋。俺可告诉你啊，你若不听，当心俺回来揍你!”

“要走你就走，瞎操的啥心？那屋是放农具和杂乱东西的，把孩子扔在那儿，不是拿她不当人吗?”

“得了这种病，本来就不是人啦!”

“别人拿她不当人，俺不能拿她不当人!”暖暖狠劲将棒槌推出去，抓起一只他的破皮鞋，追着他的脊背砸过去。

就这么着，棒槌走了，米粒儿住院的钱也断了，暖暖只好又背着米粒儿回家了……

八

石楠坐在灶台边，眼睛里跳动着灶底的火焰，她又仿佛看到了暖暖背着孩子，在医院里抓住护士的那一幕，撑着旧花伞背孩子四处求医的一幕……辛酸，却又让人带着恨意。尤其为了给米粒儿治病，她将红果许给包工头做干女儿的事。为了这个孩子，牺牲那个孩子，这算个什么母亲！原来暖暖还是从前那个暖暖，有时明白，有时糊涂，甚至有时愚蠢，只不过多了些坚韧。石楠想骂她，眼睛却像喝了醋一样酸酸的：我有什么权利骂暖暖呢？这些年有谁向她伸出过援手？我在医院里碰到她，不也故作不见吗？如果我是她，会不会连她也不如？我以救世主的身份来到她身边，又能帮助她什么？

从来到暖暖家，石楠就没有见到米粒儿，她疑惑起来："米粒儿现在住哪里，你不会按棒槌说的，将她安置在农具屋了吧！"

暖暖坐板凳上，显出几分赧颜，她说大夫虽说那病通过空气不传染，可自己终究还是怕啊，况且棒槌走时也是再三嘱咐了的！石楠不想掩饰对棒槌的反感和鄙视，刻薄地说："就这么个男人，亏你还把他提在口上！遇事就背着铺盖走人，将烂摊子抛给一个无辜的女人，真够英雄的！"石楠发现暖暖胳膊上有一道斜斜的伤痕，忙问这是不是他打的？暖暖像被人发现了秘密似的，慌忙将伤痕用袖子盖好，低声说："他逮着哪儿打哪儿，没鼻子带脸的打，也没个轻重。"

"像这样的孬种，有和没有一样，跟他离了算了！"

暖暖有些诧异，嗔怪地说："那咋成，他再孬，也是俺孩子的爸呢！"

“你究竟是活在哪朝哪代的女人？你知道什么叫作恨铁不成钢吗?”石楠将手中的烧火棍一扔，站了起来。不同层次的人有时是隔着墙壁对话。她与暖暖，年少时是这样，现在仍是这样，唯一不变的是，她们对彼此那份不流露的关心。暖暖忙替石楠拍打净身上的草屑，吆喝孩子们来拾掇饭菜。石楠的心忍不住又暖了。也许她真像暖暖说的，嘴是刀子，心是豆腐。

炕上的饭桌很快摆满了，大屋和富康盘腿坐着，你看看我，我看看你，客人不吃，他们不敢动筷子，看得出暖暖将他们管理得有礼有道的。石楠让他们先吃，两个孩子这才抄起了筷子，一人夹起一个馒头就往嘴里塞，小老虎似的。暖暖每样菜夹了几筷子，又把半小碗稀饭放到一个盘子里，托着要去给米粒儿送，那点儿饭就是一只猫也吃不饱。她说，米粒儿已经吃不动了。

石楠从旅行包里拿出几本书，要跟她一起去，她慌了，说:“不成，万一……”

“没有万一！这病日常接触是不会传染的，你又不是不知道。”

“你身子珍贵，不像俺，……”

“行了，走吧，我的命并不比你的值钱。再说，好歹我还是孩子的姨呢！我来就是为看她的!”

走到门口石楠才发现，外面下小雨了。她顺手拿起门旁的那把花伞，费了好大劲才撑开，经的风雨多了，自然不好用了。她心里掠过一丝伤感：这伞从小白送暖暖至今多少年了，她竟然一直还用着。那时她们都还是小姑娘，而现在，不但人到中年，还各自有了这样一个麻烦的孩子。如果没有聪聪，石楠也许就不会对暖暖的遭遇如此感同身受吧，得承认，她并不是一个对谁都热情的人！

暖暖在石楠的伞下边走边诚惶诚恐地说:“米粒儿自己的亲姨亲姑现在都不敢来看她了，难得你有这份心。”石楠淡淡地说:“说啥呢！我不也是当母亲的吗?”暖暖也学会反问了，说:“难道她们不是母亲吗？还不是一样铁石心肠？现在俺才知道，啥都没有命值钱!”石楠说:“暖暖啊，你其实仍然天真，一如20年前。你不知道在死的恐惧面前，连亲情都是靠不住的。你太善良，人性的自私，永远超出你想象!”

夜雨中，两个女人走在同一把旧伞下，寂静中传来羊儿恬静的叫声。米粒儿的房间透着孤独的亮光，咫尺之内却像在另一个世界。推开米粒儿房间的门，门疼得“咿呀”叫了一声，如一个害了伤寒的老太太。

昏暗的灯光下，石楠看到躺在床上的米粒儿，尽管有思想准备，还是吓了一跳，将暖暖手中的稀饭差点碰洒出来。做记者这么多年，经多见广，还是无法掩饰自己的惊诧。米粒儿瘦得大概还不到20斤，整张脸上只剩两只大眼，仿佛最后的生命之光在闪烁！房间凌乱地放着些犁耧耙具，但还算整洁，看得出每天暖暖都打扫。

不知是因为雨淋湿了衣服，还是因为心里的悲哀在弥漫，石楠感到浑身发冷：好好一个孩子，竟被病折磨成这个样子，人不人鬼不鬼，尊严何在？生命的意义何在？她知道这话是不能说出来的，这其实不是对某一个人的疑问，而是对生命更广泛意义上的困惑。从米粒儿那双大眼睛里，石楠看到了求生的焦灼和渴望，也看到了她的思维和思想依旧正常。她和自己儿子不同，儿子是大脑病了，但无知无觉；她是身体病了大脑却正常，要生生地承受病痛和折磨。石楠为她求生的渴望震撼，却又深感无能为力和不能言说的悲伤。当太多正常人将大好时光浪掷的时候，这可怜的孩子只求能够活下去，多活一天，再活一天……

石楠在米粒儿身边坐下，握住她的手，那手瘦得像麻雀的爪子。石楠感受着她微弱的呼吸，却感觉不到她身上的温度。她将几本安徒生童话递给她，听她用蚊子一样细微的声音说："谢谢姨！"她吃力地翻着，几乎拿不动的样子。她枕边有一本翻烂了的《新华字典》，暖暖一边给她戴上围嘴喂稀饭，一边说："俺米粒儿最爱看书了，几个孩子的书都拿来看了，没得看时就看字典，她也想像你那样，长大了当记者哩！可怜她现在连书也快拿不动了，你看，硬东西吃到肚里也不消化，只好给她喂流食！"

来之前石楠咨询过专家，知道米粒儿这种情况是很难医好的，只能通过治疗延长生命而已。而延续的每一天，都需要用金钱来维持，暖暖的所有努力，也许只能换来人去楼空、倾家荡产的结局。但面对一个渴望活下去的孩子，一位救子心切的母亲，石楠又能说什么？也许，她是明白最终结果的，只是她

心照不宣，或者怀着一丝侥幸和幻想而已，石楠有何权利打破她的梦想、剥夺米粒儿生的渴望？像暖暖说的，眼看着一条生命在那里挣扎，总不能见死不救吧？

石楠抚摸着米粒儿稀疏枯黄的头发，安慰说："米粒儿，不要绝望，要有信心。医学越来越发达，总会有办法的！"

米粒儿的眼里蓦地跳出了两点亮光，那亮光让人惨不忍睹。她说："姨，救救我吧！"也许在她眼里，石楠这个大城市的记者，是天下最了不起的，甚至可以让一个人不死。石楠把她柔若无骨的小手握在手里，柔声说："姨一定会想办法的。你看，窗外很快就要万物凋零，可是再过几个月，花就又开了，燕子就又飞来了，说不定到时候，燕子会带来好消息的！米粒儿，一定好好活着……"

米粒儿点点她麻雀般的小脑袋："嗯，我一定好好活着，等着，姨，你要救我啊……"

石楠笑眯眯地说："好的，米粒儿，姨一定想办法，来，咱们拉钩！她跟米粒儿的小指勾到一起，她细如麦秸似的小指，能勾得住她生命的重量吗？"

一回到暖暖的房间，石楠就忍不住泪如雨下。好像漫天的雨丝，都飘进了眼里。大屋和富康从被窝里露出眼睛，静静地看着她，不敢吭一声。暖暖端来一盆热腾腾的洗脚水，把她的脚放在里面。石楠责备她不该将米粒儿隔离，独自住在那样一间老鼠出没的农具屋里。这样做，太明显地让她觉察到了自己与别人的不同。

暖暖有些愧疚，嗫嚅着说："可是对这病，哪个不怕啊？连大医院都隔离治疗呢！不怕一万，就怕万一。再说，她咋会不知道自己与别人不同呢？身体天天在变，在痛……"

她说，她还会想办法弄钱给米粒儿治病，砸锅卖铁也要治。只要她活着，就不会放弃。她的坚韧让石楠心酸，但又不能不冷着心肠提醒她："砸锅卖铁？那其他3个孩子怎么办？不上学不吃饭了吗？别忘了你现在不仅是米粒儿的母亲，还是红果、大屋和富康的母亲，不只对一个孩子有责任！你不能只为一个，葬送其他孩子的前程啊！"

暖暖脸红了，无奈地说："可是俺又能咋办呢？米粒儿她是一条性命啊，先救她要紧，俺哪顾得了更多？"再说下去，她又变成那个愚昧又愚蠢的暖暖了，她说："其他孩子没病没灾的，只要有饭吃就成了！反正女孩迟早要嫁人，男孩只要有力气，日后就饿不着。"

石楠不知怎么表达她的愤怒，她知道她也实在没招了：乡下人哪能长得起病呢，更何况暖暖这种原本就成分复杂又屡遭天灾人祸的家庭！在一个拜金时代，没有钱就没有尊严，甚至没有生命！这些年，暖暖是怎么活过来的？种这么多地，养活这么多孩子，挨这么些打，还要背着孩子到处求医问药，难道就不觉得苦吗？

暖暖却说："哪里还顾得苦？俺只想着怎么给孩子把病治好！俺虽然无能，手里也是攥着一条命啊！"

"若是当初你不把米粒儿领过来，也许就不用受这么多苦

遭这么多罪了。你后悔吗?”

“不悔!还是那句话,不管她是不是俺的孩子,她总归是条命。俺不会见死不救!”

暖暖将脸盆端走时,小桃突然来电话了。石楠最怕接她的电话,因为那往往预示着儿子出问题了。果然,小桃用抖得不成调的声音告诉石楠:“聪聪出事了!他在阳台上玩,掉了一块拼图,他想跳下去,幸亏被护栏夹住了……腿受了伤,现在已经打120送往了医院!”

暖暖过来看到石楠苍白的脸,问:“怎么了?”石楠说:“没什么,单位有事催我明天回去呢!”

第二天天刚亮,石楠就背起包心急如焚地往外走,脚边鸡飞狗跳,这些家禽们见了人热情得很,却不知人心里多烦它们。暖暖不知实情,在一边殷勤絮叨着:“看俺这群鸡,可恬和人了,每天都有下蛋的,孩子们都抢着到鸡窝里去掏,但是他们都捞不着吃,俺只给米粒儿吃,她缺营养。”

石楠冷冷地说:“看这些孩子个个面黄肌瘦的,哪个不缺营养?”

“但是他们没病啊,都吃的话哪有那么多?俺自己种着十几亩地,看,俺还养一头老牛,一头小牛,17只羊,看那只老母羊,快要下小羊了……”暖暖没注意石楠的表情,仍在喋喋不休。石楠心乱如麻,刻薄地打断她:“光认识人就够了,我没心情认识你们家的牲畜!”暖暖有些尴尬,嗫嚅着说在一个院里住着,她早已将那些牲畜也当作人了……

和暖暖并肩走在村里的大街上，石楠又感受到了那种疑惑又不友善的目光，女人们窃窃私语，好像暖暖身上有瘟疫，她们随时准备着逃走。体验着暖暖因为米粒儿所遭受的压抑和屈辱，石楠不由为刚才的态度追悔。

暖暖拽一下石楠的衣裳，像一个胆怯无主的孩子，悄声说："自打米粒儿一病，俺在他们眼里都不像人了！和你走在一道，俺觉得这胆子才壮了！"石楠低声说："把胸脯挺起来，人在何时何地都不能放弃尊严！别人拿你不当人，你不能拿自己不当人！无论在谁面前，都要记住，你就是上帝！"暖暖听后，果真将腰杆挺了起来！

旮旯村的站牌下，石楠停住了。她发现暖暖的头上已经有了白发。女人就像树枝上的蝉蜕，生儿育女之后，自己就被掏成一个空壳了。石楠始终没告诉她自己儿子的实情和昨天发生的事情。她不愿任何人看到自己强者面具下的忧伤，即使是暖暖。越强的人内心其实越虚弱，一旦让人窥出卑微，就会一触即溃。

临别，石楠用肯定的口气说："米粒儿的事我不会袖手旁观的，回去我就想办法筹款，一定让米粒儿接受最好的治疗！"暖暖感激不尽："石楠，俺还以为你变了，瞧不起人了，其实你还和小时候一样，外面是块石头，里面包着火！"

一辆客车驶过来，石楠跳上去，冲暖暖摆摆手。仿佛一段岁月，一闪就掠过去了。

九

“几天里，我好像经历了一生的沧桑。暖暖到底是一个怎样的女人？她胆小怕事，与世无争，喘气时尽量少喘一口，坐着时尽量偏着身子少占点地方，走路时生怕踩了人家脚后跟，却有着‘野火烧不尽，春风吹又生’的坚忍顽强，哪怕快要死了，她也会坚持着，让自己晚闭一口气……

“我翻来覆去地想，也许只有在这块古老土地上，才会生长这样矛盾交织的女人：善良却又愚昧，卑微而又博大，懦弱却又不屈的女人！她说不出什么豪言壮语，可是她的爱发自内心，像泥土一样朴素而实在。一旦谁的命运与她联系在一起，她就不会放弃，无怨无悔地付出。在农村，到处是这样的母亲。她们的爱，提升不到多么高尚的高度，可就是这种平实又广泛的爱，哺育了一个民族。

“我从来没有像现在这样，为自己是一位母亲而自豪过！世上所有的人，无论女人还是男人，无论伟人还是乞丐，在母亲面前，都只是孩子！可悲的是，母亲们为了儿女，不惜献出自己的一切，却终究有些事，仅靠人力是不够的；有些事，无论你怎样努力，或许都难以改变命定的结局……”

趴在医院的病床边，守着挂着吊瓶睡去的儿子，石楠写下了如上文字。儿子虽然被护栏护住了性命，却扭伤了腿。大夫说伤筋动骨一百天，若想短时间内恢复，恐怕很难。好在儿童愈合能力强，他的腿不会留下后遗症，只是一时不能走路罢了。石楠这才松了口气！

上班那天，石楠将写好的稿子恭敬地递给正襟危坐的总编。他看看标题："母爱，一柄流着泪的小伞"，草草翻阅了一下，冷静地说不能签发。因为每个报纸都有自己的原则，你是咱们报纸的首席资深记者了，应该很清楚。十多岁的孩子患艾滋病，虽然是客观原因，却终究不是什么正面报道，这类稿件还是少上为好……

走出总编室，投入人海，总编的声音还在响着，压过了都市的喧哗之声："全国这么多人口，有病有灾的人多了去了，这个要帮，那个要帮，能帮得过来吗？现在人心冷漠，也可以说理智，劝你还是不要做这些无用功了！"

在人海之中逆向走着，风掀起石楠卷曲的长发。眨着眼睛的车流，光怪陆离的广告，尖叫的音乐……仿佛都在显示着都市的冷漠，人心的浮躁。她从没有像此刻这样刻骨地感到：她原来竟是如此孤独、弱小、无助……车流人海中，她那高高在上的尊严和高贵，已经荡然无存。个体生命的卑微、屈辱和无奈，微不足道……

十

多日后，风尘仆仆的暖暖突然闯进了石楠的家门。

那天，儿子刚刚出院，脚上还打着石膏，石楠正在家给他做训练。先是认钟表，当时针和分针都指向12的时候，他讷讷地说:“现在，11点，70分了。”

小桃正在摘菜，听到外面笨拙的敲门声，就捏着棵芹菜趿拉着拖鞋跑过去，一开门就呆住了，脸上凝固着不尴不尬的笑意。

在小桃戒备嫌弃的目光中，暖暖好奇地打量着这个在她看来异常华丽的房间，满脸是孩子气的羡慕。最后她看到了聪聪，并且明白了他也是个问题儿童，眼泪慢慢流了下来，讷讷地说:“对不起，石楠……我实在不知道，你也有这么个儿子!”

石楠苦涩地笑了。她知道从这一刻起，她在暖暖面前的强者和救世主形象，一下子坍塌了。她自嘲地说:“现在你也可以可怜我了，就像我可怜你那样!”

暖暖用袖子擦干泪，转身就往门口走。石楠忙拽住她，暖暖没头没脑地说她要回去让红果退学，石楠诧异地问为什么?暖暖抽噎着说:“俺不让她上学了，让她下来帮你照顾聪聪!”石楠厉声地呵斥说:“为了这个去害那个，这样的错你犯得还少吗?你咋这么糊涂?这么拿自己的孩子不当回事?你还算是个母亲吗!”

暖暖不停地用袖子抹泪:“可是聪聪天天关在家里，连个伴儿也没有，他总得有个孩子陪着啊……”她蹲下来抚摸着聪聪的脸。“多漂亮的孩子!可怜的孩子啊……”边说边泪如雨下!聪聪僵硬地将脸贴在她胸前，无悲也无喜。

暖暖毫不掩饰的真情如此深地触疼了石楠，她叹口气，将暖暖拉坐到沙发上，劝说道：“好了，别瞎操心了，光一个米粒儿就够你忙活的了！再说，聪聪有小桃帮我照顾，足够了，没有必要再牵扯别人！”

石楠知道暖暖是不会平白无故撇下孩子到城里来找她的，果然，是米粒儿的病情出现了状况。

那天，暖暖去米粒儿房间看的时候，发现灯没开，只有石英表的声音异常响亮。她开了灯，看见米粒儿的脸上亮亮的全是泪水，就搂住她问怎么了？米粒儿声音微弱地说：“大妈，我怕！城里姨捎的书看完了，房里每个蛛网有多少根丝，我也数遍了！要是我不能动了，耗子会不会跳到床上来，咬我的脚指头？”暖暖被她的话吓了一跳，她知道这孩子独自躺在这黑洞洞的屋子里，肯定会胡思乱想，她还要下地干活，不能老是陪着她。这可咋好呢，她突然想起红果的同学脖子上挂着个东西，可以听音乐，叫 MP3……

当暖暖将一个 MP3 挂到米粒儿脖子上时，她激动得喘气都困难了。她不知道那是暖暖将家里的破电视卖了为她买的。暖暖看着她听音乐时的开心劲儿，感到无限欣慰，但是这时，让她胆战心惊的事发生了：米粒儿的眼神突然发直，接着，一股混浊的液体从她嘴里喷射出来，溅到昏黄的灯泡上！那一晚，米粒儿吐了无数次，连眼神都几乎涣散了。不能再这样下去了，否则，这孩子很快就完了……

石楠曾经对暖暖作出帮孩子治病的承诺，但她手头哪有那

么多钱啊!

晚上，石楠和暖暖——这个从没见过红酒的女人喝干了一瓶干红。都醉了，无缘无故地笑个不停。石楠硬着舌头问暖暖笑什么？暖暖边笑边说:“石楠你说，咱这俩孩子是、是咋回事？自闭症、艾滋病，专长时髦的病!”然后，她俩你拍我的肩我拍你的背，好像不知道有多可笑似的，都笑出了眼泪。

石楠说:“好啊，心里美儿，你土了半辈子，终于也赶了一回时髦，没白活一回！哈哈哈!”

“俺哪有你时髦呢，石头南！你家聪聪还是……自闭症，俺乡下人听都没听说过！自闭症是啥意思啊，就是一间房子，将门关起来了吧……”笑着笑着，暖暖泪如雨下:“石头南，你得想办法把孩子那门，给他打开啊……石楠啊，你也不容易啊，这孩子，可苦了你了……”

石楠仍在笑:“哭什么，没出息的！苦点就苦点吧，谁让我是他妈呢!”

暖暖却越哭越伤心:“你小时候在家里，也没吃过这种苦哩!”

石楠骂起来:“废话，我那时也是个孩子呢，怎么会吃当妈妈的苦!”

“不过聪聪那病，总比米粒儿那病好啊，起码干干净净的，不传染别人，也不受人歧视……”

“干净？不受歧视？哈哈哈，大婶啊，你以为有世外桃源吗?”石楠含着眼泪笑个不停，笑得肩膀都抖起来了。

提起聪聪，就等于把石楠打进了地狱的深渊。这是她的软肋。借着酒劲，她开始滔滔不绝，酒让人将假面卸下，将平日积攒的委屈耻辱一泻而出："暖暖啊，你可能在心里说我敏感，说我虚荣，可是你知道因为这个孩子，我遭受的耻辱吗？孩子爸爸嫌弃孩子，早就与我分居，公开在外面寻花问柳；有次带孩子去商场，我去洗手间了，孩子抱起一个玩具就走。他不知道货架上的东西是需要花钱买的，结果售货员和保安满商场高喊捉贼……知道孩子有病后，有人就说，这样的傻瓜就该锁在家里，还领出来显摆个啥？听到那些窃窃私语，我真想假装自己不是他妈妈！暖暖啊，这是个多么冷漠的人海啊……"

暖暖怕冷似的哆嗦起来："不公平啊，老天爷真是不公平啊！"

石楠笑得肆意疯狂却又伤心欲绝："哈哈哈，公平？哪来的公平？你以为上帝是公平的吗？他让他喜欢的人，该得到的得到了，不该得到的也得到了，这就是幸运的人；他让他不喜欢的人，该得到的得不到，不该得到的却得到了，这就是不幸的人！"

暖暖伤心地大哭起来，不知是一种绝望，还是一种宣泄。她说："为何咱们的命，都比黄连还苦？俺苦也就罢了，为何你比俺还苦！"

儿子被暖暖的哭声吓住了，他颠着腿过来依偎在石楠怀里，满脸惊悸，这是石楠第一次看见儿子的脸上有了表情！她将孩子和暖暖紧搂在怀里，酒渐渐醒了："暖暖，别这样说，我再糟糕，也比你日子好过，起码我还有尊严、地位，没人敢低看我一眼！暖暖，别哭，不要让别人看到我们的泪水。我们有这样的孩子，就要背负起这样的屈辱！”

“石头南，俺只恨俺无能，帮不上你啊！俺的米粒儿现在还躺在家里，上吐下泻，没钱进医院啊！”

“我知道！”石楠拍着她的肩膀，“我知道不到万不得已，你是不会来找我的！你放心，你的孩子就是我的孩子，我会尽快筹集一笔钱，让米粒儿接受最好的治疗！”

十一

石楠再次来到总编室门前，门也不敲，就径直闯了进去。她将辞职报告甩到总编的桌子上，说:“既然我放下所有尊严来求您发一个稿子都不成，那么恕我告辞了。您有阻止我在报纸刊出的权力，我也有辞职的权利！”

总编终于做了妥协，签发了这个稿子，并且加编者按，呼吁人们来关注米粒儿的病，文章后面附有捐款热线电话。

当石楠在城里为米粒儿筹钱的时候，暖暖也正经历着煎熬，甚至，为了这个别人的孩子，她付出了屈辱的代价。

暖暖从石楠家回去后，在苦苦等待中，上天无路，入地无门。她看村里的一些老太平日吃斋念佛供菩萨，便想到或许菩萨可以保佑米粒儿。可是，求保佑也得花钱的。山上庙里开过光的菩萨，贵得很。于是，她就到田里挖了些黏泥，自己捏了一尊粗糙稚拙的泥菩萨，捧着往家走，路边的人指指戳戳地笑她，任她们笑去！她想：不管菩萨是土的、瓷的还是金的，只要有一颗菩萨心，就一定会保佑米粒儿的！

暖暖虔诚地捧着那尊泥菩萨，走进米粒儿的小屋。米粒儿正在床上呻吟。她忙将那尊泥菩萨放到窗台上，将大年夜供财神的香拿来点上，手忙脚乱地乱拜着，口中念念有词。米粒儿叫着："疼啊，疼啊！大妈，我浑身像扎满了蒺藜，哪儿都疼啊！"暖暖扔下菩萨跑过来搂住她，恨不得替她去疼。米粒儿不停呻吟着："大妈我不想死……我不想死……"

暖暖又何尝舍得米粒儿死，可是她砸碎骨髓也砸不出钱来了！她放下米粒儿，游魂似的出门槛往外走，又想起什么，回身给米粒儿换上尿布，然后六神无主地在院中瞎转着，自语着："借，借，大妈这就去给你借……"暖暖推起羊圈旁那辆自行车，毫无目标地往外走去，车后座上，夹着小白送的那把旧雨伞。

但是能借的都借了，还向哪里借去？只好厚着脸皮回娘家来。她垂头站在爹床前，一脸赧颜。已经瘫痪的老爹气得将正在喝的药碗摔碎了，黑色的药汤洒得遍地都是，尽管她知道爹会愤怒，却没想到他会愤怒到如此程度。他头发凌乱地躺在炕上，胡子上沾着药渣，咳嗽声伴随着骂声，从贪污犯的儿子小白到大字不识的棒槌，一一骂过来，骂这都是不听他话的报应！

暖暖哥嫂战战兢兢在一边不敢吭气，暖暖娘为老头子捶着

背，听他骂得恶毒，实在听不下去，便责怪说：“你就给孩子留个脸面吧，暖暖不是逼得没法子，能回来向你开口借这个钱吗？”暖暖爹气得几乎要在炕上鲤鱼打挺了，药渣子喷得到处都是：“她问我借钱，我向谁借去？甭说没有，有也不给！我瘫痪了这几年，她回来看过我几回？光伺候人家的孩子去了，哪里顾得上她老子？既然当初她自己愿意找罪受，就回去受吧，谁也帮不了她！”

暖暖娘忍不住抹起泪来：“暖暖，这都是你的命啊。你想救米粒儿，谁来救你啊……走吧，自己跌倒自己爬吧……”

暖暖再也没有说什么，她跪倒在地，砰砰地给爹磕3个响头，就起身跨出了娘家的门槛……

深秋的原野空空荡荡，夕阳将暖暖的身影，投在遍地躺倒的枯玉米秸上。她推着自行车慢慢走着，脸上犹挂着呆滞的笑意，显得疲累又苍老。一片玉米叶夹在车轮里转动着，发出干涩的呻吟声。路边，一群羊哀哀叫着，那声音在她听来都是米粒儿的哭声：“妈……妈……妈……”暖暖扔掉自行车，抱住一只小羊，像抱住米粒儿那样，慌乱地拍着：“米粒儿，好孩子，大妈一定为你借到钱，等着我……”

对面，一辆奥迪轿车开过来，喇叭不耐烦地响着，却没有惊醒蹲在路上抱着小羊的暖暖。车停下，跳下一个夹着皮包的胖男人，他不耐烦地冲暖暖喊着：“哎，我说这位放羊的大婶，你耳朵里没塞着羊毛吧？”

暖暖迎着夕阳茫然地抬起头，男人呆住了，呆呆地喊出了俩字:“暖暖!”

在镇上的小饭馆内，发福的小白抽着烟，冷冷地看着暖暖埋头吃着桌上的饭菜。与周围的人比起来，她是那么寒碜落伍，好像不知是哪朝哪代的人。小白感觉暖暖现在已经与一个乞丐没多大区别了，这就是当初她鼠目寸光的结果。要是她跟了他小白，现在就是董事长夫人了！小白恨这个女人，恨她的家人，在他最无依无靠的时候，连这个憨厚得有点傻的女人都抛弃了他。可是现在呢，他们已经天上地下了，真是三十年河东，三十年河西啊！看她如今这副惨相——桌上所有盘子都吃空了，她竟又珍惜地捡起桌上的几个米粒填进了嘴里！

暖暖吃完用袖子擦擦嘴，见小白正看着她，脸上这才显出了羞色。小白略带嘲讽地问她吃饱了没有？暖暖羞愧地点点头。小白拍拍随身带着的皮包，慷慨地说:“不够再上菜，咱有的是票子!”暖暖忙摇头，小白这才神气活现地朝女服务员招招手，“啪”地甩出一沓票子，说:“埋单，零钱不用找了!”可是服务员脆生生地说:“谢谢先生，我们这儿规定不准收小费。”将零钱退还了他。

小白失去了显摆的机会，有些尴尬，甚至有点恼羞成怒，恰好一位乞丐走过来，小白顺手把零钱抛给了他。暖暖心疼得想扬手阻止，恨不得将钱要回来，意识到自己无权干涉，只得讪讪地将手缩回。小白将一切收到眼里，心里得意，却故作不见。乞丐意外地碰上这等好事，感恩戴德一番，便生怕钱被讨回似的一溜烟跑掉了。

小白神气地将头一摆，说:“走吧！我送你回家!”暖暖应着，忙将一边的雨伞抓过抱在怀里，小白嘟囔说:“有雨没雨的抱这玩意儿干吗？像抱着自己的命似的。都啥年代了，还用这种秦始皇他奶奶用过的伞!”暖暖脸一红，低声说:“这还是当初，你送俺的那把呢!”

小白一愣，不相信地抓过伞看了看，神情渐渐变得激动，一层泪水蒙上了他的眼睛:“暖暖，这真是我送你的伞，这么些年了，你还一直带着？你、你心里还想着我?”

暖暖有些慌乱起来:“你别瞎说，俺，俺只是没买新伞而已。”

小白不由感慨万端:“快20年了，你还穷得买不起把新伞，暖暖啊暖暖，这些年你是怎么过的？你这个蠢女人，跟了我，你还能变得聪明点，离了我，你就只能变成这副模样！叫我怎么说你呢?”他突然一把抓过暖暖的手，不容置辩地说:“走，跟我走!”

暖暖被小白抓着，惶恐而不知所措:“去哪儿，你这是要带我去哪儿？小白，你放开我，求求你!”

十二

夜幕下，到处都是灯红酒绿的色彩，五光十色的灯光抛着风情万种的媚眼，诱惑并吞噬着越来越多的人。即使白天平淡的人，夜晚也会遭遇命运。石楠穿着长裙，摇曳在车流人海里，脸火烧火燎的热，那是在酒吧里喝的干红在发挥着作用。她在那硕大的酒杯中看到自己扭曲的脸，身体仿佛不堪重压，弯成虾的形状。她喝完了整整两瓶，从来没喝过那么多。

下小雨了，针尖一样凉凉地扎到身上，却没有痛感。借着酒劲，石楠往那座气派得足以令人生畏的写字楼里走去，趾高气扬却又无可奈何。这是最后一招了，为了暖暖和她的米粒儿，她决定破釜沉舟。

石楠以辞职相要挟换来那篇文章的刊出，本想通过自己的呼吁，换来人们对弱势群体的关心，为米粒儿筹一笔善款。可是她失败了，读者对此反应冷漠，收到的善款不足千元。不知是人心太冷漠，还是这类事情太多，已勾不起人们的同情心。也许总编说得对：现代人已经不会轻易将同情和善心随便施舍了！总编经多见广，阅尽世事，任何事情都会预先看到结果，而她，或许至今都没有真正融入世俗，看透人心。石楠目不斜视地走进办公大楼，一个保安前来阻止、盘问，她一记耳光扇过去！待看清她是谁，保安点头哈腰都来不及了。

在挂着“董事长办公室”牌子的门口，石楠刚要进去，一个衣冠不整的年轻女孩怒容满面地冲出来，差点撞到石楠身上。她看也没看，就不客气地推了石楠一把，将手中的一个纽扣狠狠一扔，跑远了！

石楠嘲弄而又同情地瞥一眼女孩远去的背影，将纽扣捡起来，推门而入。

那个男人正趴在老板桌下，翘着屁股找着什么，好歹是董

事长，看这点出息！

石楠从桌上摸出支烟点燃了，揶揄地说：“找魂吗？”男人吓了一跳，站起来，有些意外地推推滑落到鼻下的眼镜，操着他那口石楠已经生疏了的南方口音说：“妈的，扣子掉了。”石楠将那粒扣子抛给他，他往自己脖子下一照，正是缺的那颗，奇怪地问：“怎么在你手里？”石楠冷笑了：“扣子长了腿，自己跑到门外去了，明儿让新的女秘书给订上吧！”

男人脸一冷，回到办公桌前正襟危坐起来：“你怎么来了，不是说好了，不管我的私生活了吗？”

“你以为我闲得没事干了吗？”

“那你来干什么呢？俗话说无事不登三宝殿，你大小是个名人。”

石楠将烟屁股按在烟灰缸里，直言不讳地说：“我需要一笔钱。”

“肯定需要钱，你不需要钱就不对了。有那么个孩子，怎会不需要钱呢？孩子是我们共同的结晶，你出力我出钱，应该的，这个我从来没二话不是？只是何必你亲自跑一趟呢？给我卡号我派职员打给你就是了。”

“我给过你十次卡号了，你给我打过一次吗？哪次不是我将你堵到公司里一分分地往外抠？看起来财大气粗，其实比谁都会算计，拔你根毛就痛得嗷嗷叫，嘴里还死不认账！”

男人沉下脸，用公事公办的口气说：“说吧，这次要多少？”

“20万。”

男人惊得差点从椅子上跳起来：“什么？胃口也忒大了吧？”

石楠不卑不亢地说：“你不是用百元大钞擦屁股的老总吗？”

“孩子的医药费训练费家教费保姆费加起来一年用这么多还靠谱。你该不会是拿孩子的钱去包二爷吧？”

“我可没你那样的嗜好！”

“那怎么开这么大口，你想变成狮子侵吞我的财产吗？你要这么多钱到底派什么用场，啊？”

石楠犹豫一下说：“借给朋友。”

男人的嘴巴张得可以填一个四喜丸子进去。在他这个唯利是图的商人看来，这无疑是件不可思议的事情。他的脸变得愠怒，但他旋即就控制住了，摇摇那只满是豆窝的胖手说：“算了算了，反正从你嘴里也套不出实话，你爱做啥就做啥吧，只要不将它点着烤火玩就行了。”他突然变得这么慷慨大方，倒令石楠奇怪了，说实话，他一慷慨石楠还真害怕。男人抚弄着手上的大金戒指，大言不惭地说：“没办法，谁让我生意好呢？说实话，还真犯愁了，愁这么多钱，怎么花去？将来把腿一蹬两手一撒，谁继承呢？”

“难道聪聪不是你的儿子，是我从娘家带来的吗？”石楠愤怒了。

男人被戳到痛处，烦恼地将手摆了摆：“别提聪聪了，你

这不是往我胸口插刀子吗？一提他我这心就飕飕的痛！我就是给他一个亿，他能花吗？钱对他来说不是幸福，是灾难，这点常识你不懂吗？”

“你总算还有点人性。”

“你这是什么话呢，真是！聪聪血管里流着我的血呢……”男人突然凑过头，推心置腹起来，“说真的，我还真得为自己的财产打打谱，总不能创一辈子，成了人家的吧？自古无后为大不孝，我不能让我们谢家的香火就这么摇摇欲断，再说了，抛开这个原因不提，我们百年之后，谁来照顾聪聪呢？”

石楠冷笑：“为了照顾这个孩子，生下另一个孩子，这对那个孩子公平吗？再说，像你这样的人，值得我为你再牺牲一次吗？”

男人拍拍石楠的背，口气软下来：“哎呀，又生气了，我这不是在与你商议吗？”

“你与我商议什么？你不一直在物色为你生孩子的人吗？不是有很多女孩等着为你奉献吗？除了走马灯似的换女秘书之外，还有颇有姿色的女职员、洗脚城美容院 KTV 里的小姐呢！她们不都是你的候选人吗？”

“你就少损两句吧，我正为此伤情呢！”男人愤愤地将手中的扣子摔到烟灰缸里，“我算看透了，凡是投怀送抱的女人，都是盯着我的钱袋。如今肯花我钱的女人不少，招招手就来了；肯为我生孩子的女人，却大概只有你这个原配了！”

“你就死了这条心吧，想为你生的话，何必等到今天！我不与你离婚，不过是不想让孩子失去爸爸！”

令石楠诧异的是，男人突然跪了下来，将头埋在她脚下：“我是说正经的，石楠，就算你可怜可怜我，为我生个健康的孩子吧，我们现在还是合法夫妻呢！”

“你的膝盖怎么这么不值钱？还是，你的脊椎骨让人给抽了？”石楠掩饰不住恶心，嘴巴损得像刀子。

“只要你答应我，钱你要多少我给多少，这次的20万，我立马就可以给你。你要是还信不过，我立马就为你填支票！”

说着，男人真的爬起来，从抽屉里摸出支票做出欲填写的样子，眼睛却瞅着石楠的脸，不肯真行动。石楠又点一支烟不停地抽着，手抖得厉害，脸埋没在烟雾中，再也看不清男人的脸，也看不清自己的心。她眼前晃动的，是米粒儿眼中求生的火花，和暖暖那张笑到悲愁的脸……

十三

小镇上，也下起雨来了，不管相隔多远，也是同一顶天空。细雨使夜晚的霓虹显得虚幻迷离，如久远的往事。小白的车在雨中前行，灯光在脸上变幻着颜色，使他的神情显得决绝而莫测。暖暖抱着伞，不时忐忑地问一句：“小白，你，你这是要带俺去哪儿？”小白答非所问：“你不是需要钱吗？我给你两万，够了吗？”

小白的车在一家宾馆门前停住了。“老相识宾馆”几个字

在雨中闪烁着沧桑。小白手握方向盘目视前方，面无表情地说："我不逼你，你现在改变主意还来得及。"暖暖再傻也明白了小白的意思。她呆呆地看着面前小白胀鼓鼓的皮包，它在急促变幻的色彩中闪着诱惑的光亮。

小白将伞递给暖暖，一语双关地说："拿好伞！外面下雨。这东西，本来以为旧了，没想到还有用上的时候……"说着，打开车门径自先下了车。

暖暖和小白相对坐在宾馆的大床上，小白一个一个僵硬地为暖暖解着扣子，神情有一种报复的快意，也有一种隐隐的痛楚。他的每句话都好像咬着牙根在说："当年，是你对不起我！你对不起我！"眼前的小白令暖暖感到十分陌生，也十分害怕，她抖抖地说："当年，是俺对不住你，俺对不住你……"她一遍遍重复着，像愧疚，像乞求，又像要给自己的行为一个借口。

小白突然涕泪交加："你这个贱女人，傻女人！你甩了我，竟然去嫁给那个大字不识的光棍！"他撕扯开暖暖的衣服，亲吻着，撕咬着："到头来怎样啦，还不是被我压在身下！你这个贱人，你以为我不嫌你脏，你以为我真想要你吗？我不过是想看看，你老成啥样子了，你这个傻女人……"

暖暖挣扎着，无声哭喊着，流下了复杂的泪水……

十四

石楠老公的大办公室里。他将寝室的门推开，像演戏一样，弯腰做出恭请的姿势："请吧，女士！"

石楠像陌生人那样打量着这间寝室：床前一双大红的高跟鞋，穿衣镜前挂着一只乳罩。她早已经没有屈辱的感觉了，冷眼看他不慌不忙地将乳罩随手扔进垃圾桶，一脚将高跟鞋踢到床下去。面对着阔大的双人床，他再次作出恭请的姿势："有请，亲爱的夫人！"

石楠将烟猛吸几口，终于下决心似的将烟头一扔，脱下的高跟鞋差点砸到他身上。他一惊，赞叹说："嚯！还是这么野蛮，我喜欢！"

石楠僵直地躺到床上，不可遏制地大笑起来。笑得双肩抖动，热泪横流。男人被笑得发毛，嗔怪说："笑啥？闹鬼似的！"

"我觉得自己像一头猪，一头躺在祭台上任人宰割的猪！"

"哎，这就是你的不对了，这是件严肃的事情，生儿育女，传宗接代，多神圣啊，我们又不是偷情，我还是你丈夫呢！"说着，他将衣服一件件脱下，仔细叠好，刚要躺下，突然想起什么，摘下脖子上的领带；刚要动作，又想起什么，起身将床下放歪了的皮鞋摆好，端详一下感觉整齐了才罢休；嘴刚要寻找对象，才意识到没摘眼镜……最后，他才像拍一头猪那样放肆地拍拍石楠："好了，开始了……"

第二天早晨，男人站在穿衣镜前，按部就班地戴眼镜，穿衬衣，打领带，梳头，刮胡子。石楠厌倦地闭着眼睛，倚着床头凶猛地抽烟，被呛得不时咳嗽着。她的悲哀藏在浓烟里，没

有谁看得见。

男人边刮着胡子，边在镜子里对石楠说："但愿这次有所收获，我可不愿意做个光种地不打粮的农夫，听见没有，亲爱的！"石楠回敬说："你播种的地还少吗？还不是一样颗粒无收！"男人从穿衣镜前回过头来，嗔怪说："嗨，骂人别揭短嘛！我对你一贯客气，你却总是尖酸刻薄，名人是不是都这个脾气？你说，这次你到底能不能为我生个健康的儿子？"

"不是个孽种就不错了！"石楠掐灭烟头，飞身下床冲出卧房，从老板桌上抓过填好的支票，就往外冲去……

太阳还未出来，仍有街灯寥落地闪着，如渐去渐远的狂欢。街上的车辆渐渐多起来，石楠一边东倒西歪地走着，一边疯狂地哈哈大笑，完全不顾及警告的喇叭声。紧急刹车声，叫骂声响成一片。一个司机抻出头来对石楠骂着："疯子！"

石楠不管不顾地继续笑下去，那是一种屈辱到极致的笑声，在这个时辰格外的刺耳和惊心动魄："哈哈哈，我要想堕落，何必等到今天！"

此刻，小镇宾馆里的暖暖也已经穿戴整齐，她在叠被子，头一直不敢抬起来。她无法面对自己。昨夜，激情过后，小白紧紧抱住她痛哭流涕："对不起，暖暖，我可怜的暖暖，苦命的暖暖啊……"而此时，小白正坐在床边穿袜子，眼睛斜着暖暖，脸上同情和怨恨、鄙视和无奈相交织，他看着忙碌的暖暖，讥讽说："别忙活了，这是服务员的活儿！老是一副童养媳相，你以为这是你家吗？"

暖暖垂着手讪讪地坐到床上，她显得羞愧、拘谨而卑贱。

小白从皮包里抓出几沓钱，扔到床上。暖暖忙将捆着钱的纸条撕开，用缠着胶布的手沾着唾沫笨拙地数起来，数得极其仔细。小白无声地注视着她，神情郁闷而悲凉，这还是他的暖暖，他年少时做梦也喊着的暖暖吗？暖暖将数好的钱摆成几摞，又用指头点了两遍，发现了问题，她诚实地说："小白，这是三万，你多给了俺一万。"小白苦笑了："我知道，这一万是我多送给你的，好歹咱们好过一场，收着吧，你正是用钱的时候。"

"不，说多少就是多少，你快把这个收回去，俺不赚你这个便宜！"

小白生气了，夺过暖暖递上来的钱抛到床上："叫你拿着你就拿着，不拿就扔到马桶里冲下去！"

"好，俺拿着！等俺米粒儿好了，俺一起还你！"暖暖被小白的喜怒无常弄得惶惑不已。他们已经完全是两个世界的人了，就如同石楠和她名义上的那个老公，曾经一起起步、奋斗、憧憬，却终于被时代的大潮抛到了不同的地方，再也不能融合！

十五

石楠和暖暖，在经历了不堪经历的，付出了曾一直坚守的之后，回到了各自的家。

暖暖推开大门，院内一片寂静，圈中的牛羊无声地望着它们的主人。这寂静让暖暖害怕。她怀里抱着个纸袋子，急急地

往米粒儿房间跑，边跑边战战兢兢地嘟哝着：“你们这些牛啊羊啊的，今儿怎么不叫了？米粒儿，米粒儿，你听见了吗？大妈有钱了，大妈明天就和你去医院！”

当暖暖推开米粒儿的房门之后，却意外地发现米粒儿正笑盈盈地望着她，好像有什么高兴的事，看上去异常精神。暖暖一屁股坐下搂住米粒儿，仿佛承受不了这份惊喜和激动，一点力气都没了。

傍晚时分，棒槌妹穗子提着一包点心蹑手蹑脚地走进暖暖的家门，好像怕人看见。她扒拉开铁丝上挂着的尿布，挨个窗户往里瞧着，最后找到米粒儿的窗户，忙掏出口罩戴上，悄悄朝里瞧去，越过那尊泥菩萨的肩头，她看见屋内的桌上，摆着豆奶粉和一些吸管，还有一个鼓囊囊的纸袋子，一看就是钱。棒槌妹不由疑惑地撇撇嘴。

暖暖从米粒儿身下取出尿湿的垫子，扔进洗衣盆里，又取下块尿布重新垫上。米粒儿瘦骨嶙峋，只剩十几斤的模样了。穗子的眼泪掉下来了，她趴在窗户上往下拽拽口罩，悄悄擦一擦眼睛。

暖暖洗洗手冲好奶粉，用勺子喂米粒儿，米粒儿不时咳嗽着，奶水溅到泥菩萨身上，变成混浊的泥水顺着流淌下来，果真是“泥菩萨过河自身难保”啊！暖暖从墙上看到穗子投下的影子，忙回过身来招呼：“妹妹，趴在窗外干啥，进来看看米粒儿啊！”

穗子紧张地摇着手：“不用，不用，俺，俺还得回去做豆腐呢!”

米粒儿虚弱地朝她喊:“姑姑，我想你了，昨晚我梦见爸妈，还梦见你和奶奶了。”

“我也想你呀米粒儿，你看——”穗子将手中的点心高高提起让米粒儿看，“姑给你买好吃的了，我给你放在窗台上，待会让你大妈拿给你啊!”说着，她就急急地往外逃去，跑到门口又回头大声叮嘱着:“嫂子，给米粒儿的东西，别让猫偷吃了啊，也别让红果和大屋吃了，他们又没病没灾的!”

暖暖再不敢离开米粒儿，她觉得她今儿有些异常。

到了晚上，米粒儿果然发起高烧来，暖暖将米粒儿抱在怀中，尽管身上已经裹了几层衣服，她仍然遏制不住地抖着，说“冷—冷—冷!”牙齿咬得格崩响。她对暖暖说想出去看看星星，她躺在这黑屋子里，已经很久没看到星星了。暖暖用大红羽绒服将她包起来抱到院子里，米粒儿已经瘦小得比一个婴孩大不了多少了!

漫天星光下，米粒儿用梦游一样的声音说:“大妈，我躺在你怀里，就像刚生下来一样，大妈的怀抱，比我妈的还暖和。”

暖暖说:“咋会呢，谁的怀抱，能比得上亲娘的怀抱呢，俺的米粒儿，就是嘴巴巧。”

“我为啥不是你的孩子呢，大妈，我真想缩到你肚子里去，那样，我就不会生病了，也就不会冷，不会疼了。”

“米粒儿啊!”

“大妈，书上说人死了，就会化成星星，我会吗?”

“别瞎说，你咋会死呢?”暖暖泪眼婆娑地说，“你还没参加期末考试，没把成绩单拿回来给大妈看呢，你将来还要上大学，还要嫁人，还要像大妈这样，生儿育女！大屋他们都不听话，大妈将来还得指望俺的米粒儿养老呢!”

“嗯，我会好好孝敬大妈的……”米粒儿的声音越来越微弱，她的小身体也抖得越来越厉害，她的话在暖暖听来，句句像儿时听的瞎话那样:“我赚钱了，就给大妈买把新雨伞，折叠的，像花蘑菇一样好看的……大妈老得走不动了，我就背你出来看星星……大妈，要是我死了变成星星，你认不出我了，就找那颗朝你眨眼睛的……”

暖暖预感到不妙，慌忙呵斥:“不许胡说!”声音大得连她自己也吓了一跳。

“我得告诉你，眨眼睛那是我俩的暗号呢。别人我都不告诉他……只有大妈，认得我……”

“不行，你得陪着大妈！你一天天长大，大妈一天天慢慢变老，老得就像你奶奶，你姥姥，牙掉光了，耳朵也聋了，手和脚都筛起糠来，哆哆嗦嗦的……”

米粒儿的声音渐渐变得含混:“大妈，对不起……”

月光下，暖暖的声音像一位饱经沧桑的老人那样苍凉，泪水在她的脸上淌成河流:“……到那时候，咱们一家人就到月亮上相聚了，坐在桂花树下，大妈打着折叠伞，你大伯开着农用车，你和红果穿着大红羽绒服，大屋和富康踩着滑板车溜来溜去，对了，还有你爸，你妈，你奶奶，呵呵呵……”

米粒儿的眼神渐渐变得恍惚、涣散，她的声音像气体一样消散在夜空里：“大妈，我想……叫你……一声……妈妈……”她的嘴角挂着一缕憧憬的微笑，用仅剩的气力最后喊了一声：“妈——妈！”然后，她的头就在暖暖的臂弯里软软地垂下去，一张小纸条从她手中飘落。那是她早就写好的遗书。

暖暖抱着米粒儿，将头埋在她的小胸脯上，放声痛哭！

十六

当石楠提着一袋子钱第二次来到旮旯村时，已是黄昏。小雨刚停，大地一片清新，一道彩虹挂在天上，而彩虹下面，是一座小小的土馒头，上面飘着五颜六色的纸钱。一个背铺盖卷的男人正跪在那里捶打着沙土，号啕大哭。那是刚刚归来的棒槌。

石楠手中的袋子滑落地下，一捆捆的钞票滚落脚边。她看见暖暖在孩子们的簇拥下，将那把旧伞向彩虹的方向抛去，它在夕阳里张开翅膀，越飞越高，越飞越远……

石楠向暖暖走过去：“米粒儿她？”

暖暖擦干眼泪，扬起头来一字一顿地说：“俺的米粒儿，她走了。她给俺留了封遗书，让俺别伤心，她说，俺还有一群孩子，等着俺去爱呢！”

暖暖含着泪笑了，石楠从来没看见她笑得这样美、这样灿烂过……

（后记：米粒儿死时年仅12岁，体重只剩十几斤。亲属们因担心传染，无人敢靠前，是暖暖用衣襟将她兜出来安葬的。）

附米粒儿的遗书：

大妈：自从我躺在床上再也不能下来，就天天想着怎么给您写这封信，我想把我心里的话，都说出来。这对我来说，是顶顶重要的事儿了。

亲爱的大妈，大伯，我爱你们，可是我再不能做你们的孩子了；姐姐、哥哥、弟弟，我也不能和你们一起上学了，真羡慕你们啊……大妈，谢谢您，是您的爱，延续了我的生命；让我比所有的孩子，都幸福。

大妈，我想活着，我不想死！大妈，请原谅我，我答应过长大后给您买一把新雨伞，像花蘑菇一样美丽的新雨伞，可是我再也没有机会长大了。知道我为什么要给您换把新伞吗？因为当您背着我四处求医的时候，我看见您撑开的伞上，总是流着泪……

大妈，我走了，您的伞就不会再流泪了！我走了，您就可以安心照顾姐姐弟弟们了，别伤心，您还有一群孩子，等着您去爱呢！

大妈，您的怀抱，是世上最温暖的地方；我真想在您的怀抱中，多待一会儿，叫您一声：妈妈……

在他的喘息声中，我仿佛听到他心里的哭泣：也许这将是最后一次了，虞姬，我的虞姬，我们没有机会了——

垓下残阳

在天寒地冻的垓下，我听到了死亡那渐渐逼来的脚步声。分分秒秒都变得如此珍贵，却又如此漫长。我相信大王和他的将士们也都听到了，只不过大家都心照不宣而已。

荒草摇曳，枯枝如一只只瘦骨伶仃的手，痉挛着伸向苍茫天空，将天空抓出一道道的伤痕。西天边，残阳给四周的风景泼洒上一层血色，新鲜的血的腥气，从有厮杀声的地方隐隐飘来，证明这旷野还有生命的存在，尽管那是一群生命在毁灭另一群生命，一群母亲的儿子，在与另外一群母亲的儿子搏杀，不是你死就是我亡。

透过军帐上开出的小小窗口，我就这么呆呆地站了一天。我在等待着我的大王，不悲也不喜，不累也不饿，无知也无觉。

我是谁？我似乎忘记了，我似乎已在这窗前站立了一千年。习惯了等待的女人，心比容颜要苍老。荒野里自生自灭的花朵，从盛开到凋落的过程，只有过路的风儿能看得见。而等待的那个人，等他真正回来的时候，也许天就老了，也许地就荒了，而盼归的女人，也许就在他的脚下，枯萎凋落成了泥巴！

千年后，人们都习惯叫我虞姬，没有人知道我真实的名字——尽管我走进了历史，也留下了历史，却没有留下一个名字。有专家考证说：人们之所以称我虞姬，是因为我来自虞地。也有专家说：虞是我的姓，而姬是那个时代人们对女子的最普遍的称谓。其实没有了肉身，空留一个名字又有何用呢？

那不过是一个便于人们称呼的符号，所以对我来说，对错都无关紧要。

大王喜欢叫我虞美人，亚父范增总笑眯眯地叫我虞姑娘，军营里那些俏皮的小兵们更愿意声声叫我虞夫人——听到这称呼我总是展颜一笑，却暗自有几分心酸，我知道士兵们是为表达对我的敬意才称我虞夫人的，而在我听来却好像一个嘲笑。兵荒马乱中，我是军营中唯一的女子，大王身边唯一不离不弃的女子，却一直没能与大王举行一个像样的婚礼，所以我至死没有一个名分。

不过我不在乎这些，我爱大王胜过生命，这就够了。营寨的石墙，已经为我阻挡了俗世的一切，我不知道在石墙之外，是否有红颜祸水的窃窃私语在大街小巷流传。对此，大王却深怀愧疚。在寒风呼啸的孤寂夜里，他浊重的鼻息贪婪地吮吸着我的体香，用粗壮的胳膊紧紧拥着我，几乎要将我小小的身躯挤进他的胸膛里去。如果真能那样，我就安全了。我听见他浊重的心跳撞击着肋骨，撞击得我的心都疼了！我伸出手去抚摸他粗糙的脸，却摸到比冰还要凉的泪水。我刚叫一声："大王！"他就更加冲动地拥紧我，喃喃地说："虞姬，原谅我，你跟随我这么些年了，我只顾着征南战北，却一直没能给你一个郑重其事的婚礼，向世人宣布我的王后！可惜我到了穷途末路，才知道后悔！"我说："大王，爱一个人爱到愿意为他去死，难道还会在乎一个名分不成？"大王固执地摇着头："不，不，虽然我并不是一个注重形式和凡俗礼仪的人，但对你不一

样。在我心里，一个小小的虞姬大得过整个天下的重量。我项羽一生一诺千金，言出必行，却对你食言了，虞姬，我的虞姬，我对不起你！我项羽对得起天下苍生，却独独对不住一位柔弱的女子！”

从远处的树林里传来乌鸦不祥的叫声，令人心惊肉跳。我来到用粗大的树根搭成的梳妆台前，拿起一面铜镜照着自己的容颜，铜镜里的女人憔悴不堪，仿佛一个被记忆尘封多年的人，只有那双眼睛还在灼灼发光——那是要活着，活着等待大王归来的热望在燃烧！是的，活着，一定要活着，大王啊，为了你，我生命的全部意义就仅剩下了两个字：等待！大王已经三天三夜没有归来，谁都知道与汉军的这一仗，凶多吉少，可是只要厮杀声还在，我就不能放弃，不能倒下！

看着窗户上渐渐沉落的夕阳，我毅然掀开芦苇编成的厚厚的草帘子，走出军帐。

天将暮了，风仍未止息，如一个个无家可归的魂灵，打着旋儿一个接一个从眼前的荒野里滚过，捎带着飞沙走石，仿佛一场怪异的表演。一出帐，我就被风吹了一个趔趄，衣裙飘飘地好像要飘到天上去，连大地也拽不住了。风像烟一样呛得我咳嗽起来，它想将我吹回营帐去，可是我比风更倔强，也许我从骨子里就是一个迎风而上的女人，尽管柔弱得像一株含羞草。

我整理一下单薄的衣裙，义无反顾地朝着有厮杀声的地方走去。

苍茫混沌的天地间，只行走着我，一个渺小的女子。像生命之初，又像世界之末。

一到冬天，河就瘦了。脚下的这条河，没有乡亲来告诉我它的名字，我和大王喜欢将它叫作蹉跎河。它像时光一样渺茫而漫长，不知从何来，也不知往何处去。这条河，曾经留下我眺首遥望的身影。大王去汉营挑战的时候，我和老炊务长就在这河边边等待边淘米，捞鱼虾。小兵娃子们都喜欢叫老炊务长白头翁，因为他的头发全白了。可怜捞出的那些小鱼小虾，自己都瘦瘦的，还要被我做成烧杂烩去滋补大王那疲顿的身体。每当这时，老炊务长总是说："虞姑娘，莫难过，人有人的命，鱼虾也有鱼虾的命，它们有幸进了大王的肚腹，壮了大王的筋骨，这是它们命好。起码它们比俺们这些将士命还好，你看有多少将士抛尸荒野，无家可归，喂了那些馋嘴的乌鸦啊，哈哈！"

河里结了一层薄冰，我贴着岸边走，如镜的水面吻着我匆匆掠过的身影。远处落叶飘尽的树林里，有啄木鸟在笃笃地啄着树木，而在冰河边，有一只孤独的乌鸦在认真地啄食一个人的头骨，发出和啄木鸟同样坚硬冷酷的声音。它是那么执着耐心，仿佛这是它神圣的使命。我轻如鸿毛的脚步声惊动不起它的一片羽毛。"可怜无定河边骨，犹是春闺梦里人。"千年之后的唐朝，一位名叫陈陶的诗人，写尽了征人的血泪！

在这人迹罕至的荒野里，人和动物是平等的。父精母血给予的生命，并不比一只乌鸦更高贵。我不忍再看，将目光投向

远处。如果我这时候倒下去，也会像那个无名的头颅一样，成为乌鸦的晚餐吧？

不，我不要倒下去，我要去找我的大王！

大王曾经说过："你，虞姬，你这小小的女人，你不是我的影子，你是我的灵魂。活着，我们要走在一起，死去，也要躺在一道！"

在命如草芥的乱世里，女人只是男人们的奴隶和用来传宗接代的工具，我敢说偌大一个天下，唯有霸王能如此珍重地对待一个卑微的女子！被天下最强大的男人爱着，我还有什么不满足的？为了这个男人，我还有什么不能做的？

我伸出冻得像树枝一样僵硬的手指揉着眼睛。不，我不是在流泪，是眼里吹进了沙子。揉了好久，我才将沙子涩涩地揉出来，却始终没有揉出一滴眼泪。随大王八年征战，我的泪已经流得差不多了，也许早晚有一天，它会随着大王的血流尽……但如果我的眼中仅剩了一滴泪，那一定是为大王流的。我的泪，我的笑，只为了他。从汉王刘邦撕毁停战合约，楚汉重新燃起战火的那一天起，我就时刻在鼓励大王：打败他，冲出去！但我也时刻准备着用最后一滴泪水，来埋葬我们惊世的爱情。

军中的粮囤渐渐见底，剩下的粮食已经粒粒可数时，为了不让将士们饿着肚子打仗，老炊务长曾经带着伙夫们跑到野外来，搂树叶割瓜秧和藤蔓，回去用石磨研碎了，掺上少量面粉蒸黑馍馍吃。馋嘴的大王这时也主动将吃烧杂烩的特权取消了，他毫无顾忌地蹲在锅灶边，和军士们一道大嚼那些苦涩难咽的黑馍馍。那些黑馍馍比马粪还要粗制滥造，下咽时搔得人嗓子眼儿都疼，吃下去也不易消化，很多人吃后都排泄不出，苦不堪言，夜里起来捂着肚子颠颠地乱跑，对着月亮凄惨哀号，很多人就这么送了命！

好在大王安然无恙，他身体壮硕，胃口也好，老炊务长说他一定生了个铁胃，人又年轻，吃石头也会化的。两军交战，是人让人死，而瘪着肚子打仗，则是天让人死了，常常不等汉兵的枪戟刺来，楚兵们就成片成片地倒下。北风吹起他们的衣角，露出他们瘪瘪的肚子！大王搂着那些年轻的躯体号啕大哭！但当他重新站起来，扬剑出鞘的时候，他被泪水洗过的眼睛依然明亮，他仿佛从山谷里发出的声音依旧底气十足："将士们，我们一定要在饿死之前打败汉军，我要让这九里山，成为汉军的大坟场！我们的粮食吃光了，刘邦的日子也好过不到哪里去，我们的故乡彭城已经近在眼前，而刘邦只能和远在汉中的萧何遥相呼应。楚汉之争，在此一决了，不是你死就是我亡。将士们，勒紧腰带拼死一战吧，打败了刘邦，我就带你们衣锦还乡，荣归故里！"

大王的吼声激情洋溢，震耳如聋，将士们的呼声响彻云霄。

夜里，大王如雷的鼾声惊天动地，仿佛宁折不弯的誓言。我却辗转反侧，难以入眠，我将乳房紧紧贴在他强健的脊背上，或者温顺地蜷缩在他的怀中，如一只绵软的蜗牛，缱绻而

伤感。一次次酣畅淋漓的宣泄之后，他终于累了，他的鼾声将我的耳朵都震疼了。也许很少有人能像大王这样，在几乎山穷水尽、穷途末路的时刻，仍有这样狂风骤雨的强烈欲望。只要一回到营帐，脱下带血的铠甲和热气腾腾的靴子，只要伸手将我捉进怀里，他便会将我扔到卧榻上，无休无止地索要，不知疲惫，不停不歇。在他的喘息声中，我仿佛听到他心里的哭泣：也许这将是最后一次了，虞姬，我的虞姬，我们没有机会了，没有机会了！

我知道大王的心里是有着深深的忧患的，只是作为一个大王，他不肯让人看见而已。越强悍霸道的男人，内心其实越脆弱。两军交战，粮道被敌军切断，粮秣断绝，被四路诸侯联军围困于垓下，这岂是儿戏？他们有六十万兵马，而楚兵只剩了十万残兵败将，尽管大王也有用三万人马胜六十万联军的辉煌奇迹，可那毕竟是在楚都彭城，而不是在这绝壁荒寒的垓下！

我从每个士兵忧伤的眼里都看到了这样的疑惑：刘邦撕毁合约，调兵遣将穷追不舍，他已经孤注一掷了！既然刘邦豁上了，我们还能活着回到故乡吗？

回乡的路为何这样难？大王说从这里骑马一直往前走，再走三四天就是故乡了！为何我已经望见了故乡的屋顶，却始终到达不了故乡的身旁？

将落的残阳，好歹有了一点儿红润，哆哆嗦嗦地从绝壁峭岩之后探出一角来，仿佛也像被围困在这异地他乡的楚兵一样，害怕面对行将过去的一天。一场薄雪刚化完不久，原本湿润的地面冻得硬硬的。从绝壁的后面，突然传来怪异的叫声，我转头去看，不禁吓了一跳：只见成群结队的乌鸦像黑色的落叶，怪叫着飞过来，它们如一片黑云飞过我的头顶，又一只接一只地降落到河边，公然地与那只乌鸦抢食着人的头骨！

我的头发在风中飞起来，头皮一阵阵地发麻。我快步逃离了河边，走进那片每日在帐篷前遥望着的树林中。多年来随大王征南战北，颠沛流离，我身边甚至连一个婢女都没有了。没有女人能吃得消军中非人的苦。

呜咽的风，将每棵树都吹得只剩下骨头，将征人们的衣衫吹透了，将望归人的心吹凉了！脚下，是厚厚的落叶，它们已经在寒冷中，褪尽了曾经鲜丽的颜色，踩到哪里，哪里就发出一片干燥的碎裂声：沙沙沙、沙沙沙……树叶也是有心的，在碎裂成尘的那一刻，它也会喊疼。干枯的藤蔓像老人萎缩了的筋脉纵横交错，纠缠挽留着我的脚步，仿佛担心我会一去不归。

越过空旷萧索的树林，眼前是一片一望无际的荒野，也许在更久远的年代，这里就曾经是一片古战场，埋葬了无数无名的征人和他们的思乡之梦。

我站在荒草间，扶着一棵叫不上名字的古树引颈眺望着，仿佛已经在此苦等千年。千百年来，多少的女子就这样在斜阳里望眼欲穿，如一尊裙裾飞扬、耳环摇曳的雕像。风，将我额头的长发拂来拂去，将我的嘴唇吹得干裂冰凉，连我的牙齿和

眼珠，都感到了刻骨的冷！我用冻僵的手，将一缕长发抿至耳后，忧郁的眼睛凝望着远方。那西天尽头，夕阳即将落下的地方，一只只苍鹰忽高忽低地飞翔着。我仿佛看见，战后那惨不忍睹的沙场：一面残破的旌旗，在山坡上飘荡着。有黑色的血，从沟沟壑壑间流下来，流过那些被遗弃的辎重、兵器，血肉模糊、横七竖八的尸体……

成群结队的乌鸦又飞来了。残损的战车上，一个一息尚存的年轻楚兵，伸出痉挛的手，试图去够不远处的一个绣花香囊，手抖抖地抓挠着，试探着，却总是可望而不可即。汗和血，一同从楚兵的额头上流下来。他的眼神开始涣散，手也变得僵硬，终于，他倒在车辕上，头软软地垂向土地，嘴角挂着嘲弄的笑意，大睁的眼睛里辉映着混沌苍黄的天空。他身下的血，滴滴渗入黄土，染红了那个绣工精巧的香囊。那里面散发出来的奇异香气，收容了他无家可归的魂魄。他一定是想跟着那缕香气，回家……

远处，传来受伤的战马凄厉悠长的哀鸣……那个终日在垓下游荡的疯女人不知从何处跑过来，抱着她夫君那件浴血的战袍，在那些还带着温热的尸体旁穿梭。她摸一下这个的脸，为那个整整衣衫。她一会儿哭，一会儿笑，用泣血的声音边走边唱：

“我兄征辽东，
饿死青山下，
寒骨枕荒沙，
幽魂泣烟草……”

眼泪，不知何时滚落出来，渗入身上那件早已褪色的棉袍。我觉得自己就是那疯女人——那个为爱痴狂的疯女人，可是有谁能听得见我内心凄厉的歌唱！雁飞尽了，鸟归巢了，我等待的人儿，你为何还不回来？

一阵仿佛来自天外的马蹄声，突然从夕阳那边传来，裹挟着横扫千军的力量，惊起树枝上的鸟儿，群群向远方飞去！是大王，我的大王！

我离开古树，往前跑去，口中喊着大王的名字。

是大王，是他！我看见了那血染的“西楚”大旗，大王巍峨的身影出现在夕阳里，身后，是他残兵败将的队伍……

大王残破的战袍在风中飘着，袍子上的血如梅花，在秋风中猎猎绽开。夕阳里，他雕塑一般棱角分明的脸上，有新鲜的伤痕，这使他显得更加的俊朗和剽悍。拂动的乱发下面，那双如剑如电的眼睛，依旧闪烁着顽强和不屈，不屈之中，还带着一种孩子气的顽皮。尽管征战无数，所向披靡，但只有我知道，他其实并不是传说中令人胆战心寒的霸王，他只是一个永远长不大的孩子。他有着巨人的身躯，却有着孩童的头颅。

“大王，大王，大王！”我喊着，一声比一声急促，一声比一声百感交集。

大王也发现了我，脸顿时变得亢奋，仿佛又要参加一场战斗！他的喉咙里发出一声怪叫，快马加鞭地朝我冲过来！

大王冲到我身边，跳下马来，将我一把抄在怀里，抡起我转了几个圈儿，然后紧紧地搂住我，一动不动了。我几乎被他

强壮的胳膊勒得喘不过气来。

我们就这样在黄昏的旷野里相拥着，如两尊凝为一体的雕像。将士们肃穆地走过我们身旁，无声又无息。那一刻我觉得天下所有女人的幸福都凝聚到我身上了——那么多鱼贯而过的士兵，他们的家中也大都有妻有儿，可是只有我有幸依偎在爱的人怀里。我听见队伍中一个老兵苍凉的叹息："唉，天下该有多少女人，在这样等待征人；又有几个女人，能等得自己的人回啊……"

旷野里刮起一小股一小股的旋风，它们如一个个无家可归的魂灵，啸叫着，滚动着，从我们的身边舞向天边。尘沙弥漫中，我坐在大王的马上，他紧拥着我缓缓向前。我的小脑袋偎在他的怀里，我的后背贴着他强有力的心跳。他浊重的鼻息拂得我一头长发飞起来，到底是霸王，连呼吸都充满了力量。他身上的袍子，有他自己的血，也有他敌人的血。他身上的伤口，散发着一种新鲜的腥气，不等明天早晨，它们就会全部愈合。没有谁的生命力，能像大王这样强健，这样不可征服，我相信世间没有任何一种力量，能将大王打倒！他像电闪雷鸣那样疾速而迅猛，充满着一种摧枯拉朽、不可抗拒的力量，走到哪里，就像秋风扫落叶一样，荡涤着一切腐败的势力，使他们重新焕发出生机。

马蹄下突然发出"当啷"的声响，不知乌骓踢到了什么？我想下去看看，大王说："旷野里有什么好看的东西，虞姬，我们不管它，我们回营地去！"

“不!”我说，“大王，我要看，我一定要看! 说不准，它是一面铜镜呢，刚巧我的铜镜在赶往垓下的路上丢了，我要用它照我的容颜!”

于是大王抱着我跳下马来。我看见马蹄下露出一个东西，大王将它随手一扒，原来是一个锈蚀斑斑的头盔，头盔顶上的红缨早已烂掉，但我仍然能想象得出它戴在一位将领的头上时那英姿飒爽的模样。我久久凝视着那个盛满了黄沙的头盔，顿时变得无限伤感。头盔下面的头颅和身躯，他在哪儿? 也许，那个戴头盔的人，早已经化为尘沙，和这无边的荒凉融为一体；也许他的身躯，在这荒无人烟的垓下，早已经轮回转化了无数次了!

我没有再上马，我说:“我想在这旷野里，和大王您一起走走。”大王于是就无言地拥着我，默默往前走去。

夕阳的光线已经黯淡了，那扎入大地的光芒，也不再那么有力。旷野已经有黑影了。影影绰绰中，我又看到前面一个奇怪的物件，我上前去，将它拽出来，托在手心里，打量着。我的手抖起来了。

我说:“大王你看，这是一截枯骨!”

大王哈哈地笑起来，声震四野。他说:“哈哈，小傻瓜，看来你真是被打仗吓怕了! 那只是一截树根啊!”

我执拗地说:“不，你不要骗我! 这分明是一截枯骨，一截将士的枯骨!”

大王柔声说:“不要触景生情，虞姬，你好好看看，这真

是一截树根啊!”

“不，它是一截枯骨!他曾经和我们一样，是有血有肉的身体!或许很久以前，这里就曾是一个杀声震天的战场。一位将士倒下了，又一位将士倒下了，他们在一场又一场的风中，渐渐沉入黄土，又被风吹出来，吹到我们面前!”

听着我颤抖的声音，大王眯起眼，望着远处掠过的旋风，神色变得深沉凝重，他叹一口气说:“虞姬，你越来越多愁善感了。尽管你不说，我也知道你担心什么!你要知道，将士，是无法选择自己的埋骨之地的。他们倒下去的地方，总是有呐喊厮杀的地方，这很正常!”

我将头埋进大王怀里，生怕失去他似的紧紧抓住他:“大王，我怕!”

大王再次哈哈大笑起来:“看你抖的，像树上最后一片叶子，可怜的虞姬，难道你不知道所有人埋进黄土之后，都会成为这副模样吗?再说，怕什么，有我呢!天下所有的人，所有会飞的鸟儿，会吃人的兽，都怕我呢!就连所谓最强大的秦国，不也在我的手下土崩瓦解了吗?有我在，你还怕谁，刘邦还是韩信?嗯?”

我哭了，再也无法掩饰自己的恐惧和伤悲:“大王，我只怕有一天我站在这旷野里，再也等不到你!”

大王安慰地轻拍着我:“不会的，虞姬!我们活着，站在一起;倒下，也要抱在一起，今生今世，还有谁能将我们分开?”

我扬起脸，悲哀而冲动地说："那么，趁现在我还能感觉你的体温，就让我们在这旷野里，站成两块石头吧！哪怕是倒在风沙中，化为两副枯骨，也还能紧紧地抱着，直到地老天荒！大王，这种提心吊胆等待的滋味，我已经怕了，累了，再这样下去，我怕我会疯狂！"

大王无限怜爱地将我的脸捧在手里，像捧着一件珍贵的瓷器："虞姬！不会很久了，相信我，很快我就会杀出重围，带你返回家乡的！"

霎时间我泪流满面。我用瘦瘦的手指抓着大王的肩膀，指甲几乎抠进他的肉里去："大王，今日血溅江河，呐喊厮杀，争来抢去，到底是为了什么？沧海桑田之后，还有谁会在这九里山前的古战场上，寻觅我们已经冰凉的名字……大王，抱紧我，我怕……"

大王有些慌了，他曾经说过，他最怕女人的眼泪。他不怕面对着十万精兵强将，只怕面对着一个流泪的女人。再霸道的男人，也会被女人的眼泪泡软心的。他用沾满血迹的斗篷将我包起，下巴顶在我的头顶上，语无伦次地安慰着："不会很久了，虞姬！我一定要杀出重围，带你归去！那时候，你就不用再这样日日为我受苦，为我担惊受怕了……"

我在他的怀中，哭得一塌糊涂。

大王终于放弃了安慰，他突然将我一把揽起放到马背上，然后跳上马狂奔而去。我听到耳边猎猎的风，如燃烧的火焰，如撕扯着的绸缎！大王就这样抱着我打马在旷野上跑啊，跑

啊，好像只有这狂奔，能把我的忧愁恐惧抛去！好像只有这狂奔，能消解他心里的焦灼和无奈，抛却他有家难归的愁绪！

就这样我被大王裹在怀抱中，被我们忠诚的乌骓马驮着往营帐跑去，乌骓马硕大的马蹄中，充满越来越深的黑暗。在我们身后，残阳渐淡黑夜如一道无边无际的幕布，追着撒了下来……

评瑞娴的小说

善与恶的非对立性：人性书写的另一面

孙　婧[1]

当代小说存在着某种让人复杂的情感：一方面，读者和批评家充满着对新作的热情期待；另一方面，作家囿于自我，在个人经验里打转，难以走出虚构。在此意义上，当代小说面临诸多困境：作家怎样从个人话语建立公共话语？小说如何处理好人性和生活的复杂关系？又如何在作品中追寻文学的文化价值？

优秀的文学，是重视真实的，它的目的是通过某种世俗和情理还原人性的本真，由此，人们无须诧异，我是怎样从喧哗与骚动的当代文坛中挑举出瑞娴的小说。

[1] 孙婧：女，吉林人，毕业于上海复旦大学中文系。四川省社会科学院文学所助理研究员，文艺学博士，主要从事当代作家评论。

我肯定瑞娴的写作。

但凡好的小说，都需要细细揣摩。瑞娴的小说，中篇居多，也恰是这样的中短篇，让读者见识了一个作家的写作功底。在《布什与我们的生活》和《哑女的草原》这两部小说集中，瑞娴为我们打开了一个隐秘的、巨大的人性世界。

在当代文学创作理论中，写作伦理的研究至今都还不够充分与深入。其中一个重要的问题，就是一般性地阐释文学作品还是在有关文学和艺术的生活中积极实现着人的本质？

回归人性的创作，实际上就是要把握文学和人性的关系。那么，这种关系在理论上应该怎样表达？如今，回过头来看，近年来研究者提出的文学伦理学问题，正是这样一种关系在理论上的规范性表述，或者是表达。回顾实践，这一问题并没有得到文学界的足够关注，这种缺失，这种不理想，需要在文艺实践中进行弥补。文学伦理学的含义不是西方哲学的界定，而是寻找人生存的意义。瑞娴的小说集《布什与我们的生活》和《哑女的草原》，使文学成为洞察人性的重要入口。事实上，瑞娴的笔端从未脱离过人性，她对古老小镇粗犷的自然风景的描写，对善良淳朴的人情的赞美，对近似素朴生活的向往，通过温婉又略带尖刻的笔调，诗意又略显忧伤的语言，呈现出独特的人性底色。

那么，她的独特到底在哪里？这需要一场自发而起的学术上的审视与清理。

这两部小说集中，有一系列描写时代悲喜记忆的作品：《吹笛少年》《泪伞》《前世飞来的蝴蝶》《一生》《最后的马》《朝天吼》……其中有3篇描写民国时期小镇生活的作品《似乳双冢》《绑票》《麻脸黄》，散发着一种独特的陈年旧事的味道，温暖而又苍凉，遥远却又充满细腻的质感。它们都与时代的记忆有关，触摸并挖掘着人性在各种时空交错之下的扭曲和转变。

“我们想将它留在院子里陪我们做人，而它，只想做自己的狗。它与我们，原本就属于两个世界。也许，不管当初如何地相依为命，到最后，每个动物都只能留给人怅然若失的结局。我打电话将这个消息告诉皮蛋，她在那边沉默了一下说：‘在那样的环境里，连狗都要出走！’”

——这篇小说的题目叫《布什与我们的生活》。

瑞娴的小说有时就是这样直接和残酷：布什是一条狗，而我是被荣华富贵圈养的一个寂寞宅女。布什对应着被养在金丝笼里的那个“我”，它渴望天天在街上流浪，它与“我”同病相怜，它与“我”都心有不甘，而面对现实，一个选择了孤注一掷的逃离，一个却在哈姆雷特式的追问中继续纠结着，衡量着得与失。小说通过对外部世界的悬置揭示了个体主体性的危机，进而提出：我们到底需要什么样的生活的诘问。外部世界的不可消解在人的心灵世界投下几许阴影，这不可避免地导致自我意识的朦胧，小说在意图建立自由的个体意识之外，更渴望触摸人性的核心。

在经验的层面上，《一生》用几个片段反映出了时代变迁的脚步，从新中国成立后困难时期的乞丐遍地，到大包干、改革开放……时代在变化，而乞丐小讨却始终没有摆脱“讨”的命运，几个简洁的历史片段，构成了一个东方女人悲剧性的一生。瑞娴在历史进程中审视人性善恶，在时代大背景中挑开善恶厮杀的面纱。在哑娘身上，我们看见无数底层妇女的挣扎，伴随摆脱不了的自身弱点和劣根性，她们以哑的方式还原人性的本来面貌。

《最后的马》是以马的视角透视城镇化进程中，现代文明对乡村的吞噬与冲击，精神无所归依后的无奈与逃离。人在现实生活面前有时是软弱无力的，权力、商业化等外部因素的干扰，使文明带有的诗意美感在现代化中失落了，导致非理性的幻象与谬误，似乎这种精神只能成为想象中的美丽风景。科技文明的产物诱导了人无穷尽的物质欲望，承载了或善或恶的力量，引发了众多的社会问题，这种物质利益的争夺，扭曲了人性，也使人与人之间的关系变得冷漠：“马突然前蹄腾空，鬃毛飞扬，居高临下地迸发出一声可怕的野性的嘶鸣，尔后以令人猝不及防的速度，双耳倒贴、长尾挺直，呼风猎猎地向远方狂奔而去！”活在喧嚣现实的人们，何尝不想像这匹老马一样逃离都市，去往一个谁也不知道的地方？

《最后的马》给我们接通了一个广大的视野，在这里，我们看到，人对物质利益和现世幸福的追求，这本有其合理性，无可厚非，但在追求的过程中却常常失却价值判断，泯灭了善与美好。瑞娴的作品清醒地发出了这样的诘问：面对文明的危机和整体社会人文精神的萎靡，作家应激起怎样的责任意识？文学在这样一种现实面前应该保持怎样的一种姿态？是随波逐流，追寻欲望的脚步，还是坚持自身，反身而行？作家能否保持一份理性与清醒？

瑞娴曾阐述这样的观点：什么是善，什么是恶？什么是好人，什么是坏人？在一个人身上有绝对的善、绝对的恶吗？恐怕更多的是一个和谐的矛盾体罢了，就如同光明与黑暗，相互对立，却又不得不相依共存。就如同一朵小花，在粪土和废墟上泰然自若，绽开它连时间都摧残不了的美丽！

恶是人性中的一种阴暗因素，是与善同时俱在的破坏性形态，但在人性的本质中又是不能被忽视的因素。瑞娴的小说中，从来不回避人性的粗鄙与险恶，但最足以称道的是，她在一种不加渲染的平实的笔触下，展现了善与恶交替变化的轨迹。比如《绑票》，它有着清晰的历史背景，但她似乎无意于复写历史的宏大叙事，更多的是剖析真实历史场景下的人心：阅尽世事的老私塾先生白神仙，丑陋阴郁的看票人驼子，鲁莽自私的小伙杌子，天真无邪的孩童板凳，胆小懦弱甚至有些猥琐的薄饭二哥……在乱世的景象里，人性的邪恶与善意神秘地交织在一起，在压抑绝望的囚屋暗处，充满了闪烁的亮光和温暖。难怪《文艺理论与批评》编辑部主任、青年评论家李云雷说："瑞娴的中篇小说《绑票》一篇我很喜欢，它将一个严重的绑票事件写得很幽默、生动、鲜活，在当下的小说中似乎还很少见到。"

瑞娴说:《绑票》与以往描写土匪的小说不同，因为它写的是土匪的人性！驼子这个看票者，对于几个被绑的“票”，竟然没有具有足够的优越感对其居高临下，他的命运，其实比被绑来的人更低下和悲惨。起码人家是具有被绑的价值的，而他一无所有，所以他反复强调着“我看票，只不过为混口饭吃。”在荒野中的囚屋里，驼子将藏在笸箩的鸡蛋全给了病中的孩子板凳，却还是遭到了板凳哥哥杌子的质疑。板凳和白老汉的死使驼子深受震动，他灵魂深处的善开始复苏，开始在与被绑者的交流中表白自己。最后明知自己有性命之忧，也不再挣扎反抗，只将镣铐的钥匙压在白老汉坟头的青砖下，考验被绑者的良心。这黑色幽默的一笔独出心裁，刹那间，土匪驼子还原为当初那个贫穷良善的驼子，他死了，而他的灵魂完成了人性的复归。他倒地时，手上还戴着孩童板凳送他的那枚草戒指，一位地位低下、面目丑陋的看票人内心深处天真的一面，令人心碎地展现出来。

善与恶不会永远对立，在被绑了几天几夜的极致环境下，已成为“肉票”的杌子决定孤注一掷，求生的本能及人性深处潜藏的恶，使他毫不留情地掐断了看票人驼子的脖子，一屋子的人逃脱了，但人性中的某种真正的美好却失落了，特殊的环境使人变得异化而扭曲。

《绑票》为人性的多面性和善恶交织的复杂性提供了恰如其分的注解。小说从价值层面、文本层面以理性和审美意识揭示了人本身的生存意义。

《似乳双冢》是一部以第一人称的视角来讲述故事的小说，横跨了两个时代。“大娘”和“婶”都是为富足的王氏家族传宗接代的女子，在各自的儿子不幸夭折，经历了一系列的磨难与痛苦后，两位母亲先后陷入了人生的困境。这时她们的生命中出现了“我”，她们把对生活的拒绝和憎恨全部转化成了对“我”的爱。因为“我”，两位母亲用自己人性的光辉照亮了残败不堪的苦难世界：

“杏树下的土院是寂寞的，两个女人心照不宣地恪守着各自命定的位置。大娘自己住在上首的土屋内，孤独；母亲领着几个儿女住在下首的土屋内，一样还是孤独。她们居在同一个院中，却好像活在不同的世界里。从没听大娘说过母亲的不是，也没听母亲说过大娘的不是，更没见她们像村里的泼妇们那样指天拍地地对骂过。她们好像从没有过仇恨，也从不相识。她们在彼此那里，等于一个影子。挎着篮子到同一个草垛撕草烧饭，一个在垛这边，一个在垛那边，筐满了，一个往左，一个往右，相安无事地走开。一会儿，炊烟就在各自的屋顶飘起来了。”

两位母亲，“大娘”和“婶”（父亲的妻和妾），一生都在情感的归宿中挣扎，“到回归泥土时，才有了各自真正的尊严和位置。纸线烧过，云烟西去……两个娘的坟相依相偎着，如一双无法分割的乳房。”小说关于两个女人惨痛的过往，以巨大的沉默隐藏在“我”童年的记忆里。而两位母亲自觉地互担义务和亲情，却温暖得催人泪下。结尾处，两座相依相偎

的坟丘，天衣无缝地完成了“乳房”的隐喻。

与其他文体相比，中篇小说是有难度的创作，无论是乡土味道的《麻脸黄》，还是以自叙形式发展故事结构的《吉教授放猪记》《前世飞来的蝴蝶》……作者都是从人性出发，呈现了异彩纷呈的精神状态与世态百相。

总之，瑞娴的小说展现出一股强大却又尚未引起关注的写作伦理任务——善与恶的非对立性的人性书写。

这样的写作任务具有怎样的文学和文化意义呢？

从学理的角度看，众所周知，文学的价值可以是多元的，人性书写的模式也不仅仅限于二元对立，它应该包含曲折生动的丰富蕴含。因为消费文化的影响，新世纪作家的价值观更多就是消费观，作家创作带有明显的功利目的，得奖、扩大发行量、改编剧本等等，实际上是这样的价值游移颠覆了文学应有的人文价值，我们的文艺理论、评论也受到了拜金主义的影响，甚至有价值观是非不分的程度。价值的位移，丧失了对文学作品本身的感悟能力，颠覆了真正的本义，更破坏了理论建设应有的生态环境。这一问题的突显，使我们从事文学研究的人员进一步认识到，在当前的消费主义文化语境，其中文学伦理学研究是必不可少的重要一环，而瑞娴的小说写作，就很好地说明了这一点。

从文学创作的角度来看，文学首先是物质，是一种物质性的存在，它会有多层次的意义。一定的文学的物质生产来源于一定的社会历史物质条件，来源于人们自己的社会生活的建构和重构，而任何一种文学的感性认识都是生活在当下的人们的人性、情感的表达。瑞娴小说的伦理任务，最突出的特点就是在如何调节人性善的存在和人性恶的存在的两个维度上，在文学如何面对两者之间的隔阂与冲突上，透露出文学的文化价值。当人性善被假定为是对高尚的精神世界的追求，人性恶则是现实无法逃避的对利益的追逐，是文学无法忽视的个体自我实现的真实体验，尽管这是一种虚假的满足。瑞娴的小说融合了人性的两种存在维度，它们交织又分离，扩大了人性在文学之中的生存范围。

从文化的角度来看，“任何一个符号文本，都携带了大量社会约定和联系，这些约定和联系往往不显现于文本之中，而只是被文本顺便地携带着在解释中，不仅文本本身有意义，文本所携带的大量附加的因素，也有意义，甚至可能比文本有更多的意义”[1] 资源占有的差别，不公平的竞争，对物欲的无节制追求，使贫富差距拉大，当下的物欲横流的现实使人文价值立场沦丧，人性异化，伦理道德崩溃，价值观倒退，文学的审美价值削弱，物化的年代经济学染指文学，造成人与自我的失落。20 世纪 90 年代以后，文学不断被边缘化，人性或者说人文关怀不再是人们作为读者固定不变的阅读需要，我们时代的精神状况，导致文学的虚化，被商品、图像、资本笼络和收买，所以文化建设更应该转变一种权利场域下的叙述，而回到文学本根上来，让文学自己说话。瑞娴小说集中的“哑”就有着一种符号学意义上的隐喻，它的根本点是要解决文学作品

[1] 赵毅衡. 符号学原理与推演. 南京：南京大学出版社，2010：141.

如何说话的问题，闺房写作般的喃喃自语和变体式的夸张夸大都无法接通灵魂，终究，只是些不成功的个人表达。当然，产生于社会文化语境下的文学不能脱离既有的文化文本，但只有“文学重返公共立场，担当起弘扬诗性正义的社会使命，才可能真正进入社会生活，重建文学与社会的审美关系[1]”。

在当代小说经历了个人自说自话式的经验话语之后，瑞娴的小说让我们看到了一个可喜的变化，文学正以另一种面目延续——文学艺术还原着应有的人性本质，重申着一种文学写作的伦理尺度……

[1] 向荣．消费社会与当代小说的文化变奏：1990 年后的中国小说批评．成都：四川人民出版社，2014：324.

后　记

让沉睡的石头开出花朵

一

有时我会疑惑：作家究竟是文字的主人，还是文字的奴隶？

在懵懂无知的年纪，我就被三千汉字召引着，渐渐进入了文字的深处，赤足在荆棘和火焰中跋涉，一去难返。从此不得不与文字相拥相搏，相依为命。也曾经试图摆脱它，过最庸常简单的生活，可是已经没有什么能够摧毁，一粒已经发芽的种子。

在那些迷惘苦闷的寒夜里，只有靠文字取暖，它让我学会了像一块煤，在沉默中酝酿明天的火焰。

有人曾经评说我的文字带有与生俱来的芒刺，像结满红果的荆棘和脚下的蒺藜一样伤人；也有人说我的文字是“小镢头”，每一下都抡得太狠，连泥带根都刨出来了，这样冰冷坚

硬的文字，不应该出自女子之手。

我曾经为这样的评价叫屈过，毕竟作家也是在乎自己的性别的。其实有哪位作者的心是真正冷硬的？如果心底不埋藏着一座火山，如果这座火山终生都没有爆发过，不会是真正的作家。

卡夫卡说，我们应该看那些伤害和捅我们一刀的书。我写得很痛，但不一定有捅人一刀子的力量。有时我甚至担心，在现代人看来，那种“捅刀子”的作品会不会很傻很笨，很过时？

二

我的小说创作数量不多，年代跨度却比较大，从古代、民国到现代题材都有，内容或以人物为主，或以事件为主，或者干脆以动物为主。有飘逸如传说的美少年，在不合时宜的时代里注定毁灭的悲剧（《吹笛少年》）；有草原的哑女与都市旅人缱绻伤感的相逢（《哑女的草原》），有时空错位痛彻心扉的纠结爱情（《前世飞来的蝴蝶》）；有封建大家族在时代变迁中动荡飘零欲罢不能的命运，伴随着两位身世地位不同的女子爱恨交缠的一生（《似乳双冢》）；有“哀其不幸，怒其不争”的传统妇女宿命的结局（《一生》）；有现代文明的冲击，对人们年复一年的生存方式造成的伤害和影响——甚至连那些曾经与人类相濡以沫的动物，也面临着被淘汰的命运（《最后的马》）……

作家也是普通人，也曾如你一般天真。但无论何等天真的人，当他梦想成为一名作家时，其实早就有了作家的心，作家的眼睛；当一棵青涩的树渐深渐浓地染上了季节的沧桑，它对风刀霜剑的感受一定不同于过往。在我的作品中，一条狗可能比人更具人性（《布什与我们的生活》），一匹马的命运也清晰地折射出喧嚣时代的投影（《最后的马》），旧时的土匪并非个个青面獠牙十恶不赦，在一定程度上他们可能比被绑的人更可悲更无奈（《绑票》）；古老小镇上连狗见了都吓得夹着尾巴逃跑的浪子，却是离经叛道敢爱敢恨的好汉（《麻脸黄》）；混沌的心灵，一旦被爱情的钥匙打开，将是一个更为澄澈美妙的世界，而静谧的心湖一旦被一粒石子溅起涟漪，留下的将是更为漫长的孤独寂寞（《哑女的草原》）；只为霸王在乌江边惊天动地的拔剑一刎，两千多年前的垓下，曾留下无数文人墨客的凭吊歌哭，但在我笔下，英雄美人只是活生生有血有肉的一对儿女。我愿赤着脚，在月光下捡起他们冰凉的名字，用笔还给他们生命的温度（《垓下残阳》）……

作家与画家不同的是，面对着同一棵树，画家可能会画尽它所有的叶子和枝丫，甚至导致它摆动的南来北往的风，但画家只画能呈现的东西；而作家，必须在给了读者一棵树之后，又带领他们去寻找地下的根系，并最终让你明白这棵树为什么会成为这个样子，它一侧的树干为何会引来雷劈电击？

一部好的作品，必须有广度，更要有纵深。画好一棵树就

是个好画家，而写好一棵树却不能带人去寻找树根的不是好作家。

在我有限的小说中，《吹笛少年》和《哑女的草原》是较为偏爱的作品。读者或许陶醉于它的唯美，可是那种美对我来说，字字如火，如血。都是很早的作品了，简单的故事却是在历经了多年的磨砺后，才逐渐丰满的。因为当初，我还没有呐喊的勇气、思索的深度、拷问的力量。只有在泪水中洗涤过、在烈火中焚烧过的灵魂，才能获得最终的救赎，作品也一样。

《哑女的草原》脱胎于我 18 岁时写的一首诗，一直锁在抽屉里，直到有一天化为一个故事，来诠释青春的压抑苦闷和那些难以言传的渴望。不同的人看了会有不同的解释，这篇小说在我所有作品中，出现的理解偏差最大。

《吹笛少年》来自一个更为久远的故事，久远得像石头一样几乎失去了体温。很多人心碎于那个少年的死，觉得不应该：既然美得如此超凡脱俗，就不该跌落现实的尘埃……但在那样一个肃杀的年代里，几乎所有美好的事物都注定了夭折的命运。作品中人物命运的走向，其实不是作者能掌控的，面对着结局，作家有时比读者更无奈。很多看似偶然的事情，其实都是必然。在历史面前，作者只有讲故事的权利，没有随意决定主人公命运的权利。任何作品，都不可能与身处的环境和时代无关；再伟大的作家，也不可能让一支笔随心所欲，信马由缰。

连托尔斯泰都曾经有过这样的困惑，何况我们？

三

诺贝尔文学奖得主莫言先生曾经感叹人类“种的退化”，从另一个角度表达出人类发展进程中的某种失落感。

不知为何，我更愿意在动物那里寻找“人性”。我几乎写遍了记忆中那些熟悉的生灵，从卑微的癞蛤蟆、青蛙、蜥蜴、沙里狗、老鼠、猫、狗、蚯蚓、猴子、鸡鸭、鸟雀，到那些体格庞大的牲灵：驴子、牛、马、骡子……它们出现在我的小说、散文、童话里，甚至成为我作品中神气活现的主角。它们以自己的语言呼唤人类的某种良知复苏，也呼唤人类对自然的敬畏之心。

我的恩师——电影大师沈默君曾建议说：你要拿出个三两年的时间，写出个能真正体现你水平的大部头来，不要总写些猫啊狗啊的！那时候，我正在乐此不疲地研究他家的那两条父子狗——多多和吴老四，就振振有词地说：我不是在写猫啊狗啊的，我是在写动物的“人性”呢！

老人们常说：动物是最通“人性”的。人类社会发展到今天，在轰轰烈烈的喧嚣声和物质的欲望之海中，“人性”浮浮沉沉，随时会被吞噬，似乎只有在动物那里还保留着相对完整的“人性”，如：狗的忠诚，牛的隐忍，驴子的倔强，马的高贵，甚至猫的懒惰虚荣，也是本性使然，不掺杂人间秩序的虚伪……尽管不可避免地，动物们也在与时俱进地进

化（或者退化），失去一些原始的本能，但对比着人类世界的冷酷，动物们身上的“人性”闪光，仍足以让万类之王的我们汗颜。

不但动物，在世间最幽暗阴沉的角落里，也有人性的闪光。我的小说《绑票》，写的就是土匪复杂的人性。驼子这个看“票”的土匪，看起来冷酷刻薄，出语恶毒，趾高气扬，但他的命运其实比被绑来的“票”更低贱，也更悲惨——起码“票”是具有被绑的价值的，而他一无所有。当生存将人逼到绝路上来时，往往出现两个极端：善，或者恶。乱世里人的命运，往往就在二者之间摇摆动荡。当被绑来的“票”杌子将看“票”的驼子掐死时，竟发现他指头上还戴着一枚用麦秸编织的草戒指，那是一个被绑来的孩童送他的，他一直郑重地戴在手上——一位面目丑陋的看票人内心深处天真、孤独而重情的一面，通过一枚草戒指令人心碎地展现出来。

多年前看法国电影大师让·雅克·阿诺先生导演的《子熊的故事》，感叹“人性”在熊的身上体现得如此缱绻动人，淋漓尽致。一直以来，人类总是自以为是，以自己的是非标准衡量自然界的一切，殊不知动物那情深义重的一面，比人类有过之而无不及。阿诺导演的电影曾经3次获奥斯卡金像奖。当他率剧组在内蒙古草原拍摄电影《狼图腾》时，我特地赶去拜访了他。他在离开中国回法国之前，给我留下几句意味深长的话：如果你不能和动物心灵相通，你就不可能理解人的心灵。以我最热烈的友情，致瑞娴。

四

作家的文字，都带着鲜明的个人印记，不是来自于生活，就是来源于命运。我从小就是一个被无形的束缚紧紧捆住的人，在我身上背负的与生俱来的东西太多，所以我写作的过程，不仅是技巧进步的过程，更是不断挣脱绳索、打破自己的过程。

写作不一定能拯救人的命运，却一定会改变其某些人生轨迹。人有时仅靠一线希望的亮光活着，但希望，往往该来的时候不来；不需要的时候，却不由分说地来了！在望梅止渴的诱惑中，我时断时续地坚持下来。数十年来，我几乎尝试了所有文体：散文、小说、评论、诗歌、散文诗、剧本、童话、纪实、名人专访……

历尽沧海桑田，归来，已是斑驳陆离的百年之身。此时，不在于你多么坚强，而在于你是否仍然正常。在现实中，每个作家都无一例外地和其他人一样历经着悲欢，对抗着宿命，但与别人不同的是，他们更善于沉淀和发酵，他们的心灵，要比常人走过更漫长曲折的道路。他们将一颗心藏在石头里，让它在里面跳动、燃烧，但表面不动声色。那石头或许就这么一直在风霜雨雪中沉默着，直到披满苔藓，长出白发，仍一动不动。但总有一天它会开口说话，或者开出花朵。

我渴望能创作出那种让石头开花的作品，期待在历经了多

年的隐忍和沉默之后，那些爱和忧伤、压抑和渴望从心底畅快淋漓地流淌出来，凝成永恒。然而多年的努力，或许只是缩短了与梦想的距离，用尽一生的光阴，也不可能真正抵达完美。我所能做的，就是让每个字每个词都挣脱镣铐，活生生地在风中火里跳舞。我不能忍受一个与心灵韵律不符的字眼出现，哪怕一个字一个词是假的都无法忍受。

在我心目中，文学不是娱乐，不是快餐，它承担着永恒的命题，虽然不是每个写作者都能承担得起。作家不仅要带给人愉悦，更要带给人思索，他要引领读者穿越时空，同作品中的人物一道凤凰涅槃，破茧成蝶。

我在语言的刀锋上行走，早已遍体鳞伤。可我仍愿意用我的笔，在时光里刻下痕迹，不管是最美的景，还是最痛的伤。在伤口播下的种子——即使最渺小的种子，也可能孕育一个鸟语花香的春天！

瑞　娴

2015 年 5 月